김소월 작품집

진달래꽃(외)

김소월 지음 / 최동호 책임편집

범우

1. 이 책은 가장 최근에 발굴된 작품(초기시 3편, 《문학사상》 2004년 5월)까지 포함하여, 김소월 전 작품의 결정본을 실었다.

2. 김소월의 시편들 중에는 여러 번 수정되거나 가필되어 초고·재고·이본들이 존재하는 경우가 적지 않다. 이때, 김소월이 생전에 펴낸 유일한 시집인 《진달래꽃》 수록시는 이를 결정본으로 삼았다. 그리고 시집 미수록 발표시의 경우에는 시인의 생전에는 최종 발표작을, 사후에는 첫 발표작을 결정본으로 삼았다. 이는 시인의 창작 의도를 존중하고 다른 사람에 의한 가필과 수정의 흔적을 최대한 배제하기 위함이다.

3. 유고시는 원고 사진(김종욱 편, 《원본소월전집 하》, 홍성사, 1982)을 기초로 하고, 이를 판독한 기존의 시집들을 참조하여 텍스트를 확정하였다. 특히 김종욱(앞의 책), 오하근(《정본 김소월전집》, 집문당, 1995), 김용직(《김소월전집》, 서울대출판부, 1996) 등이 펴낸 시집에 크게 힘입고 있음을 밝힌다. 한편, 번역시에는 번역의 대상이 된 원시를 함께 제시하였고, 영문·일문시의 경우에는 번역본(《문학사상》 1977년 1월 번역)을 덧붙였다.

4. 이 책은 김소월의 전 작품을 《진달래꽃》 수록시, 《진달래꽃》 미수록 발표시, 미발표 유고시, 번역시, 일문·영문시, 산문의 순으로 분류하여 실었다. 《진달래꽃》 수록시는 시집 배열 순서대로 실었고, 기타 발표 연대가 알려진 작품들은 모두 발표 연대순으로 정리하여 배열하였다.

5. 제목 옆에 *표가 붙어 있는 작품들은 원래 제목이 없는 것들이나, 편자가 본문의 첫 구절을 따서 붙인 것이다.

6. 이 책의 표기는 가능한 한 현행 맞춤법과 어문 규정에 맞게 고쳤으며, 한자는 괄호 없이 한글 뒤에 병기하였으며, 원문에 중복된 것은 생략하였다. 시어의 어감을 살리기 위해 원문 그대로 표기한 방언이나 옛말, 그리고 어려운 어휘나 구절에는 각주를 붙여 독자들의 이해를 돕도록 하였다. 이 각주에서, 최선의 노력에도 불구하고 그 의미를 명확하게 밝힐 수 없는 시어의 경우에는 가장 근사近似한 의미를 추정하여 제시하였다.

김소월 편 | 차례

《진달래꽃》 수록시

먼 후일

먼 훗날 당신이 찾으시면
그때에 내 말이 '잊었노라'

당신이 속으로 나무라면
'무척 그리다가 잊었노라'

그래도 당신이 나무라면
'믿기지 않아서 잊었노라'

오늘도 어제도 아니 잊고
먼 훗날 그때에 '잊었노라'

풀따기

우리 집 뒷산山에는 풀이 푸르고
숲 사이의 시냇물, 모래 바닥은
파아란 풀 그림자, 떠서 흘러요.

그리운 우리 님은 어디 계신고.
날마다 피어나는 우리 님 생각.
날마다 뒷산山에 홀로 앉아서
날마다 풀을 따서 물에 던져요.

흘러가는 시내의 물에 흘러서
내어던진 풀잎은 옅게 떠갈 제
물살이 헤적헤적* 품을 헤쳐요.

그리운 우리 님은 어디 계신고
가여운 이 내 속을 둘 곳 없어서
날마다 풀을 따서 물에 던지고
흘러가는 잎이나 맘해 보아요.**

---

* '헤작헤작'의 큰 말. 무엇을 찾으려고 조금씩 자꾸 들추거나 파서 헤치는 모양.
** 마음에 두어 보아요.

바다

뛰노는 흰 물결이 일고 또 잦는[*]
붉은 풀이 자라는 바다는 어디

고기잡이꾼들이 배 위에 앉아
사랑 노래 부르는 바다는 어디

파랗게 죠히^{**} 물든 남藍빛 하늘에
저녁놀 스러지는 바다는 어디

곳 없이^{***} 떠다니는 늙은 물새가
떼를 지어 좇니는[*] 바다는 어디

건너서서 저편便은 딴 나라이라
가고 싶은 그리운 바다는 어디

---

[*] 잦아지는. 기본형은 '잦다'. 점점 줄어들어 잠잠해지다.
^{**} 좋이. 좋게. 마음에 들게.
^{***} 정처 없이.
[*] 쫓아다니는.

산 위에

산山 위에 올라서서 바라다보면
가로막힌 바다를 마주 건너서
님 계시는 마을이 내 눈앞으로
꿈 하늘 하늘같이 떠오릅니다

흰 모래 모래 비낀* 선창船倉가에는
한가한 뱃노래가 멀리 잦으며**
날 저물고 안개는 깊이 덮여서
흩어지는 물꽃뿐 안득입니다***

이윽고 밤 어두운 물새가 울면
물결조차 하나 둘 배는 떠나서
저 멀리 한바다*로 아주 바다로
마치 가랑잎같이 떠나갑니다

나는 혼자 산山에서 밤을 새우고
아침해 붉은 볕에 몸을 씻으며
귀 기울고 솔깃이** 엿듣노라면

---

* 기본형은 '비끼다'. 비스듬히 놓이거나 늘어지다.
** 기본형은 '잦다'. 점점 줄어들어 잠잠해지다.
*** 아득입니다. 기본형은 '아득이다'. 힘에 겹고 괴로워 요리조리 애쓰며 고심하다.
* 넓고 큰 바다.
** 그럴듯하게 여겨 마음이 쏠리다.

님 계신 창窓 아래로 가는 물노래

흔들어 깨우치는 물노래에는
내 님이 놀라 일어 찾으신대도
내 몸은 산山 위에서 그 산山 위에서
고이 깊이 잠들어 다 모릅니다

옛이야기

고요하고 어두운 밤이 오면은
어스러한* 등燈불에 밤이 오면은
외로움에 아픔에 다만 혼자서
하염없는 눈물에 저는 웁니다

제 한 몸도 예전엔 눈물 모르고
조그만한 세상世上을 보냈습니다
그때는 지난날의 옛이야기도
아무 설움 모르고 외웠습니다

그런데 우리 님이 가신 뒤에는
아주 저를 버리고 가신 뒤에는
전前날에 제게 있던 모든 것들이
가지가지** 없어지고 말았습니다

그러나 그 한때에 외워 두었던
옛이야기뿐만은 남았습니다
나날이 짙어가는 옛이야기는
부질없이 제 몸을 울려 줍니다

---

* 어스름한. 불빛이 밝지 않고 희미한.
** 갖가지. 여러 종류. 여러 가지.

님의 노래

그리운 우리 님의 맑은 노래는
언제나 제 가슴에 젖어 있어요

긴 날을 문™ 밖에서 서서 들어도
그리운 우리 님의 고운 노래는
해지고 저물도록 귀에 들려요
밤들고 잠들도록 귀에 들려요

고이도 흔들리는 노래가락에
내 잠은 그만이나 깊이 들어요
고적孤寂한* 잠자리에 홀로 누워도
내 잠은 포스근히 깊이 들어요

그러나 자다 깨면 님의 노래는
하나도 남김없이 잃어버려요
들으면 듣는 대로 님의 노래는
하나도 남김없이 잊고 말아요

_____
* 외롭고 적적한.

실제

동무들 보십시오 해가 집니다
해지고 오늘날은 가노랍니다
윗옷을 잽시빨리* 입으십시오
우리도 산山마루로 올라갑시다

동무들 보십시오 해가 집니다
세상의 모든 것은 빛이 납니다
이제는 주춤주춤 어둡습니다
예서** 더 저문 때를 밤이랍니다

동무들 보십시오 밤이 옵니다
박쥐가 발부리***에 일어납니다
두 눈을 인제 그만 감으십시오
우리도 골짜기로 내려갑시다

---

* '재빨리' 라는 뜻의 평안도 방언.
** 여기서.
*** 발끝의 뾰족한 부분.

님의 말씀

세월이 물과 같이 흐른 두 달은
길어둔 독엣물*도 찌었지마는**
가면서 함께 가자 하던 말씀은
살아서 살***을 맞는 표적이외다

봄풀은 봄이 되면 돋아나지만
나무는 밑그루를 꺾은 셈이요
새라면 두 죽지*가 상傷한 셈이라
내 몸에 꽃필 날은 다시 없구나

밤마다 닭 소리라 날이 첫시時면
당신의 넋맞이로 나가볼 때요
그믐에 지는 달이 산山에 걸리면
당신의 길신가리** 차릴 때외다

세월은 물과 같이 흘러가지만
가면서 함께 가자 하던 말씀은
당신을 아주 잊던 말씀이지만
죽기 전前 또 못 잊을 말씀이외다

---

* 독에 담아 놓은 물.
** 말라서 줄어들었지마는. 기본형은 '찌다'. 고인 물이 없어지거나 줄어들다.
*** 화살.
* 새의 날개가 몸에 붙은 부분.
** 길일吉日을 정해 죽은 사람의 복을 빌어주는 것.

님에게

한때는 많은 날을 당신 생각에
밤까지 새운 일도 없지 않지만
아직도 때마다는 당신 생각에
축업은* 베갯가의 꿈은 있지만

낯모를 딴 세상의 네길거리에
애달피 날 저무는 갓 스물이요
캄캄한 어두운 밤 들에 헤매도
당신은 잊어버린 설움이외다

당신을 생각하면 지금이라도
비오는 모래밭에 오는 눈물의
축업은 베갯가의 꿈은 있지만
당신은 잊어버린 설움이외다

---

* 축축한. 젖어서 찬 느낌이 드는.

마른 강두덕*에서

서리 맞은 잎들만 쌔울지라도**
그 밑이야 강江물의 자취 아니랴
잎새 위에 밤마다 우는 달빛이
흘러가던 강江물의 자취 아니랴

빨래 소리 물소리 선녀仙女의 노래
물 싯치든*** 돌 위엔 물때뿐이라
물때 묻은 조약돌 마른 갈숲*이
이제라고 강江물의 터야 아니랴

빨래 소리 물소리 선녀仙女의 노래
물 싯치든 돌 위엔 물때뿐이라

---

* 강의 둔덕.
** 쌓일지라도. '쌓다' 의 피동형 '쌓이다' 가 '쌔우다' 로 나타난 것으로 보인다.
*** 스치던.
* 갈대숲.

봄밤

봄밤

실버드나무의 검으스럿한[*] 머리결인 낡은 가지에
제비의 넓은 깃나래^{**}의 감색紺色^{***} 치마에
술집의 창窓 옆에, 보아라, 봄이 앉았지 않는가.

소리도 없이 바람은 불며, 울며, 한숨지워라
아무런 줄도 없이[*] 섧고 그리운 새캄한 봄밤
보드라운 습기濕氣는 떠돌며 땅을 덮어라.

---

* 검은 듯한.
** '깃' 과 '날개' 의 합성어.
*** 검은빛을 띤 푸른색.
 * 까닭이나 이유도 없이.

밤

홀로 잠들기가 참말 외로워요
맘에는 사무치도록 그리워와요
이리도 무던히
아주 얼굴조차 잊힐 듯해요.

벌써 해가 지고 어두운데요,
이곳은 인천仁川에 제물포濟物浦,[*] 이름난 곳,
부슬부슬 오는 비에 밤이 더디고
바다 바람이 춥기만 합니다.

다만 고요히 누워 들으면
다만 고요히 누워 들으면
하이얗게 밀어드는 봄 밀물이
눈앞을 가로막고 흐느낄 뿐이야요.

---

* 인천에 있는 포구. '제물濟物'은 인천의 옛 이름이다.

꿈꾼 그 옛날

밖에는 눈, 눈이 와라,
고요히 창窓 아래로는 달빛이 들어라.
어스름* 타고서 오신 그 여자女子는
내 꿈의 품속으로 들어와 안겨라.

나의 베개는 눈물로 함빡히** 젖었어라.
그만 그 여자女子는 가고 말았느냐.
다만 고요한 새벽, 별 그림자 하나가
창窓틈을 엿보아라.

---

* 새벽이나 저녁의 어스레한 빛. 또, 그때.
** 함빡. 모자람이 없이 아주 넉넉하게. 흠뻑.

꿈으로 오는 한 사람

나이 차라지면서[*] 가지게 되었노라
숨어 있던 한 사람이, 언제나 나의,
다시 깊은 잠속의 꿈으로 와라
붉으렷한 얼굴에 가늣한^{**} 손가락의,
모르는 듯한 거동舉動도 전前날의 모양대로
그는 야젓이^{***} 나의 팔위에 누워라
그러나 그래도 그러나!
말할 아무것이 다시 없는가!
그냥 먹먹할 뿐, 그대로
그는 일어라. 닭의 홰치는[*] 소리.
깨어서도 늘, 길거리에 사람을
밝은 대낮에 빗보고는^{**} 하노라

---

* 나이가 차게 되면서. 나이가 들어가면서.
** 가느다란.
*** 야젓하게. '의젓이'의 작은 말. 태도나 됨됨이가 옹졸하거나 좀스럽지 아니하여 점잖고 무게가 있다.
* 홰치다. 닭이나 새가 날개를 벌려 탁탁 치다.
** 빗보다. 똑바로 보지 못하고 잘못 보다. 실제와 다르게 보다.

두 사람

눈 오는 저녁

바람 자는* 이 저녁
흰눈은 퍼붓는데
무엇하고 계시노
같은 저녁 금년今年은……

꿈이라도 꾸면은!
잠들면 만날런가.
잊었던 그 사람은
흰눈 타고 오시네.

저녁때. 흰눈은 퍼부어라.

---

* 기본형은 '자다'. 불던 바람이나 움직이던 물건이 그 움직임을 멈추고 쉬다.

자주 구름

물[*] 고운 자주紫朱 구름,
하늘은 개여[**] 오네.
밤중에 몰래 온 눈
솔숲에 꽃피었네.

아침볕 빛나는데
알알이 뛰노는 눈

밤새에 지난 일은……
다 잊고 바라보네.

움직거리는 자주紫朱 구름.

---

[*] 물감이 물건에 묻어서 드러나는 빛깔.
[**] 기본형은 '개다'. 흐리거나 궂은 날씨가 맑아지다.

두 사람

흰눈은 한 잎
또 한 잎
영嶺 기슭을 덮을 때.
짚신에 감발하고* 길심매고**
우뚝 일어나면서 돌아서도……
다시금 또 보이는
다시금 또 보이는.

---

* 발감개를 하고. '감발'은 발감개를 한 차림새. '발감개'는 버선이나 양말 대신 발에 감는 좁고 긴 무명.
  상일을 하는 사람들이나 먼 길을 걷는 사람들이 흔히 한다.
** 그 뜻이 확실치 않으나, 길을 떠날 때 옷차림새를 단단하게 여미는 것을 일컫는 것으로 보인다.

닭소리

그대만 없게 되면
가슴 뒤노는* 닭소리 늘 들어라.

밤은 아주 새어올 때
잠은 아주 달아날 때

꿈은 이루기 어려워라.

저리고 아픔이여
살기가 왜 이리 고달프냐.

새벽 그림자 산란散亂한** 들풀 위를
혼자서 거닐어라.

---

* 기본형은 '뒤놀다'. 한곳에 붙어 있지 않고 이리저리 몹시 흔들리다.
** 산란하다. 어지럽고 어수선하다.

못 잊어

못 잊어 생각이 나겠지요,
그런대로 한세상 지내시구려,
사노라면 잊힐 날 있으리다.

못 잊어 생각이 나겠지요,
그런대로 세월만 가라시구려,
못 잊어도 더러는 잊히오리다.

그러나 또 한끝* 이렇지요,
'그리워 살뜰히** 못 잊는데,
어쩌면 생각이 떠지나요?'

---

* 한편.
** 살뜰히. 썩 알뜰하게.

예전엔 미처 몰랐어요

봄 가을 없이 밤마다 돋는 달도
　　　'예전엔 미처 몰랐어요.'

이렇게 사무치게 그리울 줄도
　　　'예전엔 미처 몰랐어요.'

달이 암만* 밝아도 쳐다볼 줄을
　　　'예전엔 미처 몰랐어요.'

이제금 저 달이 설움인 줄은
　　　'예전엔 미처 몰랐어요.'

---

* 아무리.

자나 깨나 앉으나 서나

자나 깨나 앉으나 서나
그림자 같은 벗 하나이[*] 내게 있었습니다.

그러나, 우리는 얼마나 많은 세월을
쓸데없는 괴로움으로만 보내었겠습니까!

오늘은 또다시, 당신의 가슴속, 속모를 곳을
울면서 나는 휘저어 버리고 떠납니다그려.

허수한^{**} 맘, 둘 곳 없는 심사心事에^{***} 쓰라린 가슴은
그것이 사랑, 사랑이던 줄[*]이 아니도 잊힙니다.

---

 * 하나가. 우리말에서 주격조사 '—가'가 발달하기 전에는 '—이'가 주로 사용되었다.
 ** 허수하다. 공허하고 서운하다.
 *** 마음에 생각하는 일.
 * 어떤 방법이나 셈속 등의 뜻을 나타내는 의존명사.

해가 산마루에 저물어도

해가 산山마루에 저물어도
내게 두고는* 당신 때문에 저뭅니다.

해가 산山마루에 올라와도
내게 두고는 당신 때문에 밝은 아침이라고 할 것입니다.

땅이 꺼져도 하늘이 무너져도
내게 두고는 끝까지 모두다 당신 때문에 있습니다.

다시는, 나의 이러한 맘뿐은, 때가 되면,
그림자같이 당신한테로 가우리다.**

오오, 나의 애인愛人이었던 당신이여.

---

* 나에게는.
** 가오리다.

꿈

닭 개 짐승조차도 꿈이 있다고
이르는 말이야 있지 않은가,
그러하다, 봄날은 꿈꿀 때.
내 몸에야 꿈이나 있으랴,
아아 내 세상의 끝이여,
나는 꿈이 그리워, 꿈이 그리워.

맘 켱기는 날

오실 날
아니 오시는 사람!
오시는 것 같게도
맘 켱기는* 날!
어느덧 해도 지고 날이 저무네!

----

* 켱기다. 팽팽하게 되다.

하늘 끝

불현듯
집을 나서 산山을 치달아
바다를 내다보는 나의 신세身勢여!
배는 떠나 하늘로 끝을 가누나!

개미

진달래꽃이 피고
바람은 버들가지에서 울 때,
개미는
허리 가늣한* 개미는
봄날의 한나절, 오늘 하루도
고달피 부지런히 집을 지어라.

---

* 가느다란.

제비

하늘로 날아다니는 제비의 몸으로도
일정—定한 깃*을 두고 돌아오거든!
어찌 설지** 않으랴, 집도 없는 몸이야!

부헝새

간밤에
뒷 창窓 밖에
부헝새*가 와서 울더니,
하루를 바다 위에 구름이 캄캄.
오늘도 해 못 보고 날이 저무네.

---

* '새집, 보금자리' 의 옛말. 방언.
** 서럽지.
*** '부엉이' 의 방언.

만리성

밤마다 밤마다
온 하룻밤!
쌓았다 헐었다
긴 만리성萬里城!

수아*

설다 해도
웬만한,
봄이 아니어,
나무도 가지마다 눈을 텄어라!

---

* 樹芽 : 나뭇가지 끝에 처음으로 돋아난 싹.

담배

나의 긴 한숨을 동무하는
못 잊게 생각나는 나의 담배!
내력來歷*을 잊어버린 옛 시절時節에
낳다가 새 없이** 몸이 가신
아씨님 무덤 위의 풀이라고
말하는 사람도 보았어라.
어물어물 눈앞에 쓰러지는 검은 연기煙氣,
다만 타붙고 없어지는 불꽃.
아 나의 괴로운 이 맘이여.
나의 하염없이 쓸쓸한 많은 날은
너와 한가지로 지나가라.

---

* 겪어 온 자취.
** 사이 없이. '어찌 해 볼 경황도 없이'의 뜻.

실제

이 가람*과 저 가람이 모두 처흘러**
그 무엇을 뜻하는고?

미더움을 모르는 당신의 맘

죽은 듯이 어두운 깊은 골의
꺼림직한 괴로운 몹쓸 꿈의
퍼르죽죽한 불길은 흐르지만
더듬기에 지치운*** 두 손길은
불어 가는 바람에 식히셔요
밝고 호젓한 보름달이
새벽의 흔들리는 물 노래로
수줍음에 추움에 숨을 듯이
떨고 있는 물 밑은 여기외다.

미더움을 모르는 당신의 맘

저 산山과 이 산山이 마주서서
그 무엇을 뜻하는고?

---

* '강' 의 옛말.
** 마구 흘러.
*** 지친.

어버이

잘 살며 못 살며 할 일이 아니라
죽지 못해 산다는 말이 있나니,
바이 죽지 못할 것도 아니지마는
금년에 열네 살, 아들딸이 있어서
순복이 아버님은 못 하노란다.

부모

낙엽落葉이 우수수 떨어질 때,
겨울의 기나긴 밤,
어머님하고 둘이 앉아
옛이야기 들어라.

나는 어쩌면 생겨나와
이 이야기 듣는가?
묻지도 말아라, 내일來日날에
내가 부모父母 되어서 알아보랴?

후살이

홀로된 그 여자女子
근일近日에 와서는 후살이[*] 간다 하여라.
그렇지 않으랴, 그 사람 떠나서
제이 십년十年, 저 혼자 더 살은 오늘날에 와서야……
모두 다 그럴듯한 사람 사는 일레요.[**]

잊었던 맘

집을 떠나 먼 저곳에
외로이도 다니던 내 심사心事를!
바람불어 봄꽃이 필 때에는,
어째타[***] 그대는 또 왔는가,
저도 잊고 나니 저 모르던 그대
어찌하여 옛날의 꿈조차 함께 오는가.
쓸데도 없이 서럽게만 오고 가는 맘.

---

* 여자가 다시 시집가서 사는 일.
** '일일레요' 의 준말. 일이겠어요.
*** 어찌하여. '어째' 에 '―타' 가 결합하여 의미를 강조한 형태.

봄비

어룰[*] 없이 지는 꽃은 가는 봄인데
어룰 없이 오는 비에 봄은 울어라.
서럽다 이 나의 가슴속에는!
보라, 높은 구름 나무의 푸릇한 가지.
그러나 해 늦으니 어스름인가.
애달피 고운 비는 그어^{**} 오지만
내 몸은 꽃자리에 주저앉아 우노라.

---

44 김소월

비단 안개

눈들이 비단 안개에 둘리울 때,
그때는 차마 잊지 못할 때러라.
만나서 울던 때도 그런 날이오,
그리워 미친 날도 그런 때러라.

눈들이 비단 안개에 둘리울 때,
그때는 홀목숨*은 못살 때러라.
눈 풀리는 가지에 당치맛귀**로
젊은 계집 목매고 달릴 때러라.

눈들이 비단 안개에 둘리울 때,
그때는 종달새 솟을 때러라.
들에랴, 바다에랴, 하늘에서랴,
아지 못할 무엇에 취醉할 때러라.

눈들이 비단 안개에 둘리울 때,
그때는 차마 잊지 못할 때러라.
첫사랑 있던 때도 그런 날이오
영 이별 있던 날도 그런 때러라.

---

* '홀로 사는 목숨'의 줄인 말로, '혼자 사는 사람'을 뜻한다.
** 당唐치마의 귀. 중국에서 전래된 '당의唐衣'는 조선 시대의 여자 예복의 한 가지이다. 저고리와 비슷하나 길이가 무릎 근처까지 닿으며, 도련은 둥근 곡선을 이루고 옆이 겨드랑이에서부터 터져 있다. 그러나 '당치마'가 존재했는지는 확인할 수 없다.

기억

달 아래 시멋 없이[*] 섰던 그 여자女子,
서있던 그 여자女子의 해쓱한 얼굴,
해쓱한 그 얼굴 적이^{**} 파릇함.
다시금 실 벋은 듯한^{***} 가지 아래서
시커먼 머릿낄[*]은 번쩍거리며.
다시금 하룻밤의 식는 강江물을
평양平壤의 긴 단장^{**}은 숯고^{***} 가던 때.
오오 그 시멋 없이 섰던 여자女子여!

그립다 그 한밤을 내게 가깝던
그대여 꿈이 깊던 그 한동안을
슬픔에 귀여움에 다시 사랑의
눈물에 우리 몸이 맡기었던 때.
다시금 고즈넉한 성城밖 골목의
사월四月의 늦어가는 뜬눈의 밤을
한두 개個 등燈불빛은 울어 새던 때.
오오 그 시멋 없이 섰던 여자女子여!

---

[*] 아무 생각 없이 멍하니. 망연하게.
^{**} 약간. 다소. 얼마간. 조금.
^{***} 실이 벋은 듯한.
[*] '머리카락'의 평북 방언.
^{**} 短墻 : 낮은 담장.
^{***} 스치고.

애모

왜 아니 오시나요.
영창映窓*에는 달빛, 매화梅花꽃이
그림자는 산란散亂히 휘젓는데.
아이. 눈 꽉 감고 요대로 잠을 들자.

저 멀리 들리는 것!
봄철의 밀물소리
물나라의 영롱玲瓏한 구중궁궐九重宮闕,** 궁궐宮闕의 오요한*** 곳,
잠 못 드는 용녀龍女*의 춤과 노래, 봄철의 밀물소리.

어두운 가슴속의 구석구석……
환연한** 거울 속에, 봄 구름 잠긴 곳에,
소솔비*** 내리며, 달무리 둘려라.
이대도록* 왜 아니 오시나요. 왜 아니 오시나요.

---

* 방과 마루 사이의 두 쪽 미닫이 창.
** (문이 겹겹이 달린) 깊은 대궐.
*** 가장 깊숙하고 구석진.
* 용왕의 딸, 또는 용궁에 산다는 선녀.
** 환연煥然하다. 의심 따위가 풀려 한 점의 의혹도 없이 맑다.
*** 으스스하고 쓸쓸하게 오는 비.
* 이토록.

몹쓸 꿈

봄 새벽의 몹쓸 꿈
깨고 나면!
우짖는* 까막까치,** 놀라는 소리,
너희들은 눈에 무엇이 보이느냐.

봄철의 좋은 새벽, 풀이슬 맺혔어라.
볼지어다, 세월歲月은 도무지 편안便安한데,
두새 없는*** 저 까마귀, 새들게* 우짖는 저 까치야,
나의 흉凶한 꿈 보이느냐?

고요히 또 봄바람은 봄의 빈 들을 지나가며,
이윽고 동산에서는 꽃잎들이 흩어질 때,
말 들어라, 애틋한 이 여자女子야, 사랑의 때문에는
모두다 사나운 조짐兆朕인 듯, 가슴을 뒤노아라.**

---

* 우짖다. 새가 울어 지저귀다.
** 오작烏鵲, 즉 까마귀와 까치.
*** '이치에 맞지 않는'이라는 뜻의 정주 방언.
* 혼자서 지껄이는. 혼자 까불거리는.
** 기본형은 '뒤놀다'. 한 곳에 붙어 있지 않고 이리저리 몹시 흔들리다.

그를 꿈꾼 밤

야밤중,* 불빛이 발갛게
어렴풋이 보여라.

들리는 듯, 마는 듯,
발자국 소리.
스러져 가는 발자국 소리.

아무리 혼자 누워 몸을 뒤재도**
잃어버린 잠은 다시 안와라.

야밤중, 불빛이 발갛게
어렴풋이 보여라.

---

* 야夜밤중中. 한밤중.
** 기본형은 '뒤재다'. 뒤재기다. 뒤바꾸거나 뒤집어 놓다. 여러 가지 것을 한데 뒤섞다.

여자의 냄새

푸른 구름의 옷 입은 달의 냄새.
붉은 구름의 옷 입은 해의 냄새.
아니, 땀 냄새, 때 묻은 냄새,
비에 맞아 추거운* 살과 옷 냄새.

푸른 바다…… 어즈리는** 배……
보드라운 그리운 어떤 목숨의
조그마한 푸릇한 그무러진*** 영靈
어우러져 비끼는 살의 아우성……

다시는 장사葬事 지나간 숲 속의 냄새.
유령幽靈 실은 널뛰는 뱃간의 냄새.
생고기의 바다의 냄새.
늦은 봄의 하늘을 떠도는 냄새.

모래 두던* 바람은 그물 안개**를 불고
먼 거리의 불빛은 달 저녁을 울어라.
냄새 많은 그 몸이 좋습니다.
냄새 많은 그 몸이 좋습니다.

---

* 축축한.
** 기본형은 '어지르다'. 정돈되어 있는 일이나 물건을 뒤섞거나 뒤얽히게 하다.
*** 기본형은 '그무러지다'. 흐리고 어둠침침하게 되다. 마음이 침울하게 되다.
* '언덕'의 방언.
** 그물 모양의 안개.

분 얼굴

불빛에 떠오르는 새뽀얀 얼굴,
그 얼굴이 보내는 호젓한* 냄새
오고가는 입술의 주고받는 잔盞,
가느스름한 손길은 아르대여라.**

검으스러하면서도 붉으스러한
어렴풋하면서도 다시 분명分明한
줄그늘*** 위에 그대의 목노리*
달빛이 수풀 위를 떠 흐르는가.

그대하고 나하고 또는 그 계집
밤에 노는 세 사람, 밤의 세 사람,
다시금 술잔 위의 긴 봄밤은
소리도 없이 창窓 밖으로 새여 빠져라

---

* 호젓하다. 무서운 느낌이 들 만큼 고요하고 쓸쓸하다.
** 기본형은 '아른대다'. 아른거리다. 눈앞에서 왔다갔다 하다.
*** 길게 이어진 그늘.
* '목소리'의 오식으로 추정되나, 확실치 않음.

안해 몸

들고 나는 밀물에
배 떠나간 자리야 있스랴.
어질은* 안해**인 남의 몸인 그대요
'아주, 엄마 엄마라고 불리기 전前에.'

굴뚝이기에 연기煙氣가 나고
돌바우*** 아니기에 좀이 들어라*
젊으나 젊으신 청하늘**인 그대요,
'착한 일 하신 분네는 천당天堂 가옵시리라.'

---

* 어진. 기본형은 '어질다'. 마음이 너그럽고 인정이 도탑다.
** '아내'의 옛말.
*** 돌바위. '바우'는 바위의 방언.
* 좀이 들다. 좀이 물건을 쏠다. 여기서 '좀'은 사물을 눈에 띄지 않게 조금씩 해치는 사람이나 물건을 비
  유적으로 이르는 말.
** 청靑하늘. 청천靑天. 푸른 하늘.

서울밤

붉은 전등電燈.
푸른 전등電燈.
널따란 거리면 푸른 전등.
막다른 골목이면 붉은 전등.
전등은 반짝입니다.
전등은 그무립니다.*
전등은 또다시 어스릿합니다.**
전등은 죽은 듯한 긴 밤을 지킵니다.

나의 가슴의 속모를 곳의
어둡고 밝은 그 속에서도
붉은 전등이 흐득여*** 웁니다.
푸른 전등이 흐득여 웁니다.

붉은 전등.
푸른 전등.
머나먼 밤하늘은 새캄합니다.*
머나먼 밤하늘은 새캄합니다.

---

* 그무리다. 그물거리다. 날씨가 개였다 흐렸다 하다. 빛이 밝아졌다 침침해졌다 하다.
** 어스레합니다. 어스레하다. 조금 어둑하다.
*** 흐느껴.
* 새카맣습니다. 새카맣다. 매우 까맣다.

서울 거리가 좋다고 해요.
서울 밤이 좋다고 해요.
붉은 전등.
푸른 전등.
나의 가슴의 속모를 곳의
푸른 전등은 고적孤寂합니다.
붉은 전등은 고적합니다.

반달

가을 아침에

엇득한* 퍼스렷한** 하늘 아래서
회색灰色의 지붕들은 번쩍거리며,
성깃한*** 섶나무*의 드문 수풀을
바람은 오다가다 울며 만날 때,
보일락말락하는 멧골**에서는
안개가 어스러히 흘러 쌓여라.

아아 이는 찬비 온 새벽이러라.
냇물도 잎새 아래 얼어붙누나.
눈물에 쌔여*** 오는 모든 기억記憶은
피 흘린 상처傷處조차 아직 새로운
가주난* 아기같이 울며 서두는
내 영靈을 에워싸고 속살거려라.

'그대의 가슴속이 가볍던 날

---

* 어득한. 어둑하다. 제법 어둡다.
** 기본형은 '퍼스렀하다'. 푸르스름하다.
*** 성깃하다. 조금 성긴 듯하다. '성기다'는 '공간적으로 사이가 뜨다'의 뜻.
* 섶나무. 잎나무, 풋나무, 물거리 따위의 땔나무를 통틀어 일컫는 말.
** 산골.
*** 싸여.
* 갓 낳은. '가주'는 '갓'의 방언. '가주난 아기'는 갓난아이를 뜻함.

그리운 그 한때는 언제였었노!'
아아 어루만지는 고운 그 소리
쓰라린 가슴에서 속살거리는,
미움도 부끄럼도 잊은 소리에,
끝없이 하염없이 나는 울어라.

가을 저녁에

물은 희고 길구나, 하늘보다도.
구름은 붉구나, 해보다도.
서럽다, 높아 가는 긴 들 끝에
나는 떠돌며 울며 생각한다, 그대를.

그늘 깊이 오르는 발 앞으로
끝없이 나아가는 길은 앞으로.
키 높은 나무 아래로, 물마을[*]은
성깃한^{**} 가지가지 새로 떠오른다.

그 누가 온다고 한 언약言約도 없건마는!
기다려 볼 사람도 없건마는!
나는 오히려 못 물가를 싸고 떠돈다.
그 못물로는 놀이 잦을^{***} 때.

-----
 * 강촌江村. 물가에 있는 마을.
 ** 성깃하다. 물건의 사이가 뜨다.
 *** 잦다. 거친 기운이 잠잠해지거나 가라앉다.

반달

희멀끔하여 떠돈다, 하늘 위에,
빛 죽은 반+달이 언제 올랐나!
바람은 나온다, 저녁은 춥구나,
흰 물가엔 뚜렷이 해가 드누나.

어두컴컴한 풀 없는 들은
찬 안개 위로 떠 흐른다.
아, 겨울은 깊었다, 내 몸에는,
가슴이 무너져 내려앉는 이 설움아!

가는 님은 가슴의 사랑까지 없애고 가고
젊음은 늙음으로 바뀌어 든다.
들가시나무*의 밤 드는** 검은 가지
잎새들만 저녁빛에 희그무레히*** 꽃 지듯 한다.

---

* 들판에 있는 가시나무.
** 밤이 되어 가는 때의.
*** 희끄무레하게.

귀뚜라미

만나려는 심사

저녁 해는 지고서 어스름의 길,
저 먼 산山엔 어두워 잃어진 구름,
만나려는 심사는 웬 셈*일까요,
그 사람이야 올 길 바이없는데,**
발길은 누*** 마중을 가잔 말이냐.
하늘엔 달 오르며 우는 기러기.

---

* 어떻게 하겠다는 생각.
** 바이없다. '전혀 없다', '아주 없다' 의 뜻.
*** '누구' 의 방언.

옛낯

생각의 끝에는 졸음이 오고
그리움 끝에는 잊음이 오나니,
그대여, 말을 말어라, 이후後부터,
우리는 옛낯* 없는 설움을 모르리.

깊이 믿던 심성

깊이 믿던 심성心誠**이 황량荒凉한 내 가슴 속에,
오고가는 두서너 구우舊友***를 보면서 하는 말이
'이제는, 당신네들도 다 쓸데없구려!'

---

* 구면舊面. 예전부터 알고 지내는 사람.
** 성심誠心과 같은 뜻. 정성스러운 마음.
*** 옛 친구, 또는 사귄 지 오래된 친구.

꿈

꿈? 영靈의 헤적임.[*] 설움의 고향故鄉.
울자, 내 사랑, 꽃 지고 저무는 봄.

님과 벗

벗은 설움에서 반갑고
님은 사랑에서 좋아라.
딸기꽃 피어서 향기香氣로운 때를
고초苦椒^{**}의 붉은 열매 익어가는 밤을
그대여, 부르라, 나는 마시리.

---

* '헤적이다'의 명사형. 헤적이다. 깨지락거리며 자꾸 들추거나 헤치다.
** '고추'의 원말.

지연

오후午后의 네길거리 해가 들었다,
시정市井의 첫겨울의 적막寂寞함이여,
우둑히* 문어귀에 혼자 섰으면,
흰눈의 잎사귀, 지연紙鳶**이 뜬다.

오시는 눈

땅 위에 쌔하얗게*** 오시는 눈.
기다리는 날에는 오시는 눈.
오늘도 저 안 온 날 오시는 눈.
저녁 불 켤 때마다 오시는 눈.

---

* 우두커니. 넋이 나간 듯이 가만히 한 자리에 서 있거나 앉아 있는 모양.
** 종이연.
*** '새하얗게'의 센말.

설움의 덩이

꿇어앉아 올리는 향로香爐의 향香불.
내 가슴에 조그만 설움의 덩이.
초닷새 달 그늘에 빗물이 운다.
내 가슴에 조그만 설움의 덩이.

낙천*

살기에 이러한 세상이라고
맘을 그렇게나 먹어야지,
살기에 이러한 세상이라고,
꽃 지고 잎 진 가지에 바람이 운다.

---

* 樂天 : 세상과 인생을 즐겁고 좋은 것으로 여김.

바람과 봄

봄에 부는 바람, 바람 부는 봄,
작은 가지 흔들리는 부는 봄바람,
내 가슴 흔들리는 바람, 부는 봄,
봄이라 바람이라 이 내 몸에는
꽃이라 술잔盞이라 하며 우노라.

눈

새하얀 흰눈, 가비엽게* 밟을 눈,
재가 타서 날릴 듯 꺼질 듯한 눈,
바람엔 흩어져도 불길에야 녹을 눈.
계집의 마음. 님의 마음.

---

* 가볍게.

깊고 깊은 언약

몹쓸은 꿈을 깨어 돌아누울 때,
봄이 와서 멧나물* 돋아나올 때,
아름다운 젊은이 앞을 지날 때,
잊어버렸던 듯이 저도 모르게,
얼결**에 생각나는 '깊고 깊은 언약'

---

* 산나물.
** 얼떨결.

붉은 조수

바람에 밀려드는 저 붉은 조수潮水*
저 붉은 조수가 밀어들 때마다
나는 저 바람 위에 올라서서
푸릇한 구름의 옷을 입고
불같은 저 해를 품에 안고
저 붉은 조수와 나는 함께
뛰놀고 싶구나, 저 붉은 조수와.

남의 나라 땅

돌아다 보이는 무쇠다리
얼결**에 띄워 건너서서
숨그르고*** 발 놓는 남의 나라 땅.

---

* 해와 달의 인력에 의해서 주기적으로 들어왔다 나갔다 하는 바닷물. 아침에 밀려들었다가 나가는 바닷물.
** 얼떨결.
*** 기본형은 '숨그르다'. '숨을 가누다'의 평안 방언.

천리만리

말리지 못할 만치 몸부림하며
마치 천리만리千里萬里나 가고도 싶은
맘이라고나 하여 볼까.
한줄기 쏜살같이 뻗은 이 길로
줄곧 치달아* 올라가면
불붙는 산山의, 불붙는 산山의
연기煙氣는 한두 줄기 피어올라라.

생과 사

살았대나 죽었대나 같은 말을 가지고
사람은 살아서 늙어서야 죽나니,
그러하면 그 역시亦是 그럴 듯도 한 일을,
하필何必코** 내 몸이라 그 무엇이 어째서
오늘도 산山마루에 올라서서 우느냐.

---

* 치닫다. 위쪽으로 달리다. 또는 위쪽으로 달려 올라가다.
** 어찌하여 반드시. 어째서 꼭.

어인*

헛된 줄 모르고나 살면 좋아도!
오늘도 저 넘에** 편便 마을에서는
고기잡이 배 한 척隻 길 떠났다고.
작년昨年에도 바닷놀***이 무서웠건만.

귀뚜라미

산山바람 소리.
찬비 뜯는* 소리.
그대가 세상고락世上苦樂 말하는 날 밤에,
순막집** 불도 지고 귀뚜라미 울어라.

---

* 漁人 : 고기 잡는 사람. 어부漁夫.
** 너머.
*** 바다 노을
* 뜯는. 기본형은 '듣다'. 눈물, 빗물 따위의 액체가 방울져 떨어지다.
** 주막집.

월색

달빛은 밝고 귀뚜라미 울 때는
우둑히* 시멋 없이** 잡고 섰던 그대를
생각하는 밤이여, 오오 오늘밤
그대 찾아 데리고 서울로 가나?

---

* 우두커니.
** 아무 생각 없이 멍하니. 망연하게.

불운에 우는 그대여

불운不運에 우는 그대여, 나는 아노라
무엇이 그대의 불운을 지었는지도,
부는 바람에 날려,
밀물에 흘러,
굳어진 그대의 가슴속도.
모두 지나간 나의 일이면.
다시금 또 다시금
적황赤黃*의 포말泡沫**은 북고여라,*** 그대의 가슴속의
암청暗靑*의 이기어,** 거친 바위
치는 물가의.

* 붉은빛을 띤 누른빛.
** 물거품.
*** 그 뜻이 분명치 않으나, '부글거리며 고이다' 정도로 해석된다.
* 어두운 푸른색.
** '이끼여'의 오식으로 보인다.

바다가 변하여 뽕나무밭 된다고

걷잡지 못할만한 나의 이 설움,
저무는 봄 저녁에 져가는 꽃잎,
져가는 꽃잎들은 나부끼어라.
예로부터 일러 오며 하는 말에도
바다가 변變하여 뽕나무밭 된다고.[*]
그러하다, 아름다운 청춘青春의 때에
있다던 온갖 것은 눈에 설고[**]
다시금 낯모르게 되나니,
보아라, 그대여, 서럽지 않은가,
봄에도 삼월三月의 져가는 날에
붉은 피같이도 쏟아져 내리는
저기 저 꽃잎들을, 저기 저 꽃잎들을.

---

[*] 한자어 '상전벽해桑田碧海' 를 풀어 쓴 말. '뽕나무밭이 변하여 푸른 바다가 된다' 는 뜻으로, 세상일의 변천이 심함을 비유하는 말.
[**] 설다. 익숙하지 못하다.

황촉불

황촉黃燭*불, 그저도 까맣게
스러져가는**푸른 창窓을 기대고
소리조차 없는 흰 밤에,
나는 혼자 거울에 얼굴을 묻고
뜻 없이 생각 없이 들여다보노라.
나는 이르노니, '우리 사람들
첫날밤은 꿈속으로 보내고
죽음은 조는 동안에 와서,
별別 좋은 일도 없이 스러지고 말어라.'

---

* 밀초. 밀랍으로 만든 초.
** 기본형은 '스러지다'. 형체나 현상 따위가 차차 희미해지면서 없어지다.

맘에 있는 말이라고 다 할까보냐

하소연하며 한숨을 지으며
세상을 괴로워하는 사람들이여!
말을 나쁘지 않도록 좋게 꾸밈은
다라진* 이 세상의 버릇이라고, 오오 그대들!
맘에 있는 말이라고 다 할까보냐.
두세 번番 생각하라, 위선爲先** 그것이
저부터 밑지고 들어가는 장사일진댄.
사는 법法이 근심은 못 갈은다고,***
남의 설움을 남은 몰라라.
말마라, 세상, 세상 사람은
세상에 좋은 이름 좋은 말로써
한 사람을 속옷마저 벗긴 뒤에는
그를 네길거리에 세워 놓아라, 장승도 마치한가지.*
이 무슨 일이냐, 그날로부터,
세상 사람들은 제각금** 제 비위脾胃*** 의 헐한 값으로
그의 몸값을 매마쟈고* 덤벼들어라.
오오 그러면, 그대들은 이후에라도
하늘을 우러르라, 그저 혼자, 섧거나 괴롭거나.

---

* 닳아진. 기본형은 '닳다'. 세파에 시달리거나 어려운 일을 많이 겪어 성질이나 생각 따위가 약아지다.
** 우선.
*** 갈지 못한다고. 바꾸지 못한다고.
* 마찬가지.
** 제각기. 사람마다 각각.
*** 비장脾臟과 위胃를 가리키는 말에서 나온 뜻으로, 음식 맛이나 어떤 사물에 대하여 좋고 언짢음을 느끼는 기분, 또는 아니꼽거나 언짢은 일을 잘 견디어 내는 힘을 의미한다.
* 매기자고. 기본형은 '매마다' 로 '값을 매기다' 의 뜻.

훗길

어버이님네들이 외우는* 말이
'딸과 아들을 기르기는
훗길**을 보자는 심성心誠이로라.'
그러하다, 분명分明히 그네들도
두 어버이 틈에서 생겼어라.
그러나 그 무엇이냐, 우리 사람!
손들어 가르치던 먼 훗날에
그네들이 또다시 자라 커서
한결같이 외우는 말이
'훗길을 두고 가자는 심성心誠으로
아들딸을 늙도록 기르노라.'

---

* 외우다. 입버릇처럼 늘 말하다.
** 후後길. 미래의 기대나 희망.

부부

오오 안해*여, 나의 사랑!
하늘이 무어준** 짝이라고
믿고 살음이 마땅치 아니한가.
아직 다시 그러랴, 안 그러랴?
이상하고 별납은*** 사람의 맘,
저 몰라라, 참인지, 거짓인지?
정분情分으로 얽은 딴 두 몸이라면.
서로 어그점인들* 또 있으랴.
한평생限平生**이라도 반백년半百年
못 사는 이 인생人生에!
연분緣分의 긴 실***이 그 무엇이랴?
나는 말하려노라, 아무려나,
죽어서도 한 곳에 묻히더라.

---

* '아내' 의 옛말.
** 맺어준. 기본형은 '뭇다'. '두 사람의 인연을 맺어준다' 는 뜻의 평안 방언.
*** 별난. 별스러운. 기본형은 '벨랍다'.
* '어긋난 점인들' 을 줄여서 표현한 말로 보인다. 이와 달리, 기본형을 '어그적시다' 로 보아, '멋없이 교
  만하게 굴거나 함부로 으스대다' 라는 의미로 해석하는 견해도 있다.
** 살아 있는 동안까지.
*** '연분緣分' 은 서로 관계를 가지게 되는 인연, 혹은 부부가 될 수 있는 인연을 의미한다. 여기서 '연분의
  긴 실' 이란 부부로 만나게 되는 인연의 끈을 가리키는 말이다.

나의 집

들가에 떨어져 나가 앉은 메기슭*의
넓은 바다의 물가 뒤에,
나는 지으리, 나의 집을,
다시금 큰길을 앞에다 두고.
길로 지나가는 그 사람들은
제각금 떨어져서 혼자 가는 길.
하이얀 여울턱**에 날은 저물 때.
나는 문間간에 서서 기다리리
새벽새가 울며 지새는 그늘로
세상은 희게, 또는 고요하게,
번쩍이며 오는 아침부터,
지나가는 길손을 눈여겨보며,
그대인가고, 그대인가고.

---

* 산기슭.
** 여울의 턱이 진 곳. '여울'은 강이나 바다의 바닥이 얕거나 폭이 좁아 물살이 세게 흐르는 곳을 가리킨다.

새벽

낙엽落葉이 발이 숨는 못물가에
우뚝우뚝한 나무 그림자
물빛조차 어섬푸레히 떠오르는데,
나 혼자 섰노라, 아직도 아직도,
동東녘 하늘은 어두운가.
천인天人에도 사랑 눈물, 구름 되어,
외로운 꿈의 베개, 흐렸는가
나의 님이여, 그러나 그러나
고이도 붉으스레 물* 질려** 와라
하늘 밟고 저녁에 섰는 구름.
반半달은 중천中天*** 에 지새일 때.

---

* 물감이 물건에 묻어서 드러나는 빛깔.
** 기본형은 '질리다'. 짙은 빛깔이 한데로 몰려서 고르게 퍼지지 못하다.
*** 하늘의 한가운데.

구름

저기 저 구름을 잡아타면
붉게도 피로 물든 저 구름을,
밤이면 새캄한 저 구름을.
잡아타고 내 몸은 저 멀리로
구만리九萬里[*] 긴 하늘을 날아 건너
그대 잠든 품속에 안기렸더니,
애스러라,^{**} 그리는 못한대서,
그대여, 들으라^{***} 비가 되어
저 구름이 그대한테로 내리거든,
생각하라, 밤저녁,[*] 내 눈물을.

---

* 아득하게 먼 거리를 비유적으로 이르는 말.
** 애스럽다. 야속스럽다.
*** 떨어져라. 기본형은 '듣다'. 눈물, 빗물 따위의 액체가 방울져 떨어지다.
* 잠자리에 들기 전의 그다지 늦지 않은 밤.

여름의 달밤

서늘하고 달 밝은 여름밤이여
구름조차 희미한 여름밤이여
그지없이 거룩한 하늘로서는[*]
젊음의 붉은 이슬 젖어 내려라.

행복幸福의 맘이 도는 높은 가지의
아슬아슬 그늘 잎새를
배불러 기어 도는 어린 벌레도
아아 모든 물결은 복福받았어라.

벋어벋어 오르는 가시덩굴도
희미稀微하게 흐르는 푸른 말빛[**]이
기름 같은 연기煙氣에 멱 감을러라.[***]
아아 너무 좋아서 잠 못 들어라.

우긋한[*] 풀대[**]들은 춤을 추면서
갈잎들은 그윽한 노래 부를 때.

---

[*] 하늘로부터는. 여기서 '-로서'는 어떤 동작이 일어나거나 시작되는 곳을 나타낸다.
[**] '달빛'의 오식으로 보인다.
[***] 멱 감다. 미역 감다. 목욕하다.
[*] 기본형은 '우긋하다'. 조금 우거진 듯하다.
[**] 풀줄기.

오오 내려 흔드는 달빛 가운데
나타나는 영원永遠을 말로 새겨라.

자라는 물벼이삭 벌에서 불고
마을로 은銀 슷듯이* 오는 바람은
눅잣추는** 향기薰氣를 두고 가는데
인가人家들은 잠들어 고요하여라.

하루 종일終日 일하신 아기 아버지
농부農夫들도 편안便安히 잠들었어라.
녕*** 기슭의 어득한 그늘 속에선
쇠스랑과 호미뿐 빛이 피어라.

이윽고 식새리*의 우는 소리는
밤이 들어가면서 더욱 잦을 때
나락밭** 가운데의 우물가에는
농녀農女의 그림자가 아직 있어라.

달빛은 그무리며*** 넓은 우주宇宙에
잃어졌다 나오는 푸른 별이요.
식새리의 울음의 넘는 곡조曲調요.
아아 기쁨 가득한 여름밤이여.

----

* 스치듯이.
** 위로하는. 도로 누그러지게 하는.
*** '지붕' 의 평북 방언.
* 씩쌔리. '쓰르라미' 의 평안 방언.
** 논.
*** 그무리다. 그물거리다. 날씨가 개였다 흐렸다 하다. 빛이 밝아졌다 침침해졌다 하다.

삼간집*에 불붙는 젊은 목숨의
정열情熱에 목 맺히는 우리 청춘靑春은
서느럽은** 여름 밤 잎새 아래의
희미한 달빛 속에 나부끼어라.

한때의 자랑 많은 우리들이여
농촌農村에서 지나는 여름보다도
여름의 달밤보다 더 좋은 것이
인간人間에 이 세상에 다시 있으랴.

조그만 괴로움도 내어버리고
고요한 가운데서 귀 기울이며
흰 달의 금물결에 노櫓를 저어라
푸른 밤의 하늘로 목을 놓아라.

아아 찬양讚揚하여라 좋은 한때를
흘러가는 목숨을 많은 행복幸福을.
여름의 어스러한 달밤 속에서
꿈같은 즐거움의 눈물 흘러라.

_____
* 칸이 셋인 집. 작은 집.
** 서늘한.

오는 봄

봄날이 오리라고 생각하면서
쓸쓸한 긴 겨울을 지나보내라.
오늘 보니 백양白楊*의 뻗은 가지에
전前에 없이 흰 새가 앉아 울어라.

그러나 눈이 깔린 두던** 밑에는
그늘이냐 안개냐 아지랑이냐.
마을들은 곳곳이 움직임 없이
저편便 하늘 아래서 평화平和롭건만.

새들게*** 지껄이는 까치의 무리.
바다를 바라보며 우는 까마귀.
어디로서* 오는지 종경** 소리는
젊은 아기 나가는 조곡弔曲일러라.

보라 때에 길손도 머뭇거리며
지향 없이 갈 발이 곳을 몰라라.
사무치는 눈물은 끝이 없어도

---

* 버드나뭇과의 낙엽 교목. 깊은 산이나 물가에 나는데, 높이는 15~20m. 4월경 잎이 나기 전에 적갈색
  꽃이 늘어져 핌. 황철나무.
** '언덕' 의 방언.
*** 혼자서 지껄이는. 혼자 까불거리는.
* 어디에서. 여기서 '-로서' 는 어떤 동작이 일어나거나 시작되는 곳을 나타낸다.
** 종경鐘磬. 종鐘과 경磬을 아울러 이르는 말.

하늘을 쳐다보는 삶의 기쁨.

저마다 외로움의 깊은 근심이
오도 가도 못하는 망상거림*에
오늘은 사람마다 님을 여의고
곳을 잡지 못하는 설움일러라.

오기를 기다리는 봄의 소리는
때로 여윈 손끝을 울릴지라도
수풀 밑에 서리운** 머리낄***들은
걸음걸음 괴로이 발에 감겨라.

---

* 이리저리 생각만 하고 망설이는 태도.
** 서려 있는.
*** '머리카락'의 평북 방언.

물마름

주린[*] 새무리는 마른 나무의
해지는 가지에서 재갈이던^{**} 때.
온종일 흐르던 물 그도 곤困하여
놀 지는 골짜기에 목이 메던 때.

그 누가 알았으랴 한쪽 구름도
걸려서 흐득이는 외로운 영嶺을
숨차게 올라서는 여윈 길손이
달고 쓴 맛이라면 다 겪은 줄을.

그곳이 어디드냐 남이장군南怡將軍^{***}이
말 먹여 물 찌었던[*] 푸른 강江물이
지금에 다시 흘러 둑을 넘치는
천백리두만강千百里豆滿江이 예서 백십리百十里.

무산茂山^{**}의 큰 고개가 예가 아니냐
누구나 예로부터 의義를 위하여
싸우다 못 이기면 몸을 숨겨서

---

* 배고픈. 기본형은 '주리다'. 제대로 먹지 못하여 배를 곯다.
** 재깔이던. 재깔이다. 나직한 목소리로 좀 떠들썩하게 말하다.
*** 조선 세조 때의 장군. 태종의 외손으로 이시애李施愛의 난을 평정하여 용맹을 날리고 26세에 병조판서
 가 되었으나, 유자광柳子光의 모함을 받아 옥사하였다.
* 줄어들었던. 기본형은 '찌다'. 고인 물이 없어지거나 줄어들다.
** 함경북도의 무산군의 군청 소재지. 두만강을 사이로, 중국의 간도 지방과 접하여 있는 국경의 요충지대.

한때의 못난이가 되는 법이라.
그 누가 생각하랴 삼백년래三百年來에
차마 받지 다 못할 한恨과 모욕侮辱을
못 이겨 칼을 잡고 일어섰다가
인력人力의 다함에서 쓰러진 줄을.

부러진 대쪽으로 활을 메우고
녹슨 호미쇠로 칼을 별러서*
도독荼毒** 된 삼천리三千里에 북을 울리며
정의正義의 기旗를 들던 그 사람이여.

그 누가 기억記憶하랴 다북동多北洞*** 에서
피 물든 옷을 입고 외치던 일을
정주성定州城* 하룻밤에 지는 달빛에
애끈친** 그 가슴이 숫기*** 된 줄을.

물위의 뜬 마름*에 아침 이슬을
불붙는 산山마루에 피었던 꽃을
지금에 우러르며 나는 우노라
이루며 못 이룸에 박薄한 이름을.

---

* 날을 갈아 날카롭게 만들어서. 기본형은 '벼르다'.
** 쏨바귀의 독. 심한 해독害毒. 참기 어려울 정도의 심한 고통을 뜻한다.
*** '다복동多福洞' 의 잘못. 홍경래洪景來(1780~1812)가 난을 일으켰을 때 거사擧事의 본거지로 삼았던 가산嘉山의 동洞 이름.
* 평안북도 정주군 내의 성城. 홍경래가 최후를 마쳤던 곳이다.
** 애끊는. 기본형은 '애끊다'. 몹시 슬퍼서 창자가 끊어질 듯하다.
*** 숯이.
* 마름과의 한해살이풀. 진흙 속에 뿌리를 박고, 줄기는 물속에서 가늘고 길게 자라 물 위로 나오며 깃털 모양의 물속 뿌리가 있다.

바리운 몸

우리집

이바루[*]
외따로 와 지나는 사람 없으니
'밤 자고 가자' 하며 나는 앉아라.

저 멀리, 하느편便^{**}에
배는 떠나 나가는
노래 들리며

눈물은
흘러내려라
스르르 내려 감는 눈에.

꿈에도 생시에도 눈에 선한 우리 집
또 저 산山 넘어넘어
구름은 가라.

---

* '어떤 곳의 근처' 라는 뜻의 평북방언.
** 하늬쪽. 서쪽.

들도리*

들꽃은
피어
흩어졌어라.

들풀은
들로 한 벌 가득히 자라 높았는데
뱀의 헐벗은 묵은 옷은
길분전**의 바람에 날아돌아라.

저 보아, 곳곳이 모든 것은
번쩍이며 살아 있어라.
두 나래 펼쳐 떨며
소리개도 높이 떴어라.

때에 이내 몸
가다가 또다시 쉬기도 하며,
숨에 찬 내 가슴은
기쁨으로 채워져 사뭇 넘쳐라.

걸음은 다시금 또 더 앞으로……

---

* '들(野)'과 '돌다(回)'가 결합한 말로, 들을 돌며 노는 일을 뜻한다.
** 그 뜻이 분명치 않다. 다만, '분전'은 물건을 여러 곳에 나누어 전함이라는 뜻의 '분전分傳'으로 볼 수
있으며, 이렇게 보면, '길분전'은 '여러 갈래의 길'이란 의미로 해석해 볼 수 있다.

바리운 몸*

꿈에 울고 일어나
들에
나와라.

들에는 소슬비**
머구리***는 울어라.
들 그늘 어두운데

뒷짐 지고 땅 보며 머뭇거릴 때.

누가 반딧불 꾀어드는* 수풀 속에서
'간다 잘 살어라' 하며, 노래 불러라.

---

* 버림받은 몸.
** 으스스하고 쓸쓸하게 오는 비.
*** '개구리'의 옛말.
* 꾀어들다. 여러 군데에서 모여들다.

엄숙

나는 혼자 뫼 위에 올랐어라.
솟아 퍼지는 아침 햇볕에
풀잎도 번쩍이며
바람은 소삭여라.
그러나
아아 내 몸의 상처傷處받은 맘이여
맘은 오히려 저프고* 아픔에 고요히 떨려라
또 다시금 나는 이 한때에
사람에게 있는 엄숙을 모두 느끼면서.

---

* 기본형은 '저프다'. '두렵다'의 옛말.

바라건대는 우리에게 우리의 보섭 대일 땅이 있었더면

나는 꿈꾸었노라, 동무들과 내가 가즈란히[*]
벌가의 하루 일을 다 마치고
석양夕陽에 마을로 돌아오는 꿈을,
즐거이, 꿈 가운데.

그러나 집 잃은 내 몸이여,
바라건대는 우리에게 우리의 보섭[**] 대일 땅이 있었드면!
이처럼 떠돌으랴, 아침에 저물손[***]에
새라 새롭은[*] 탄식歎息을 얻으면서.

동東이랴, 남북南北이랴,
내 몸은 떠가나니, 볼지어다,
희망希望의 반짝임은, 별빛이 아득임은.
물결뿐 떠올라라, 가슴에 팔다리에.

그러나 어쩌면 황송한 이 심정心情을! 날로 나날이 내 앞에는
자칫 가느른[**] 길이 이어가라. 나는 나아가리라
한 걸음, 또 한 걸음. 보이는 산山비탈엔
온 새벽 동무들 저저 혼자…… 산경山耕[***]을 김매이는.

---

[*] 가지런히. 나란히.
[**] 보습. 땅을 갈아 흙덩이를 일으키는 데 쓰는 농기구.
[***] 저물녘. 저물 무렵.
[*] 새롭고 새로운.
[**] 가는.
[***] 산에 있는 경작지.

밭고랑 위에서

우리 두 사람은
키 높이 가득 자란 보리밭, 밭고랑 위에 앉았어라.
일을 필畢하고* 쉬이는 동안의 기쁨이여.
지금 두 사람의 이야기에는 꽃이 필 때.

오오 빛나는 태양太陽은 내려 쪼이며
새 무리들도 즐거운 노래, 노래 불러라.
오오 은혜恩惠여, 살아있는 몸에는 넘치는 은혜여,
모든 은근스러움이 우리의 맘속을 차지하여라.

세계世界의 끝은 어디? 자애慈愛의 하늘은 넓게도 덮였는데,
우리 두 사람은 일하며, 살아 있어서,
하늘과 태양太陽을 바라보아라, 날마다 날마다도,
새라 새롭은 환희歡喜를 지어내며, 늘 같은 땅 위에서.

다시 한 번番 활기活氣있게 웃고 나서, 우리 두 사람은
바람에 일리우는** 보리밭 속으로
호미 들고 들어갔어라, 가즈란히*** 가즈란히,
걸어 나아가는 기쁨이어, 오오 생명生命의 향상向上이여.

---

* 마치고.
** 일어나는. 일렁거리는.
*** 가지런히. 나란히.

저녁때

마소[*]의 무리와 사람들은 돌아들고, 적적寂寂히 빈들에,
엉머구리^{**} 소리 우거져라.
푸른 하늘은 더욱 낮추,^{***} 먼 산山비탈길 어둔데
우뚝우뚝한 드높은 나무, 잘새[*]도 깃들어라.

볼수록 넓은 벌의
물빛을 물끄러미 들여다보며
고개 수그리고 박은 듯이 홀로 서서
긴 한숨을 짓느냐. 왜 이다지!

온 것^{**}을 아주 잊었어라, 깊은 밤 예서^{***} 함께
몸이 생각에 가볍고, 맘이 더 높이 떠오를 때.
문득, 멀지 않은 갈숲 새로
별빛이 솟구어라.[*]

---

* 말과 소.
** '개구리' 의 일종. 몸이 크고 누른빛이며 등에 검누른 점이 있다.
*** 아래에서 위까지의 높이가 기준이나 보통보다 짧게.
* 밤이 되어 자려고 둥우리를 찾아드는 새.
** 온갖 것.
*** 여기서.
* 기본형은 '솟구다'. 솟아오르다.

합장

나들이. 단 두 몸이라. 밤빛은 배여와라.
아, 이거 봐, 우거진 나무 아래로 달 들어라.
우리는 말하며 걸었어라, 바람은 부는 대로.

등燈불빛에 거리는 헤적여라,* 희미稀微한 하느편便** 에
고이 밝은 그림자 아득이고
퍽도 가까인, 풀밭에서 이슬이 번쩍여라.

밤은 막 깊어, 사방四方은 고요한데,
이마즉,*** 말도 안하고, 더 안가고,
길가에 우두커니. 눈감고 마주서서.

먼먼 산山. 산山절의 절종鍾소리. 달빛은 지새여라.

---

* 기본형은 '헤적이다'. 깨지락거리며 자꾸 들추거나 헤치다.
** 하늬쪽. 서쪽.
*** 이마적. 지나간 얼마 동안의 가까운 때.

묵념

이슥한 밤, 밤기운 서늘할 제
홀로 창窓턱에 걸어앉아,[*] 두 다리 늘이우고,^{**}
첫 머구리^{***} 소리를 들어라.
애처롭게도, 그대는 먼첨[*] 혼자서 잠드누나.

내 몸은 생각에 잠잠할 때. 희미한 수풀로서^{**}
촌가村家의 액厄막이^{***} 제祭지내는 불빛은 새어오며,
이윽고, 비난수[*]도 머구 소리와 함께 잦아져라.^{**}
가득히 차오는 내 심령心靈은…… 하늘과 땅 사이에.

나는 무심히 일어 걸어 그대의 잠든 몸 위에 기대어라
움직임 다시없이, 만뢰萬籟는 구적俱寂한데,^{***}
조요照耀히[*] 내려 비추는 별빛들이
내 몸을 이끌어라, 무한無限히 더 가깝게.

---

[*] 걸어앉다. 높은 곳에 궁둥이를 붙이고 두 다리를 늘어뜨리고 앉다.
^{**} 늘어뜨리고.
^{***} '개구리'의 옛말.
[*] '먼저'의 방언.
^{**} 수풀로부터. 여기서 '─로서'는 어떤 동작이 일어나거나 시작되는 곳을 나타낸다.
^{***} 가정이나 개인에게 닥칠 액운厄運을 미리 막는 일.
[*] 무당이나 소경이 귀신에게 비는 소리.
^{**} 기본형은 '잦다'. 점점 줄어들어 잠잠해지다.
^{***} '만뢰구적萬籟俱寂'을 풀어 쓴 말. 밤이 깊어 아무 소리 없이 아주 고요해짐.
[*] 밝게 비쳐서 빛나는 모양.

고독孤獨

열락*

어둡게 깊게 목 메인 하늘.
꿈의 품속으로서** 굴러 나오는
애달피 잠 안 오는 유령幽靈의 눈결.
그림자 검은 개버드나무에
쏟아져 내리는 비의 줄기는
흐느껴 비끼는 주문呪文의 소리.

시커먼 머리채 풀어헤치고
아우성하면서 가시는 따님.***
헐벗은* 벌레들은 꿈틀거릴 때,
흑혈黑血의 바다. 고목동굴枯木洞窟.

탁목조啄木鳥**의
쪼아리는 소리, 쪼아리는 소리.

---

* 悅樂 : 기뻐하고 즐거워함.
** 품속으로부터. 여기서 '―로서' 는 어떤 동작이 일어나거나 시작되는 곳을 나타낸다.
*** 아가씨.
* 허물을 벗은. '헐벗다' 는 '허물 벗다' 의 방언.
** 딱따구리. 딱따구릿과의 새를 통틀어 이르는 말. 삼림에 살며 날카롭고 단단한 부리로 나무에 구멍을
  내어 그 속의 벌레를 잡아먹는다.

무덤

그 누가 나를 헤내는* 부르는 소리
불그스름한 언덕, 여기저기
돌무더기도 움직이며, 달빛에,
소리만 남은 노래 서리워** 엉겨라,
옛 조상祖上들의 기록記錄을 묻어둔 그곳!
나는 두루 찾노라, 그곳에서,
형적*** 없는 노래 흘러 퍼져,
그림자 가득한 언덕으로 여기저기,
그 누구가 나를 헤내는 부르는 소리
부르는 소리, 부르는 소리,
내 넋을 잡아끌어 헤내는 부르는 소리.

---

* 헤어나게 하는.
** 서리다. 어떤 기운이 어리어 나타나다.
*** 形迹 : 사물의 형상과 자취를 아울러 이르는 말. 또는 남은 흔적.

비난수하는 맘

함께 하려노라, 비난수*하는 나의 맘,
모든 것을 한 짐에 묶어 가지고 가기까지,
아침이면 이슬 맞은 바위의 붉은 줄로,
기어오르는 해를 바라다보며, 입을 벌리고.

떠돌아라, 비난수하는 맘이어, 갈매기같이,
다만 무덤뿐이 그늘을 얼른이는** 하늘 위를,
바닷가의. 잃어버린 세상의 있다던 모든 것들은
차라리 내 몸이 죽어 가서 없어진 것만도 못하건만.

또는 비난수하는 나의 맘, 헐벗은 산山 위에서,
떨어진 잎 타서 오르는, 냇내***의 한줄기로,
바람에 나부끼라 저녁은, 흩어진 거미줄의
밤에 매든든* 이슬은 곧 다시 떨어진다고 할지라도.

함께 하려 하노라, 오오 비난수하는 나의 맘이여,
있다가 없어지는 세상에는
오직 날과 날이 닭소리와 함께 달아나 버리며,
가까웁는, 오오 가까웁는 그대뿐이 내게 있거라!

---

* 무당이나 소경이 귀신에게 비는 소리.
** 어른이는. 어른대는.
*** 연기의 냄새.
* 맺혔던.

찬 저녁

퍼르스렷한 달은, 성황당의
데군데군* 헐어진 담 모도리**에
우둑히*** 걸리었고, 바위 위의
까마귀 한 쌍, 바람에 나래를 펴라.

엉긔한* 무덤들은 들먹거리며,
눈 녹아 황토黃土 드러난 멧기슭의,
여기라, 거리 불빛도 떨어져 나와,
집 짓고 들었노라, 오오 가슴이여

세상은 무덤보다도 다시 멀고
눈물은 물보다 더 더움이 없어라.
오오 가슴이여, 모닥불 피어오르는
내 한세상, 마당가의 가을도 갔어라.

그러나 나는, 오히려 나는
소리를 들어라, 눈석이물**이 씩어리는,***

---

* '여기저기 여러 군데' 라는 뜻의 정주 방언.
** '모서리' 의 방언.
*** 우두커니.
* 기본형은 '엉긔다' 로 추정됨. 여럿이 한데 모여 무리를 이루거나 달라붙음.
** 눈석임물. 눈이 녹아서 흐르는 물.
*** 물이 흘러가는 어떤 소리를 형용한 것으로 보이나, 그 뜻이 분명치 않다.

땅 위에 누워서, 밤마다 누워,
담 모도리에 걸린 달을 내가 또 봄으로.

초혼*

산산히 부서진 이름이여!
허공虛空 중中에 헤여진 이름이여!
불러도 주인主人 없는 이름이여!
부르다가 내가 죽을 이름이여!

심중心中에 남아 있는 말 한마디는
끝끝내 마저 하지 못하였구나.
사랑하던 그 사람이여!
사랑하던 그 사람이여!

붉은 해는 서산西山 마루에 걸리었다.
사슴이**의 무리도 슬피 운다.
떨어져 나가 앉은 산山 위에서
나는 그대의 이름을 부르노라.

설움에 겹도록 부르노라.
설움에 겹도록 부르노라.
부르는 소리는 비껴가지만
하늘과 땅 사이가 너무 넓구나.

---

* 招魂 : 사람이 죽었을 때, 그 혼을 소리쳐 부르는 일. 죽은 사람이 생시에 입던 저고리를 왼손에 들고 오
  른손은 허리에 대고는 지붕에 올라서거나 마당에 서서, 북쪽을 향하여 '아무 동네 아무개 복復' 이라고
  세 번 부른다.
** 사슴.

선 채로 이 자리에 돌이 되어도
부르다가 내가 죽을 이름이여!
사랑하던 그 사람이여!
사랑하던 그 사람이여!

여수旅愁

여수

1
유월六月 어스름 때의 빗줄기는
암황색暗黃色의 시골屍骨*을 묶어세운 듯,
뜨며 흐르며 잠기는 손의 널쪽**은
지향支向도 없어라, 단청丹靑***의 홍문紅門!*

2
저 오늘도 그리운 바다,
건너다보자니 눈물겨워라!
조그마한 보드라운 그 옛적 심정心情의
분결** 같던 그대의 손의
사시나무보다도 더한 아픔이
내 몸을 에워싸고 휘떨며 찔러라,
나서 자란 고향故鄕의 해 돋는 바다요.

---

* 죽은 사람의 뼈.
** 널의 조각'으로 이해된다. '널'은 시체를 넣는 관이나 곽 따위를 통틀어 이르는 말.
*** 옛날식 집의 벽, 기둥, 천장 따위에 여러 가지 빛깔로 그림이나 무늬를 그림. 또는 그 그림이나 무늬.
* '홍살문'의 준말. 능陵, 원園, 묘廟, 대궐, 관아官衙 등의 정면에 세웠던 붉은 칠을 한 문. 지붕 없이 둥근 기둥 두 개를 세우고 붉은 살을 죽 세워서 박는다.
** 분粉의 곱고 부드러운 결.

진달래꽃

개여울의 노래

그대가 바람으로 생겨났으면!
달 돋는 개여울*의 빈 들 속에서
내 옷의 앞자락을 불기나 하지.

우리가 굼벙이**로 생겨났으면!
비 오는 저녁 캄캄한 녕*** 기슭의
미욱한* 꿈이나 꾸어를 보지.

만일에 그대가 바다 난끝**의
벼랑에 돌로나 생겨났다면,
둘이 안고 굴며 떨어나지지.

만일에 나의 몸이 불귀신鬼神***이면
그대의 가슴속을 밤 도와* 태워
둘이 함께 재 되어 스러지지.

---

* 개울의 여울목.
** 굼벵이. 매미의 애벌레. 누에와 비슷하게 생겼으나 몸의 길이가 짧고 뚱뚱하다.
*** '지붕'의 평북 방언.
* 미욱하다. 미련하고 어리석다.
** 먼 끝.
*** 불을 맡아 다스리거나 불을 낸다고 하는 귀신.
* 밤을 이용하여. 밤새도록.

길

어제도 하룻밤
나그네 집에
까마귀 가왁가왁 울며 새었소.

오늘은
또 몇 십리+里
어디로 갈까.

산山으로 올라갈까
들로 갈까
오라는 곳이 없어 나는 못 가오.

말 마소 내 집도
정주곽산定州郭山
차車가고 배가는 곳이라오.

여보소 공중에
저 기러기
공중엔 길 있어서 잘 가는가?

여보소 공중에
저 기러기

104 김소월

열 십자+字 복판에 내가 섰소.

갈래갈래 갈린 길
길이라도
내게 바이 갈 길은 하나 없소.

개여울*

당신은 무슨 일로
그리합니까?
홀로히 개여울에 주저앉아서

파릇한 풀포기가
돋아 나오고
잔물은 봄바람에 해적일** 때에

가도 아주 가지는
않노라시던
그러한 약속約束이 있었겠지요

날마다 개여울에
나와 앉아서
하염없이 무엇을 생각합니다

가도 아주 가지는
않노라심은
굳이 잊지 말라는 부탁인지요

———————

* 개울의 여울목.
** 기본형은 '헤적이다'. 깨지락거리며 자꾸 들추거나 헤치다.

가는 길

그립다
말을 할까
하니 그리워

그냥 갈까
그래도
다시 더 한번番……

저 산山에도 까마귀, 들에 까마귀,
서산西山에는 해 진다고
지저귑니다.

앞 강江물, 뒷 강江물,
흐르는 물은
어서 따라 오라고 따라 가자고
흘러도 연달아 흐릅디다려.

왕십리

비가 온다
오누나
오는 비는
올지라도 한 닷새 왔으면 좋지.

여드레 스무날* 엔
온다고 하고
초하루 삭망朔望** 이면 간다고 했지.
가도 가도 왕십리往+里 비가 오네.

웬걸, 저 새야
울려거든
왕십리往+里 건너가서 울어나 다오,
비 맞아 나른해서 벌새*** 가 운다.

천안天安에 삼거리* 실버들도
촉촉이 젖어서 늘어졌다네.

---

* '스무여드렛날'이 도치된 것으로 보인다.
** 삭망 중 초하루를 가리킨다. '삭망朔望'은 음력 초하룻날과 보름날을 아울러 이르는 말이다.
*** 벌샛과의 새. 새 종류 가운데 몸집이 가장 작은 새로, 작은 것은 말벌만 한 크기임. 나는 힘이 강해 공중
   에 정지한 상태에서 뾰족한 부리로 꽃에 모여드는 곤충을 잡아먹거나 꽃의 꿀을 빨아 먹음. 종류는 300
   종 이상에 이름.
* 천안에 있는 삼거리로, 옛날 경상감영으로 가는 진천로鎭川路와 전라감영으로 가는 공주로公州路가 갈리
   는 분기점이었다. 민요 '천안삼거리'로 유명해졌다.

비가 와도 한 닷새 왔으면 좋지.
구름도 산山마루에 걸려서 운다.

원앙침*

바드득 이를 갈고
죽어 볼까요
창窓가에 아롱아롱
달이 비춘다

눈물은 새우잠의
팔굽베개요
봄꿩은 잠이 없어
밤에 와 운다.

두동달이베개**는
어디 갔는고
언제는 둘이 자던 베갯머리에
'죽자 사자' 언약도 하여 보았지.

봄메의 멧기슭***에
우는 접동*도
내 사랑 내 사랑

---

* 鴛鴦枕 : 원앙을 수놓은 베개.
** 두동베개. 갓 혼인한 부부가 함께 베는 긴 베개. 원앙침.
*** 산기슭.
* 접동새. '두견이'의 방언.

죠히[*]울 것다.

두동달이베개는
어디 갔는고
창_窓가에 아롱아롱
달이 비춘다.

_* 좋이. 좋게. 마음에 들게.

무심

시집와서 삼년三年
오는 봄은
거친 벌 난벌*에 왔습니다

거친 벌 난벌에 피는 꽃은
졌다가도 피노라 이릅디다
소식 없이 기다린
이태** 삼년三年

바로 가던 앞 강江이 간봄부터
구비 돌아 휘돌아 흐른다고
그러나 말 마소, 앞 여울의
물빛은 예대로*** 푸르렀소

시집와서 삼년三年
어느 때나
터진 개 개여울*의 여울물은
거친 벌 난벌에 흘렀습니다.

---

* 탁 트인 벌판. 또는, 마을이나 집에서 멀리 떨어져 있는 벌.
** 두 해. 2년.
*** 예전대로.
* 개울의 여울목.

산

산山새도 오리나무[*]
위에서 운다
산山새는 왜 우노, 시메산山골[**]
영嶺 넘어 갈려고 그래서 울지.

눈은 내리네, 와서 덮이네.
오늘도 하룻길
칠팔십리七八十里
돌아서서 육십리六十里는 가기도 했소.

불귀不歸, 불귀不歸, 다시 불귀不歸.
삼수갑산三水甲山[***]에 다시 불귀不歸.
사나이 속[*]이라 잊으련만,
십오년十五年 정분을 못 잊겠네

산에는 오는 눈, 물에는 녹는 눈.
산山새도 오리나무
위에서 운다.
삼수갑산三水甲山 가는 길은 고개의 길.

---

[*] 자작나뭇과의 낙엽 활엽 교목.
[**] 두메산골. 깊은 산골.
[***] 삼수三水와 갑산甲山. 삼수는 함경남도 삼수군의 읍이고, 갑산은 함경남도 갑산군의 면이다. 우리나라에
서 가장 험한 산골로 알려진 곳으로, 조선 시대에 귀양지의 하나였다.
[*] 품고 있는 마음이나 생각.

진달래꽃

나 보기가 역겨워
가실 때에는
말없이 고이 보내드리우리다

영변寧邊[*]에 약산藥山[**]
진달래꽃
아름 따다 가실 길에 뿌리우리다

가시는 걸음 걸음
놓인 그 꽃을
사뿐히 즈려밟고[***] 가시옵소서

나 보기가 역겨워
가실 때에는
죽어도 아니 눈물 흘리우리다

---

[*] 평안북도 영변군에 있는 면. 구룡강 하류에 있어 군사 요충지로 발달하였으며 비옥한 평야가 있어 농산물이 많이 난다. 양잠이 발달하여 명주明紬가 유명하며 부근에 약산 동대가 있다.
[**] 평안북도 영변 서쪽에 있는 산으로, 관서팔경關西八景의 하나인 약산동대藥山東臺가 있다. 예로부터 진달래가 유명하다.
[***] 지르밟다. 위에서 내리눌러 밟다.

114 김소월

삭주구성

물로 사흘 배 사흘
먼 삼천리三千里
더더구나 걸어 넘는 먼 삼천리三千里
삭주구성朔州龜城*은 산山을 넘은 육천리六千里요

물 맞아 함빡히** 젖은 제비도
가다가 비에 걸려 오노랍니다
저녁에는 높은 산山
밤에 높은 산山

삭주구성朔州龜城은 산山 넘어
먼 육천리六千里
가끔가끔 꿈에는 사오천리四五千里
가다오다 돌아오는 길이겠지요

서로 떠난 몸이길래 몸이 그리워
님을 둔 곳이길래 곳이 그리워
못 보았소 새들도 집이 그리워
남북南北으로 오며 가며 아니 합디까

---

* 삭주朔州와 구성龜城. 삭주는 평안북도 삭주군의 군청 소재지이고, 구성은 평안북도 구성군의 군청소재
지이다.
** 함빡. 모자람이 없이 아주 넉넉하게. 흠뻑.

들 끝에 날아가는 나는 구름은
밤쯤은 어디 바루*가 있을 텐고
삭주구성朔州龜城은 산山 넘어
먼 육천리六千里

___
* '어떤 곳의 근처' 라는 뜻의 평안 방언.

널

성촌城村의 아가씨들
널 뛰노나
초파일* 날이라고
널을 뛰지요

바람 불어요
바람이 분다고!
담 안에는 수양垂楊**의 버드나무
채색彩色줄*** 층층層層그네 매지를 말아요

담밖에는 수양垂楊의 늘어진 가지
늘어진 가지는
오오 누나!
휘젓이 늘어져서 그늘이 깊소.

좋다 봄날은
몸에 겹지*
널 뛰는 성촌城村의 아가씨네들
널은 사랑의 버릇이라오

---

* 본음은 초팔일. 음력 4월 8일로 석가모니의 탄생일이다. 예로부터 우리나라 명절의 하나로서, 이날에는
  파일등을 단다.
** '수양버들'의 준말.
*** 여러 가지 색을 칠한 줄.
* 겹다. 감정이나 정서가 거세게 일어나 누를 수 없다.

춘향과 이도령

평양平壤에 대동강大同江은
우리나라에
곱기로 으뜸가는 가람*이지요

삼천리三千里 가다가다 한가운데는
우뚝한 삼각산三角山**이
솟기도 했소

그래 옳소 내 누님, 오오 누이님
우리나라 섬기던 한 옛적에는
춘향春香과 이도령李道令도 살았다지요

이편便에는 함양咸陽, 저편便에 담양潭陽,
꿈에는 가끔가끔 산山을 넘어
오작교烏鵲橋*** 찾아 찾아 가기도 했소

그래 옳소 누이님 오오 내 누님
해 돋고 달 돋아 남원南原 땅에는
성춘향成春香 아가씨가 살았다지요

---

* '강'의 옛말.
** '북한산'의 다른 이름. 백운대, 인수봉, 만경대의 세 봉우리가 있어 이렇게 부른다.
*** 까마귀와 까치가 은하수에 놓는다는 다리. 칠월칠석날 저녁에, 견우와 직녀를 만나게 하기 위하여 이 다리를 놓는다고 한다.

접동새

접동
접동
아우래비* 접동

진두강津頭江 가람가에 살던 누나는
진두강 앞마을에
와서 웁니다

옛날, 우리 나라
먼 뒤쪽의
진두강 가람가에 살던 누나는
의붓어미 시샘에 죽었습니다

누나라고 불러보랴
오오 불설워**
시새움에 몸이 죽은 우리 누나는
죽어서 접동새가 되었습니다

---

* '아홉 오라비' 를 줄인 말.
** 매우 서럽워. 기본형은 '불섧다'. '신세가 매우 가엽다' 는 뜻의 평안 방언.

아홉이나 남아[*] 되던 오랩동생^{**}을
죽어서도 못 잊어 차마 못 잊어
야삼경夜三更^{***} 남 다 자는 밤이 깊으면
이 산山 저 산山 옮아가며 슬피 웁니다

집 생각

산山에나 올라서서
바다를 보라
사면四面에 백百열리里, 창파滄波[*] 중에
객선客船만 둥둥…… 떠나간다.

명산대찰名山大刹이 그 어디메냐
향안香案^{**} 향탑香榻,^{***} 대그릇에,
석양夕陽이 산山머리 넘어가고
사면에 백 열리, 물소리라

'젊어서 꽃 같은 오늘날로
금의錦衣로 환고향還故鄉하옵소사.'[*]
객선客船만 둥둥…… 떠나간다
사면에 백열리, 나 어찌 갈까

까투리^{**}도 산山 속에 새끼치고
타관만리他關萬里^{***}에 와 있노라고

---

[*] 넓고 큰 바다의 푸른 물결.
^{**} 제사 때에 향로나 향합香盒을 올려놓는 상.
^{***} 제사 때에 향로나 향합을 올려놓는 탁자.
[*] '금의환향錦衣還鄉'을 풀어 쓴 말. 비단옷을 입고 고향에 돌아온다는 뜻으로, 출세를 하여 고향에 돌아
가거나 돌아옴을 비유적으로 이르는 말.
^{**} 암꿩.
^{***} 머나 먼 타향.

산山 중만 바라보며 목메인다
눈물이 앞을 가리운다고

들에나 내려오면
쳐다보라
해님과 달님이 넘나든 고개
구름만 첩첩…… 떠돌아간다

산유화

산山에는 꽃피네
꽃이 피네
갈* 봄 여름 없이
꽃이 피네

산에
산에
피는 꽃은
저만치 혼자서 피어 있네

산에서 우는 적은 새요
꽃이 좋아
산에서
사노라네

산에는 꽃 지네
꽃이 지네
갈 봄 여름 없이
꽃이 지네

---

* 가을.

꽃촉 불 켜는 밤

꽃촉燭불[*] 켜는 밤, 깊은 골방에 만나라.
아직 젊어 모를 몸, 그래도 그들은
'해 달 같이 밝은 맘, 저저마다^{**} 있노라.'
그러나 사랑은 한두 번番만 아니라, 그들은 모르고.

꽃촉불 켜는 밤, 어스러한^{***} 창窓 아래 만나라.
아직 앞길 모를 몸, 그래도 그들은
'솔대[*] 같이 굳은 맘, 저저마다 있노라.'
그러나 세상은, 눈물날 일 많아라, 그들은 모르고.

---

[*] 화촉불. '화촉華燭'은 빛깔을 들인 밀초로서, 흔히 혼례 의식에 쓴다.
^{**} 저마다.
^{***} 어스름한. 불빛이 밝지 않고 희미한.
[*] 소나무와 대나무.

부귀공명

거울 들어 마주 온 내 얼굴을
좀더 미리부터 알았던들,
늙는 날 죽는 날을
사람은 다 모르고 사는 탓에,
오오 오직 이것이 참이라면,
그러나 내 세상이 어디인지?
지금부터 두여들* 좋은 연광_{年光}**
다시 와서 내게도 있을 말로***
전_前보다 좀더 전_前보다 좀더
살음즉이* 살련지 모르련만.
거울 들어 마주 온 내 얼굴을
좀더 미리부터 알았던들!

---

* 두여듦. 이팔二八, 즉 '열여섯' 살 나이의 청춘을 뜻한다.
** 세월. 나이.
*** 있을 것 같으면.
* 사는 것 같이.

추회*

나쁜 일까지라도 생生의 노력努力,
그 사람은 선사善事**도 하였어라
그러나 그것도 허사虛事라고!
나 역시亦是 알지마는, 우리들은
끝끝내 고개를 넘고 넘어
짐 싣고 닫던*** 말도 순막집*의
허청虛廳**가, 석양夕陽손***에
고요히 조는 한때는 다 있나니.
고요히 조는 한때는 다 있나니.

---

* 追悔 : 지나간 일을 후회함.
** 착한 일. 또는 좋은 일.
*** 달리던. 기본형은 '닫다'. 빨리 뛰어 가다.
* 주막집.
** 헛청. 헛간으로 된 집채.
*** 석양 무렵. 저녁때.

무신

그대가 돌이켜 물을 줄도 내가 아노라,
'무엇이 무신無信함이 있더냐?' 하고,
그러나 무엇하랴 오늘날은
야속히도 당장에 우리 눈으로
볼 수 없는 그것을, 물과 같이
흘러가서 없어진 맘이라고 하면.

검은 구름은 메기슭에서 어정거리며,
애처롭게도 우는 산山의 사슴이
내 품에 속속들이** 붙안기는*** 듯.
그러나 밀물도 쎄이고* 밤은 어두워
닻 주었던** 자리는 알 길이 없어라.
시정市井***의 흥정 일은
외상外上으로 주고받기도 하건마는.

---

* 신의가 없음.
** 깊은 속까지 샅샅이.
*** 꽉 안기는. 기본형은 '붙안다'. 두 팔로 부둥켜안다.
* 빠지고. 기본형은 '쎄다'. 밀물이나 밀린 물이 물러 나가다.
** 닻줄을 풀어 물 속에 닻을 내렸던.
*** 인가人家가 많이 모인 곳. 중국 상대上代에 우물이 있는 곳에 사람이 모여 살았다는 데서 유래하였다.

꿈길

물구슬*의 봄 새벽 아득한 길
하늘이며 들 사이에 넓은 숲
젖은 향기蕾氣 불긋한 잎 위의 길
실그물**의 바람 비쳐*** 젖은 숲
나는 걸어가노라 이러한 길
밤저녁*의 그늘진 그대의 꿈
흔들리는 다리 위 무지개길
바람조차 가을 봄 거츠는** 꿈

---

* 비나 이슬이 맺혀 생긴 물방울을 비유적으로 이르는 말.
** 실로 뜬 그물.
*** 기본형은 '비치다'. 잠깐 또는 약간 나타나다.
* 잠자리에 들기 전의 그다지 늦지 않은 밤.
** 거칠어지는.

사노라면 사람은 죽는 것을

하루라도 몇 번_ﭩ씩 내 생각은
내가 무엇하려고 살려는지?
모르고 살았노라, 그럴 말로*
그러나 흐르는 저 냇물이
흘러가서 바다로 든댈진댄.**
일로조차 그러면, 이 내 몸은
애쓴다고는 말부터 잊으리라.
사노라면 사람은 죽는 것을
그러나, 다시 내 몸,
봄빛의 불붙는 사태흙***에
집 짓는 저 개미
나도 살려 하노라, 그와 같이
사는 날 그날까지
살음에 즐거워서,
사는 것이 사람의 본뜻이면
오오 그러면 내 몸에는
다시는 애쓸 일도 더 없어라
사노라면 사람은 죽는 것을.

---

* 그렇게 말하면.
** 든다고 할진댄. 들진대.
*** 산비탈이나 언덕이 사태로 허물어져 생긴 흙.

하다못해 죽어달내가올나

아주 나는 바랄 것 더 없노라
빛이랴 허공이랴,
소리만 남은 내 노래를
바람에나 띄워서 보낼 밖에.
하다못해 죽어달내가올나*
좀더 높은 데서나 보았으면!

한세상 다 살아도
살은 뒤 없을 것을,
내가 다 아노라 지금까지
살아서 이만큼 자랐으니.
예전에 지나 본 모든 일을
살았다고 이를 수 있을진댄!

물가의 닳아져 널린 굴꺼풀**에
붉은 가시덤불 벋어 늙고
어득어득*** 저문 날을
비바람에 울지는* 돌무더기

---

* '죽어 달라고 하는 것이 옳나'의 뜻으로 이해되나, 확실치 않음.
** 굴의 껍질.
*** 어둑어둑.
* 기본형은 '울지다'. 울어 눈물지다. 또는 쉼 없이 울다.

하다못해 죽어달내가올나
밤의 고요한 때라도 지켰으면!

희망

날은 저물고 눈이 나려라
낯선 물가로 내가 왔을 때.
산山 속의 올빼미 울고 울며
떨어진 잎들은 눈 아래로 깔려라.

아아 숙살肅殺스러운* 풍경風景이여
지혜智慧의 눈물을 내가 얻을 때!
이제금 알기는 알았건마는!
이 세상 모든 것을
한갓 아름다운 눈얼림**의
그림자뿐인 줄을.

이우러*** 향기香氣 깊은 가을밤에
우무주러진* 나무 그림자
바람과 비가 우는 낙엽落葉 위에.

---

* 을씨년스러운. 가을 기운이 초목을 말라죽게 하는.
** 실속이 없이 눈으로 보기에만 그럴듯하게 꾸미는 일.
*** 이울어. 기본형은 '이울다'. 꽃이나 잎이 시들다.
* 우므러진. 기본형은 '우므러지다'. 물체의 거죽이 안으로 우묵하게 패어 들어가다.

전망

부연 하늘, 날도 채 밝지 않았는데,
흰눈이 우멍구멍* 쌔운** 새벽,
저 남편便*** 물가 위에
이상한 구름은 층층대層層臺 떠올라라.

마을 아기는
무리 지어 서재書齋로 올라들 가고,
시집살이하는 젊은이들은
가끔가끔 우물길 나들어라.

소삭蕭索한* 난간欄干 위를 거닐으며
내가 볼 때 온 아침, 내 가슴의,
좁혀 옮긴 그림장張**이 한 옆을,
한갓 더운 눈물로 어룽지게.***

어깨 위에 총銃 매인 사냥바치*
반백半白의 머리털에 바람 불며

---

* 울퉁불퉁. 바닥이 반반하지 못하고 약간 우묵하게 팬 모양.
** 쌓인. '쌓이다' 가 '쌔우다' 로 나타난 것으로 보인다.
*** 남쪽.
* 소삭하다. 쓸쓸하고 고요하다.
** 그림을 그린 종잇장. 또는 종잇장에 그린 그림.
*** 어룽지다. 어룽어룽한 점이나 무늬가 생기다.
* 사냥꾼. '바치' 는 일부 명사 뒤에 붙어, '어떤 일을 전문으로 하는 사람' 을 가리킴.

한번 달음박질. 올 길 다 왔어라.
흰눈이 만산편야滿山遍野*에 쌔운 아침.

---

* 산과 들에 가득함.

나는 세상모르고 살았노라

'가고 오지 못한다' 는 말을
철없던 내 귀로 들었노라.
만수산萬壽山[*] 올라서서
옛날에 갈라선 그 내 님도
오늘날 뵈올 수 있었으면.

나는 세상모르고 살았노라,
고락苦樂^{**}에 겨운^{***} 입술로는
같은 말도 조금 더 영리怜悧하게
말하게도 지금은 되었건만.
오히려 세상모르고 살았으면!

'돌아서면 무심타' 는 말이
그 무슨 뜻인 줄을 알았으랴.
제석산帝昔山[*] 붙는 불은 옛날에 갈라선 그 내 님의
무덤에 풀이라도 태웠으면!

---

* 개성開城 서쪽에 있는 '송악산' 의 딴 이름. 태종 이방원의 시조에도 만수산이 등장한다.
** 즐거움과 괴로움을 아울러 가리키는 말.
*** 기본형은 '겹다'. 정도나 양이 지나쳐 참거나 견뎌 내기 어렵다.
* 정주 평야에 있는 작은 산.

금숲잔디

금잔디

잔디,
잔디,
금잔디,
심심산천深深山川에 붙는 불은
가신 님 무덤가에 금잔디.
봄이 왔네, 봄빛이 왔네.
버드나무 끝에도 실가지에.
봄빛이 왔네, 봄날이 왔네,
심심산천에도 금잔디에.

강촌

날 저물고 돋는 달에
흰 물은 쌀쌀……
금모래 반짝…….
청靑노새* 몰고 가는 낭군郎君!
여기는 강촌江村
강촌에 내 몸은 홀로 사네.
말하자면, 나도 나도
늦은 봄 오늘이 다 진盡토록**
백년처권百年妻眷*** 을 울고 가네.
길쎄* 저문 나는 선비,
당신은 강촌江村에 홀로된 몸.

---

* 푸른빛을 띤 노새.
** 다하도록.
*** 백년가족. 일생을 같이 할 처가식구. '처권妻眷' 은 아내와 처가 쪽의 친척을 뜻함.
* '날씨' 를 뜻하는 평북방언.

첫치마

봄은 가나니 저문 날에,
꽃은 지나니 저문 봄에,
속없이 우나니, 지는 꽃을,
속없이 느끼나니* 가는 봄을.
꽃 지고 잎 진 가지를 잡고
미친 듯 우나니, 집난이**는
해 다 지고 저문 봄에
허리에도 감은 첫치마를 눈물로 함빡히*** 쥐어짜며
속없이 우노나 지는 꽃을,
속없이 느끼노나, 가는 봄을.

---

* 기본형은 '느끼다'. 서럽거나 감격에 겨워 울다.
** '새로 시집간 색시'를 뜻하는 정주 방언.
*** 함빡. 모자람이 없이 아주 넉넉하게. 흠뻑.

달맞이

정월正月 대보름날 달맞이,
달맞이 달마중을, 가자고!
새라 새* 옷은 갈아입고도
가슴엔 묵은 설움 그대로,
달맞이 달마중을, 가자고!
달마중 가자고 이웃집들!
산山 위에 수면水面에 달 솟을 때,
돌아들 가자고, 이웃집들!
모작별** 삼성參星***이 떨어질 때.
달맞이 달마중을 가자고!
다니던 옛 동무 무덤가에
정월正月 대보름날 달맞이!

---

* 새롭고 새로운.
** 저녁때의 금성金星.
*** 오리온 자리에 있으며, 중앙에 나란히 있는 세 개의 큰 별을 '삼형제별'이라 한다.

엄마야 누나야

엄마야 누나야 강변江邊 살자,
뜰에는 반짝이는 금金모래빛,
뒷문門 밖에는 갈잎*의 노래
엄마야 누나야 강변 살자.

---
* '가랑잎'의 준말.

닭은 꼬꾸요

닭은 꼬꾸요

닭은 꼬꾸요, 꼬꾸요 울 제,
헛잡으니 두 팔은 밀려났네.
애도 타리 만치 기나긴 밤은……
꿈 깨친 뒤엔 감도록* 잠 아니 오네.

위에는 청초靑草 언덕, 곳은 깁섬,**
엊저녁 대인 남포南浦 뱃간.
몸을 잡고 뒤재며*** 누웠으면
솜솜하게도* 감도록 그리워 오네.

아무리 보아도
밝은 등燈불, 어스렷한데.
감으면 눈 속엔 흰 모래밭,
모래에 어린 안개는 물위에 슬**제

대동강大同江 뱃나루에 해 돋아오네.

---

* 감을수록. 기본형은 '감다'. 어떤 마음이 서리게끔 하다.
** 비단섬. '깁'은 명주실로 바탕을 조금 거칠게 짠 비단을 가리킨다. '깁섬'은 '깁'과 '섬'의 합성어로
   대동강의 능라도綾羅島를 지칭한다.
*** 기본형은 '뒤재다'. 뒤재기다. 여러 가지 것을 한데 뒤섞다. 뒤바꾸거나 뒤집어 놓다.
* 분명치 않으나 '삼삼하게도'의 뜻으로 이해된다. 삼삼하다. 잊혀지지 않고 눈앞에 보는 것같이 또렷하다.
** 스러질. 기본형은 '슬다'. '스러지다'의 옛말.

《진달래꽃》 미수록 발표시

낭인*의 봄

휘둘린** 산山을 넘고,
굽이진 물을 건너,
푸른 풀 붉은 꽃에
길 걷기 시름(愁)이여.

잎 누른 시닥나무,***
철 이른 푸른 버들,
해 벌써 석양夕陽인데
불슷는(불어 스치는) 바람이여.

골짜기 이는 연기煙氣
뫼 틈에 잠기는데,
산山 모루* 도는 손의
슬지는(스러지는) 그림자여.

산山 길가 외론 주막,
어이그, 쓸쓸한데,
먼저 든 짐장사**의

---

* 浪人 : 일정한 직업 없이 이리저리 떠돌아다니는 사람.
** 휘둘려 있는.
*** 단풍나뭇과의 낙엽 활엽 소교목.
* 모퉁이.
** 봇짐장사와 등짐장사를 통틀어 이르는 말.

곤한 말 한 소리여.
지는 해 그림*지니,
오늘은 어데까지,
어둔 뒤 아무데나,
가다가 묵을레라.

풀숲에 물김** 뜨고,
달빛에 새 놀래는,
고운 봄 야반夜半에도
내 사람 생각이여.

—《창조》(1920. 3).

---

* 그림자.
** 물에서 피어오르는 김.

야의 우적

어데로 돌아가랴.
　나의 신세身勢는
내 신세 가엾이도
　물과 같아라.

험궂인* 산 막지면**
　돌아서 가고,
모지른 바위이면
　　넘쳐흐르랴.

그러나 그리 해도
　헤날***길 없어,
가엾은 설움만은
　가슴 눌러라.

그나마 그도 같이
　야夜의 우적雨滴,*
그같이 지향 없이
　헤매임이라.

　　　　　　　　　　　　　　　　　—《창조》(1920. 3).

---

* 거칠고 험한.
** 막아서면.
*** 헤어날.
* 빗방울. 비가 되어 점점이 떨어지는 물방울.

오과*의 읍**

노란 꽃에 수놓인
　푸른 뫼 위에,
볼 새 없이 옮기는
　해 그늘이여.

나물 그릇 옆에 낀
　어린 따님의,
가는 나비 바라며,
　눈물짐이여.

앞 길가에 버들잎,
　벌써 푸르고,
어제 보던 진달래
　흩어짐이여.

늦은 봄의 농사집,
　쓸쓸도 해라,
지갯문***만 닫기고,
　닭의 소리여.

---

* 午過 : 정오를 지난 때.
** 泣 : 울음.
*** 지게문. 옛날식 가옥에서, 마루와 방 사이의 문이나 부엌의 바깥문. 흔히 돌쩌귀를 달아 여닫는 문으로
　안팎을 두꺼운 종이로 싸서 바른다.

벌에 부는 바람은
　해를 보내고,
골에 우는 새소리
　옅어 감이여.

누운 곳이 차차로
　누거워* 오니,
이름 모를 시름에
　해 늦음이여.

—《창조》(1920. 3).

---

* 기본형은 '누겁다'. 방 안에 습기가 차서 눅눅하다.

그리워

봄이 다 가기 전,
이 꽃이 다 흩기 전
그린 님 오실가구
뜨는 해 지기 전에.

엷게 흰 안개 새에
바람은 무겁거니,
밤샌 달 지는 양자,*
어제와 그리 같이.

붙일 길 없는 맘세,**
그린 님 언제 뵐련,***
우는 새 다음 소린,
늘 함께 듣사오면.

—《창조》(1920. 3).

---

* 분명치 않으나, '양자樣姿'로 추정됨. 겉으로 나타난 모양이나 모습.
** 마음세. '마음씨'의 방언.
*** '뵐런가'의 줄임말로 보임.

춘강*

속잎 푸른 고흘 잔디
소리라도 내려는 듯,
쟁쟁하신 고운 햇볕
눈 뜨기에 바드랍네.**

자주 들인*** 작은 꽃과
노란 물든 산국화山菊花엔,
달고 옅은 인새* 흘러
나비 버리** 잠재우네.

복사나무 살구나무,
붉으스레 취醉하였고,
개창버들*** 파란 가지
길게 늘여 어리이네.

일에 갔던 파린* 소는
설운 듯이 길게 울고,

---

* 春崗 : 봄 언덕.
** 보드랍네.
*** 자주 빛 물들인.
* 꿀.
** '벌(蜂)'의 평안 방언.
*** 갯버들.
* '파리한'으로 이해된다. 기본형은 '파리하다'. 몸이 마르고 해쓱하다.

모를 시름 조던 개는
다리 뻗고 하품하네.

청초青草청초青草 우거진 곳,
송이송이 붉은 꽃숲,
꿈같이 그 우리 님과
손목 잡고 놀던 델세.

— 《창조》(1920. 3).

거친 풀 흐트러진 모래동으로

거친 풀 흐트러진 모래동*으로
맘 없이 걸어가면 놀래는 청령蜻蛉.**

들꽃 풀 보드라운 향기좁氣 맡으면
어린 적 놀던 동무 새 그리운 맘.

길다란 쑥대 끝을 삼각三角에 메워
거미줄 감아 들고 청령을 쫓던,

늘 함께 이 동 위에 이 풀숲에서
놀던 그 동무들은 어데로 갔노!

어린 적 내 놀이터 이 동마루는
지금 내 흩어진 벗 생각의 나라.

먼 바다 바라보며 우둑히*** 서서
나 지금 청령 따라 왜 가지 않노.

—《학생계》(1920. 7).

---

* 모래 둑. 모래가 쌓여 이루어진 둑이나 언덕. '동'은 '둑'.
** 잠자리.
*** 우두커니.

죽으면?

죽으면? 죽으면 도로 흙 되지.
흙이 되기 전前, 그것이 사람.
사람. 물에 물 탄 것, 그것이 살음.
설움. 이는 맹물에 돌을 삶은 셈.
보아라, 갈바람*에 나뭇잎 하나!

―《학생계》(1920. 7).

_____
* 가을바람.

엄마야 오늘도[*]

엄마야 오늘도 해가 떴구나
죽으신 엄마는 그리도 곱고
살았는 엄마는 왜 니악한지……[*]
엄마야 오늘도 나 이렇고나
오늘도 이렇게 너 생각한다.

—《학생계》(1920. 10).

---

[*] 이악한지. 기본형은 '이악하다'. 자기 이익에만 마음이 있다.

서울의 거리

서울의 거리!
산山그늘에 주저 안젓는* 서울의 거리!
이러저리 찌어진 서울의 거리!
어둑 축축한 유월六月 밤 서울의 거리!
창백색蒼白色의 서울의 거리!
거리거리 전등電燈은 소리 없이 울어라!
어둑 축축한 유월六月 밤의
창백색蒼白色의 서울의 거리여!
지리支離한 임우霖雨**에 썩어진 물건物件은
구역나는 취기臭氣를 흘러 저으며
집집의 창窓틈으로 끄러들어라.
음습陰濕하고 무거운 회색공간灰色空間에
상점商店과 회사會社의 건물建物들은
히스테리의 여자女子의 걸음과도 같이
어슬어슬 흔들리며 멕기여*** 가면서
검누른 거리 우에서 방황彷徨하여라!
이러할 때러라. 백악白堊*의 인형人形인 듯한
귀부인貴婦人, 신사紳士, 또는 남녀男女의 학생學生과
학교學校의 교사敎師, 기생妓生, 또는 상녀商女는

---

* 주저앉아 있는.
** 장마.
*** 맡겨'로 보임.
* 백악계에서 나는 백색이나 담황색의 부드러운 석회질 암석.

156 김소월

하나 둘씩 아득이며 떠돌아라.
아아 풀 낡은 갈바람*에 꿈을 깨 힌 쟝지 배암**의
우울憂鬱은 흘러라 그림자가 떠돌아라……
사흘이나 굶은 거지는 밉쌀스럽게도
스러질 듯한 애달픈 목소리의
'나리마님! 적선積善합시요, 적선積善합시오!' ……
거리거리는 고요하여라!
집집의 창窓들은 눈을 감아라!
이 때러라, 사람 사람, 또는 왼 물건物件은
깊은 잠 속으로 들려하여라
그대도 쓸쓸한 유령幽靈과 같은 음울陰鬱은
오히려 그 구역嘔逆나는 취기臭氣를 불고 있어라.
아아 히스테리의 여자의 괴로운 가슴의 꿈!
떨렁떨렁 요란한 종을 울리며,
막 전차電車는 왔어라, 아아 지나갔어라.
아아 보아라, 들어라, 사람도 없어라,
고요하여라, 소리조차 업서라!
아아 전차는 파르르 떨면서 울어라!
어둑 축축한 유월六月 밤의 서울 거리여,
그리하고 히스테리의 여자도 지금只今은 없어라.

—《학생계》(1920. 12).

---

* 가을바람.
** 쟝지뱀. 도마뱀과 비슷한데 머리에서 꼬리 끝까지 15cm 정도이며, 꼬리는 몸통의 3배 정도가 된다. 등
쪽은 붉은빛을 띤 잿빛 갈색, 배 쪽은 붉은빛을 띤 흰색이다.

이 한밤

대동강 흐르는 물, 다시금 밤중,
다시금 배는 흘러 대이는 깁섬.*
실비는 흔들리며 어둠의 속에
새캄한 그네의 눈, 젖어서 울 때,
흐트러진 머리낄,** 손에는 감겨,
두 입김 오고 가는 몽롱朦朧한 향기香氣.
훗날, 가난한 나는, 먼 나라에서
이 한밤을 꿈같이 생각하고는
그만큼 설움에 차서, 어떻게도, 너
하늘로 올라가서는 저 달이 되어
밤마다 베개 위에 창窓가에 와서
내 잠을 깨운다고 탄식을 하리.

—《학생계》(1921. 1).

_____

* 비단섬. '깁' 은 명주실로 바탕을 조금 거칠게 짠 비단을 가리킨다. '깁섬' 은 '깁' 과 '섬' 의 합성어로서,
  대동강의 능라도綾羅島를 지칭한다.
** '머리카락' 의 평안 방언.

마주석

날로 오고가는 길손의 조망眺望
조모朝暮*로 기다리는 석신石神
물 우에 몸은 교변橋邊**
묵묵默默히 섰음
그대여 마주석磨住石,*** 애愛의 표상標像.

날과 비와 바람의 하늘 아래
흐름(流)을 마주 꿈 꾸는 꿈
생태生苔 묵(宿)는 봄가을
그림자 직키*
그대요 마주석磨住石, 영靈의 표상標像.

—《학생계》(1921. 4).

---

* 아침저녁.
** 다리 가장자리.
*** 분명치 않으나, '돌로 세워 만든 석상'을 가리키는 것으로 보인다.
* '지켜'로 이해됨.

사계월

몽사夢事[*]는 하유何由^{**}런고 자던 잠을 깨우치니 부훈膚薰이 요응연옥병繞凝軟玉屛
^{***}에 연지臙脂는 냉랭쇄금장冷冷鎖金帳[*]인데 알괘라^{**}이 어내 곳고^{***} 정중사계庭
中莎鷄[*]만 읍월색泣月色^{**}을 하소라

—《동아일보》(1921. 4. 27).

---

[*] 꿈에 나타난 일.
^{**} 어떤 연유. 무슨 이유.
^{***} 살갗의 향내는 연한 옥빛의 화병에 어린다.
[*] 연지는 휘장 속에 잠겨서 차갑다.
^{**} 알조라. '알괘'는 '알조', 즉 '알만한 일'이라는 뜻이다.
^{***} 어느 곳인가.
[*] 뜰 안의 베짱이. 사계莎鷄는 '베짱이'를 가리킨다.
^{**} 달빛을 울다.

은대촉

동방洞房*에 달이 지고 입주렴효성入珠簾曉星**토록 님의 청삼青衫*** 일야중一夜中 *에 스을고** 난 몸이어다 오히려 은대쌍병銀臺雙柄***은 희미稀微하게 붙나니

—《동아일보》(1921. 4. 27).

---

* 깊숙한 안쪽 방이라는 뜻으로, 여자들이 거처하는 방을 가리킨다.

** 샛별이 주렴 속에 들도록. 즉 새벽이 되도록. '효성曉星'은 샛별을 가리키는데, 샛별은 새벽에 동쪽 하늘에서 빛나는 '금성金星'을 가리킨다.

*** 나라의 제향 때에 입던 남색 도포. 또는, 조복朝服 안에 받쳐 입던 옷을 가리킨다. 남색 바탕에 검은 빛깔로 가를 꾸미고 큰 소매를 달았다.

* 하룻밤 사에.

** 기본형은 '슬다'. 풀이 센 빨래를 잡아당겨 풀기를 죽이다.

*** 은촛대 두 자루.

문견폐

유색柳色은 청청靑靑 비개이자 영창映窓 전前에 달이로다 님조차 오실말로* 봄
뜻 일시一時 분명分明할 손. 문견폐門犬吠** 개소리를 유심留心하여 듣나니

—《동아일보》(1921. 4. 27).

춘채사*

청채靑菜** 청채靑菜 푸르렀네 속잎 속잎 골라 따서 낭군郎君님부터 먹여지라***
낭군郎君님부터 먹여지라 나비 나비 오누나

—《동아일보》(1921. 4. 27).

---

* 오신다고 말할 것 같으면. 오신다면.
** 문 앞에서 개가 짖음.
* 春菜詞 : 봄나물 캐는 노래.
** 풋나물. 봄철에 새로 난 나무나 풀의 연한 싹으로 만든 나물.
*** 먹이고 싶구나.

함구*

월색月色은 생비취生翡翠요** 우성雨聲은 전류리轉琉璃라*** 입을 묻고* 앉았으니
그지없는 심사心事로다 내리우는 수정렴水晶簾**에 자던 바람만 놀래라

— 《동아일보》(1921. 4. 27).

---

* 緘口 : 입을 다문다는 뜻으로, 말하지 아니함을 이르는 말.
** 달빛은 가공하지 않은 비취옥翡翠玉의 푸른빛이요.
*** 빗소리는 구슬 구르는 소리라.
* 다물고.
** 수정 구슬을 꿰어서 만든 아름다운 발.

일야우

놀라 깨친 새벽꿈에 창窓을 밀고 썩 나서니 난간欄干에 달이로다 강산일야우江山 一夜雨*에 실실이 동구류洞口柳**는 희미稀微할 손 춘색春色인데 계견鷄犬***은 지 껄이고 동천東天이 밝아온다 좋아라 좋아라 방중房中*에는 다정랑多情郎**

—《동아일보》(1921. 4. 27).

---

* 강산에 내린 하룻밤 사이의 비.
** 동네 어귀의 버드나무.
*** 닭과 개.
* 방안.
** 다정한 임.

궁인창*

둥글자 이지러지는 그믐달 아래
근(堇)여서** 떨어지는 꽃을 보고서
다시금 뒷기약(期約)을 맺는 이별(離別)과
지각(知覺)나자 늙어 감을 나는 만났노라.

뜨는 물김 속에서 바라다보니
어젯날의 흰눈이 덥인 산(山) 그늘로
눌하게도*** 희미하게 빛깔도 없이
쓸쓸하게 나타나는 오늘의 날이여.

죽은 나무에 마른 잎이 번쩍거림은
지내간 옛날들을 꿈에 보람인가*
서리 속에 터지는 꽃봉오리는
모르고 보낸 봄을 설어** 함인가.

생각사록*** 멋없는 내 가슴에는

＊宮人唱 : 궁인의 노래.
＊＊ 그 뜻이 분명치 않음. '근'은 '겨우'와 '부지런하다'라는 뜻을 가지고 있으나, 두 가지 의미 모두 문맥 상 그리 잘 어울리지 않는 듯하다.
＊＊＊ 누르게도. 누렇게도. 기본형은 '누르다'. 황금이나 놋쇠의 빛깔과 같이 다소 밝고 탁하다.
＊ '보라함인가'의 뜻으로 쓰인 듯하다.
＊＊ 서러워.
＊＊＊ 생각할수록.

볼사록* 시울**지는 내 얼굴에는
빗기는 한숨뿐이 프르러 오아라.***
그믐 새벽 지새는 달의 그늘에.

—《학생계》(1921. 5).

---

  * 볼수록.
 ** 약간 굽거나 휜 부분의 가장자리. 흔히 눈이나 입의 언저리를 이를 때에 쓴다.
*** '푸르러 와라'로 보임.

하늘

높고도 푸른 저 하늘!
날마다 쳐다보이는 저 하늘!
하늘을 바라보며
나는 한숨지노라

— 《동아일보》(1921. 6. 8).

등불과 마주 앉았으려면

적적寂寂히
다만 밝은 등燈불과 마주 앉았으려면
아무 생각도 없이 그저 울고만 싶습니다,
왜 그런지야 알 사람도 없겠습니다마는.

어두운 밤에 홀로이 누웠으려면
아무 생각도 없이 그저 울고만 싶습니다,
왜 그런지야 알 사람도 없겠습니다마는,
탓을 하자면* 무엇이라 말할 수는 있겠습니다마는.

—《개벽》(1922. 4).

---

* 구실이나 핑계로 삼아 원망하거나 나무라자면.

공원의 밤

백양白楊가지에 우는 전등電燈은 깊은 밤의 못물에
어렷하기도* 하며 어득하기도** 하여라.
어둡게 또는 소리 없이 가늘게
줄줄의*** 버드나무에서는 비가 쌓일 때.

푸른 그늘은 낮은 듯이 보이는 긴 잎 아래로
마주앉아 고요히 내려깔리던 그 보드라운 눈길!
인제, 검은 내*는 떠돌아 올라 비구름이 되어라
아아 나는 우노라 '그 옛적의 내 사람!'

—《개벽》(1922. 6).

---

* '흐릿하기도'의 뜻으로 이해된다.
** 어둑하기도.
*** 줄줄이 가지가 늘어진.
* 물건이 탈 때에 일어나는 부옇고 매운 기운.

맘에 속의 사람

잊힐 듯이 볼 듯이 늘 보던 듯이
그립기도 그리운 참말 그리운
이 나의 맘에 속에 속모를 곳에
늘 있는 그 사람을 내가 압니다.

인제도 인제라도 보기만 해도
다시없이 살뜰할 그 내 사람은
한두 번만 아니게 본 듯하여서
나자부터 그리운 그 사람이오.

남은 다 어림없다 이를지라도
속에 깊이 있는 것, 어찌하는가.
하나 진작 낯모를 그 내 사람은
다시없이 알뜰한 그 내 사람은……

나를 못 잊어 하여 못 잊어 하여
애타는 그 사랑이 눈물이 되어,
한껏 만나리 하는 내 몸을 가져
몹쓸음을 둔 사람, 그 나의 사람?

―《개벽》(1922. 6).

제비

오늘 아침 먼동 틀 때
강남江南의 더운 나라로
제비가 울고불며 떠났습니다.

잘 가라는 듯이
살살 부는 새벽의
바람이 불 때에 떠났습니다.

어미를 이별離別하고
떠난 고향故鄕의
하늘을 바라보던 제비이지오.

길가에서 떠도는 몸이길래,
살살 부는 새벽의
바람이 부는데도 떠났습니다.

—《개벽》(1922. 7).

장별리

연분홍軟粉紅 저고리, 빨간 불 붙은
평양平壤에도 이름 높은 장별리將別里
금金실 은銀실의 가는 비는
비스틈이*도 내리네 뿌리네

털털한** 배암*** 문휘紋徽* 돋은 양산洋傘에
나리는 가는 비는
위에나 아래나 내리네, 뿌리네.

흐르는 대동강大同江, 한복판에
울며 돌든 벌새**의 떼 무리,
당신과 이별離別하던 한복판에
비는 쉴 틈도 없이 나리네, 뿌리네.

—《개벽》(1922. 7).

---

* 비스듬히.
** 품질이 수수한.
*** 뱀.
* 무늬.
** 벌샛과의 새를 통틀어 이르는 말. 작은 것은 길이가 5cm, 몸무게는 2.8g 정도로 새 가운데 가장 작으나, 큰 것은 22cm에 달하는 것도 있다. 몸빛은 갈색이나 대체로 강한 금속광택을 띠며, 부리 모양이 다양하고 다리와 목이 짧다. 나는 힘이 강하여 고속으로 날고 공중에 정지한 상태로 꿀을 빨아 먹으며 곤충, 거미 따위도 먹는다.

고적한 날

당신님의 편지便紙를
받은 그날로
서러운 풍설風說*이 돌았습니다.

물에 던져달라고 하신 그 뜻은
언제나 꿈꾸며 생각하라는
그 말씀인 줄 압니다.

흘려 쓰신 글씨나마
언문諺文 글자로
눈물이라고 적어 보내셨지요.

물에 던져달라고 하신 그 뜻은
뜨거운 눈물 방울방울 흘리며,
맘 곱게 읽어달라는 말씀이지요.

—《개벽》(1922. 7).

---

* 풍문. 바람처럼 떠도는 소문.

가을

검은 가시의 서리 맞은 긴 덩굴들은
시닥나무*의 꾸부러진 가지 위에,
회색灰色인 밀봉蜜蜂**의 구멍에도 벋어 말라서
압히는*** 가을은 더 쓰리게 왔어라.

서러라, 인印 눌린 우리의 가슴아!
거츠로는* 사랑의 꿈의 발알에**
아! 나의 아름다운 붉은 물가의,
새로운 밀물만 시처*** 가며 밀려와라.

—《개벽》(1922. 8).

---

* 단풍나뭇과의 낙엽 활엽 소교목.
** 꿀벌.
*** '아프게 하는' 의 뜻으로 이해됨.
* '겉으로는' 으로 보임.
** '발 아래' 로 보임.
*** 스치어. '시치다' 는 '스치다' 의 방언.

가는 봄 삼월

가는 봄 삼월三月, 삼월三月은 삼질*
강남江南 제비도 안 잊고 왔는데,
아무렴은요
설게** 이 때는 못 잊게, 그리워.

잊으시기야, 했으랴, 하마 어느새,
님 부르는 꾀꼬리 소리.
울고 싶은 바람은 점도록*** 부는데
설리도* 이 때는
가는 봄 삼월, 삼월은 삼질.

—《개벽》(1922. 8).

---

* 삼짇날. 음력 삼월 초사흗날.
** 서럽게.
*** 저물도록.
* 서럽게도.

꿈자리

오오 내님이여? 당신이 내게 주시려고 간 곳마다 이 자리를 깔아 놓아두시지 않으셨어요. 그렇겠어요 확실確實히 그러신 줄을 알겠어요. 간 곳마다 저는 당신이 펴놓아 주신 이 자리 속에서 항상恒常 살게 됨으로 당신이 미리 그러신 줄을 제가 알았어요.

오오 내 님이여! 당신이 깔아 놓아주신 이 자리는 맑은 못 밑과 같이 고조곤도 하고* 아늑도 했어요. 훔싹훔싹** 숨치우는*** 보드라운 모래 바닥과 같은 긴 길이 항상恒常 외롭고 힘없는 저의 발길을 그리운 당신한테로 인도引導하여 주겠지요. 그러나 내 님이여! 밤은 어둡구요 찬바람도 불겠지요. 닭은 울었어도 여태도록 빛나는 새벽은 오지 않겠지요. 오오 제 몸에 힘 되시는 내 그리운 님이여! 외롭고 힘없는 저를 부둥켜안으시고 영원永遠히 당신의 믿음성스러운* 그 품속에서 저를 잠들게 하여 주셔요.

당신이 깔아 놓아주신 이 자리는 외롭고 쓸쓸합니다마는 제가 이 자리 속에서 잠자고 놀고 당신만을 생각할 그 때에는 아무러한** 두려움도 없고 괴로움도 잊어버려지고 마는데요.

그러면 님이여! 저는 이 자리에서 종신토록 살겠어요.

오오 내 님이여! 당신은 하루라도 저를 이 세상에 더 묵게 하시려고 이 자리를 간 곳마다 깔아 놓아두셨어요. 집 없고 고단孤單***한 제 몸의 종적踪跡을 불

---

* 조용도 하고.
** 분명치 않으나, 모래를 밟거나 스칠 때의 감촉을 표현한 말로 이해된다.
*** 정확한 뜻은 밝혀져 있지 않으나, '스치는'이나 '훔치는' 정도로 이해될 수 있을 듯 하다. 여기서 '훔치다'는 '물기 따위를 닦아내다'의 뜻이다.
* 기본형은 '믿음성스럽다'. 믿음직한 성질이 있다.
** 아무런.
*** 외로움.

쌓히 생각하여서 검소한 이 자리를 간 곳마다 제 소유所有로 장만하여 두셨어요. 그리고 또 당신은 제 엷은 목숨의 줄을 온전히 붙잡아주시고 외로이 일생一生을 제가 위험危險 없는 이 자리 속에 살게 하여 주셨어요.

오오 그러면 내 님이여! 끝끝내 저를 이 자리 속에 두어주셔요. 당신이 손소*당신의 그 힘 되고 믿음성부른** 품속에다 고요히 저를 잠들려 주시고 저를 또 이 자리 속에 당신이 손소 묻어 주셔요.

—《개벽》(1922. 11).

---

* 손수.
** 믿음직스러운.

깊은 구멍

그 세월歲月이 지나가고 볼 것 같으면 뒤에 오는 모든 기억記憶이 지나간 그것들은 모두 다 무의미無意味한 것 같기도 하리다마는 확실確實히 그렇지 않습니다.

글쎄 여보세요! 어느 틈에 당신은 내 가슴 속에 들어와 있던가요? 아무리 하여도 모르겠는걸요.

오! 나의 애인愛人이여!

인제 보니까, 여태 나의 부지런과 참아 오고 견디어 온 것이며 심지어甚至於 조그마한 고통苦痛들까지라도 모두 다 당신을 위爲하는 심성心誠*으로 나온 것이었겠지요. 어쩌면 그것이 값없는 것이 되고 말 리理야 있겠어요.

오! 나의 애인이여.

그러나 당신이 그 동안에 내 가슴속에 숨어 계셔서 무슨 그리 소삽스럽은** 일을 하셨는지 나는 벌써 다 알고 있지요. 일로*** 앞날 당신을 떠나서는 다만 한 시각時刻이라도 살아 있지 못하게끔 된 것일지라도 말하자면 그것이 까닭이 될 것밖에 없어요.

밉살스러운 사람도 있겠지! 그렇게 커다란 거무죽죽한 깊은 구멍을 남의 평화平和롭던 가슴속에다 뚫어 놓고 기뻐하시면 무엇이 그리 좋아요.

오! 나의 애인이여.

당신의 손으로 지으신 그 구멍의 심천深淺을 당신이 알으시리다. 그러면 날마다 날마다 그 구멍이 가득히 차서 빈틈이 없도록 당신의 맑고도 향기香氣로운 그 봄 아침의 아지랑이 수풀 속에 파묻힌 꽃이슬의 향기香氣보다도 더 귀貴

---

* 성심誠心. 정성스러운 마음.
** 기본형은 '소삽蕭颯하다'. 차고 쓸쓸하다.
*** 이로부터. 이제부터.

한 입김을 쉬일 새 없이 나의 조그만 가슴 속으로 불어 넣어 주세요.

—《개벽》(1922. 11).

길손

얼굴 흴끔한 길손이여,
지금 막, 지는 해도 그림자조차
그대의 무거운 발 아래로
여지도 없이 스러지고 마는데

둘러보는 그대의 눈길을 막는
뾰죽뾰죽한 멧봉우리
기어오르는 구름 끝에도
비낀 놀은 붉어라, 앞이 밝게.

천천히 밤은 외로이
근심스럽게 딧터[*] 나리나니
물소리 처량한 냇물 가에,
잠간, 그대의 발길을 멈추라.

길손이여,
별빛에 푸르도록 푸른 밤이 고요하고
맑은 바람은 땅을 씨처라.^{**}
그대의 씨달픈^{***} 마음을 가다듬을지어다.   —《배재》(1923. 3).

---

* '짙어'로 보인다.
** 스처라.
*** 시들픈. 기본형은 '시들프다'. 마음에 마뜩찮고 시들하다.

달밤

저 달이 나더러 소삭입니다.[*]
당신이 오늘밤에 잊으신다고.

낮같이 밝은 그 달밤의
흔들려 멀어 오는 물노래고요,
그 노래는 너무도 외로움에
근심이 사뭇되어[**] 비낍니다.

부승기는[***] 맘에 갈기는[*] 뜻에
그지없이 씨달픈[**] 이내 넋을,
주님한테 온전히 당신한테
모아 묶어 바칩니다.

그러나 괴로운 가슴에 껴안기는 달은
속속들이 당신을 쏘라냅니다……[***]
당신이 당신이 오늘 밤에 잊으신다고

---

[*] 속삭입니다.
[**] 사무치어.
[***] 버성기는. 기본형은 '버성기다'. 벌어져서 틈이 있다.
[*] 가리는. 잘잘못을 따지는. '갈기다'는 '가리다'의 평북 방언.
[**] 시들픈. 기본형은 '시들프다'. 마음에 마뜩찮고 시들하다.
[***] '쏠아냅니다'로 보임. '쏠다'는 '쥐나 좀 따위가 물건을 잘게 물어뜯다', 또는 '남의 일을 뒤에서 헐뜯다'의 뜻.

내 맘에 미욱함*이 불서럽다고**.

—《배재》(1923. 3).

눈물이 쉬루르 흘러납니다

눈물이 수루르 흘러납니다,
당신이 하도 못 잊게 그리워서.
그리 눈물이 수루르 흘러납니다.

잊히지도 않는 그 사람은
아주나 내바린*** 것이 아닌데도,
눈물이 수루르 흘러납니다,

가뜩이나 설운 맘이
떠나지 못한 운圈에 떠난 것도 같아서,
생각하면 눈물이 수루르 흘러납니다

—《개벽》(1923. 5).

---

* 어리석음.
** 매우 서럽다고. 기본형은 '불섧다'. '신세가 매우 가엽다' 는 뜻의 평안방언.
*** 내버린.

어려 듣고 자라 배워 내가 안 것은

이것이 어려운 일인 줄은 알면서도,
나는 아득이노라,* 지금 내 몸이
돌아서서 한 걸음만 내어놓으면!
그 뒤엔 모든 것이 꿈 되고 말련마는.
그도 보면 엎드러친** 물은 흘러 버리고
산山에서 시작始作한 바람은 벌에 불더라.

타다 남은 촉燭불의 지는 불꽃을
오히려 뜨거운 입김으로 불어가면서
비추어 볼 일이야 있으랴, 오오 있으랴
차마 그대의 두려움에 떨리는 가슴의 속을,
때에 자리 잡고 있는 낯모를 그 한 사람이
나더러 '그만하고 갑시사' 하며, 말을 하더라.

붉게 익은 댕추***의 씨로 가득한 그대의 눈은
나를 가르쳐 주었어라, 열 스무 번番,* 가르쳐 주었어라.
어려 듣고 자라 배워 내가 안 것은
무엇이랴 오오 그 무엇이랴?
모든 일은 할 대로 하여 보아도

---

* 괴로워하노라. 기본형은 '아득이다.' 힘에 겹고 괴로워 요리조리 애쓰며 고심하다.
** '엎드러진'의 힘준 말. 기본형은 '엎드러지다'. 앞으로 넘어지다.
*** 당초唐椒. 고추.
* 열 번 스무 번.

얼마만한 데서 말 것이더라.

— 《신천지》(1923. 8).

차와선*

차車 타고
서울 가면
금상今上님** 계시드냐

차車 타고 배 타고
동경東京 가서
금상님 계신 곳에 뵈옵시다.

이제 다시 타게 되면
북北으로 북北으로 노서아露西亞***의
옷과 밥 참배차參拜次 가보리라

—《동아일보》(1924. 11. 24).

---

* 車와 船 : 차와 배.
** 현재 왕위에 있는 임금님.
*** '러시아'의 음역.

이요*

감장 치마 흰 저고리
씨름**에 큰 맏딸아기
우물길에 나지 마라
부어駙魚*** 새끼 놀라리라
감장 치마 흰 저고리
오막집에 맛메구리*
밤물이랑 긷지 마라
중그마리** 놀라리라

—《동아일보》(1924. 11. 24).

---

* 俚謠 : '잡가雜歌'를 달리 이르는 말.
** '시름'의 힘준 말.
*** 붕어.
* 맏메누리. 맏며느리.
** 징구마리. '미꾸라지'의 평북 방언.

항전애창* 명주딸기**

1

딸기 딸기 명주딸기
집집이 다 자란 맏딸아기
딸기 딸기는 다 익었네
내일은 열하루 시집갈 날

일모창산*** 날 저문다
월출동정*에 달이 솟네
오호**로 배 띄어라
범려***도 님 싣고 떠나간 길

노던 벌에
오는 비는

---

* 巷傳哀唱 : 항간에 전해 내려오면서 슬프게 불려짐.
** '명주'는 '명두明斗, 명도明圖'의 방언으로, 마마를 앓다가 죽은 여자아이의 귀신을 가리킨다. 다른 말
  로 '태주'라고도 하는데, 민간에서는 다른 여자에게 지피어서 길흉화복을 점치게 하는 존재로 전해내
  려 온다. 그리고 '딸기'의 경우, 이 시의 제1연 1,2행에서는 여자아이를 뜻하는 '딸아기', 3행에서는
  '딸기(苺)'를 가리키며 음의 유사성을 통해 서로 연결되고 있다.
*** 日暮蒼山 : '푸른 산에 해가 진다'는 뜻으로, 민요에서 흔히 쓰이는 상투어이다.
* 月出洞庭 : '동정호에 달 뜬다'는 뜻으로, 민요에서 자주 보이는 상투어이다.
** 五湖 : 범려范蠡가 숨어 지냈다는 호수.
*** 范蠡 : 중국 춘추시대 말기 월越나라의 대부大夫. 오吳나라 왕 부차夫差에게 월나라가 패하자, 때를 기다
  리다 월나라 왕 구천勾踐을 도와 오나라를 멸망시켰다. 그러나 그는 후에 월나라를 떠나, 계략으로 오나
  라에 바친 서시西施와 함께 오호에 묻혀 숨어 지냈다고 전해짐. 오호에 얽힌 범려范蠡의 고사 역시 민요
  에서 상투적으로 등장한다.

숙낭자*의
눈물이라

어얼시구 밤이 간다
내일은 열하루 시집갈 날

2
흰 꽃 흰 꽃 흰 나비와
흰 이마 흰 눈물 검은 머리.
흰 꽃 흰 꽃 나붓는데
흰 이마 흰 눈물 검은 머리.

3
뫼에서 보면 바다이 좋고
바다에서는 뫼가 좋고
온 듸 간 듸 다 좋아도
어디다 내 집을 지어 둘꼬.

4
있다고 있는 척 못할 일이
없다고 부러워 안 할 일이
세상에 못난이 없는 것이
저 잘난 성수**에 살아 보리.

---

* 양귀비楊貴妃. 당唐나라 현종玄宗의 비妃로 총애를 받았으나, 안록산安祿山의 난 때 마외역馬嵬驛에서 죽임
을 당함. 흔히 미인의 대명사로 일컬어지며, 민요에도 자주 등장한다.
** 성수星數 : 운수運數. 이미 정하여져 있어 인간의 힘으로는 어쩔 수 없는 천운天運과 기수氣數.

5

죽어 간 님을 님이래랴
뚫어진 신짝을 신이래랴.
앞 남산에 불탄 등걸[*]
앞 피던 자국에 좀이 드네.

—《영대》(1924. 12).

---

* 줄기를 잘라 낸 나무의 밑동.

불칭추평*

그대가 평양平壤서 울고 있을 때
나는 서울 있어서 노래 불렀네
인생人生은 물과 구름 구름이라고
노래 노래 부르며 탄식歎息하였네.

홍릉洪陵에 넓은 동산 풀이 마르고
고향故鄕의 강江 두던**에 자개*** 널리니
지금은 속속들이 생각이 나며
그대 그대 부르며 나는 우노라.

그대는 오늘날에 떠도는 계집!
인생人生은 물과 구름 구름일러라.
쳐다보니 가을의 느린 하루는
산山 건너 저기 저편便 해가 지누나.

—《영대》(1924. 12).

* 不稱錘枰 : 저울질 하지 말라.
** '언덕' 의 방언.
*** '자갈' 의 평안 방언.

신앙

눈을 감고 잠잠히 생각하라
무거운 짐에 우는 목숨에는
받아 가질 안식安息을 더하려고
반드시 힘 있는 도움의 손이
그대들을 위하여 기다릴지니.

그러나 길은 다 하고 날이 저무는가.
애처로운 인생人生이어
종鐘소리는 배밧비* 흔들리고
애꿎은 조가弔歌는 비껴올 때,
머리 수그리며 그대 탄식歎息하리.

그러나, 꿇어앉아 고요히
빌라, 힘 있게 경건敬虔하게.
그대의 맘 가운데
그대를 지키고 있는 아름다운 신神을
높이 우러러 경배敬拜하라.

멍에는 괴롭고 짐은 무거워도
두드리던 문門은 멀지 않아 열릴지니,

———————
* 배바삐. '분주히'의 방언.

190 김소월

가슴에 품고 있는 명멸明滅의 그 등잔燈盞을
부드러운 예지叡智의 기름으로
채우고 또 채우라.

그러하면, 목숨의 봄 두던*의
살음을 감사感謝하는 높은 가지
잊었던 진리眞理의 봉우리에 잎은 피며
신앙信仰의 불붙는 고운 잔디
그대의 헐벗은 영靈을 싸 덮으리.

—《개벽》(1925. 1).

---

* '언덕'의 방언.

옛 님을 따라가다가 꿈 깨어 탄식함이라

붉은 해 서산西山 위에 걸리우고
뿔 못 엄근* 사슴이**의 무리는 슬피 울 때,
둘러보면 떨어져 앉은 산山과 거칠은 들이
차례 없이 어우러진 외따로운 길을
나는 홀로 아득이며*** 걸었노라,
불서럽게도* 모신 그 여자女子의 사당祠堂에
늘 한 자루 촉燭불이 타 붙으므로.

우둑키** 서서 내가 볼 때,
돌아가는 말은 원앙*** 소리 댕그랑거리며
당주홍칠唐朱紅漆*에 남견藍絹**의 휘장을 달고
얼른얼른 지나던 가마 한 채.
지금이라도 이름 불러 찾을 수 있었으면!
어느 때나 심중心中에 남아 있는 한 마디 말을
사람은 마저 하지 못하는 것을.

---

* 여문. 기본형은 '염글다'. '여물다'의 옛말.
** 사슴.
*** 괴로워하며. 기본형은 '아득이다'. 힘에 겹고 괴로워 요리조리 애쓰며 고심하다.
* 매우 서럽게도. 기본형은 '불섧다'. '신세가 매우 가엾다'는 의미의 평안 방언.
** 우두커니.
*** 워낭. 마소의 귀에서 턱 밑으로 늘어 매단 방울.
* '당주홍唐朱紅'을 칠함. '당주홍唐朱紅'은 예전에 중국에서 들어온 주홍 물감을 이르던 말.
** 남藍색 비단. '견絹'은 얇고 성기게 짠 무늬 없는 비단을 일컫는다.

오오 내 집의 헐어진 문루門樓 위에
자리잡고 앉았는 그 여자女子의
화상畵像은 나의 가슴속에서 물조차 날건마는!*
오히려 나는 울고 있노라
생각은 꿈뿐을 지어 주나니.
바람이 나뭇가지를 스치고 가면
나도 바람결에 부쳐 바리고 말았으면.

—《영대》(1925. 1).

---

* 빛깔조차 바래지마는. 여기서 '물'은 '물감이 물건에 묻어서 드러나는 빛깔'을 의미하고, '날다'는 '빛깔이 바래다'를 뜻한다.

옷

술 냄새 담배 냄새 물 걸린* 옷
이 옷도 그대의 입혀 주심
밤비에 밤이슬에 물 걸린 옷
이 옷도 그대의 입혀 주심

그대가 내 몸에 입히신 옷
저 하늘같기를 바랐더니
갈수록 물 낡는** 그대의 옷
저 하늘같기를 바랐더니

— 《동아일보》(1925. 1. 1).

---

* 빨래할 때를 거른. 여기서 '물' 은 '옷을 한 번 빨래할 동안' 을 의미한다.
** 물이 낡는. 빛이 바래는. 여기서의 '물' 은 '물감이 물건에 묻어서 드러나는 빛깔' 을 뜻한다.

가막덤불

산에 가시나무
가막덤불[*]은
덤불덤불 산山마루로
벋어 올랐소

산山에는 가려 해도
가지 못하고
바로 말로^{**}
집도 있는 내 몸이라오
길에는 혼잣몸의
홑옷자락은
하룻밤 눈물에는
젖기도 했소

산山에는 가시나무
가막덤불은
덤불덤불 산山마루로
벋어 올랐소

—《동아일보》(1925. 1. 4).

---

[*] 검은 덤불. 풀과 나무가 마구 자라 검은 빛깔이 나는 수풀.
^{**} 바로 말할 것 같으면. 바르게 말하면.

벗 마을

흰 꽃잎 조각조각 흩어지는데
줄로 선 버드나무 동구洞口 앞에서
달밤에 눈 맞으며 놓기 어려워
붙잡고 울던 일도 있었더니라

삼년후三年後 다시 보자 서로 말하고
어두운 물결 위에 몸을 맡기며
부두埠頭의 너풀리는* 붉은 기旗발을
어이는** 맘으로도 여겼더니라

손의 집*** 단간방單間房에 밤이 깊었고
젊음의 불심지가 마저 그무는*
사람의 있는 설움 말을 다하는
차마 할 상면相面까지 보았더니라

쓸쓸한 고개고개 아홉 고개를
비로소 넘어가서 땅에 묻히는
한 줌의 흙집 위에 뿌리는 비를
모두 다로 보기도 하였더니라

---

* 너풀거리는.
** 에는. 기본형은 '에다'. 칼 따위로 도려내듯 베다. 마음을 몹시 아프게 하다.
*** 나그네들의 집. 여인숙.
* 꺼져 가는. 흐려져 가는.

끝끝내 첫 상종相從[*]을 믿었던 것이
모두 다 지금 와서 내 가슴에는
무더기 또 무더기 그 한 구석의
거칠은 두던^{**}만을 지을 뿐이라

지금도 고요한 밤 자리 속에서
진땀에 떠서 듣는 창지窓紙^{***} 소리는
갈대말[*] 타고 놀던 예전 그 날에
어두운 그림자가 나리더니라

— 《동아일보》(1925. 2. 2).

---

* 서로 따르며 친하게 지냄.
** '언덕'의 방언.
*** 창호지.
* 어린아이들이 갈대를 가랑이 사이에 넣어 말처럼 타서 끌고 다니며 놀던 것.

자전거

밤에는 밤마다
자리를 펴고
누워서 당신을 그리워라고*

잘근잘근 이불깃
깨물어 가며
누워서 당신을 그리워라고

다 말고 후닥닥
떨치고 나자
금시時로 가보고 말 노릇이지

가보고 말아도 좋으련만
여보오 당신도 생각을 하우
가자 가자 못 가는 몸이라우

내일 모래는
일요曜일
일요일은 노는 날

———
* 그리워라 하고.

노는 날 다치면[*]
두루두루루
자전거自轉車 타고서 가우리다

뒷산山에 솔숲에
우는 새도
당신의 집 뒷산山 새라지요

새소리 뻐꾹
뻐꾹뻐꾹
여기서 뻐꾹 저기서 뻐꾹

낮에는 갔다가
밤에 와 울면
당신이 날 그리는 소리라지요

내일來日 모레는 일요일
두루두루두루루
자전거自轉車 타고서 가우리다

—《동아일보》(1925. 4. 13)

---

* '닥치면'의 오식으로 보인다.

불탄 자리

시냇물 물소리 들리며,
맑은 바람 스쳐라.
우거진 나무 잎새 속에 츰줏한* 인가人家들,
들어 봐 사람은 한둘씩 모여 서서 숙은여라.**

나려 앉은 서까래 여기저기 널리고,
타다 남은 네 기둥은
주춤주춤 꺼질 듯 그러나 나는 그 중中에
불길이 할터운*** 화초花草밭 물끄러미 섰구나.

짓까불던 말썽과 외마디 소리와
성마른 꾸지람 다시는 위로와 하소연도,
불길과 같이 스러진 자리,
여봐라 이 마음아 자려며 불안을 내바려라.

다시는 내일來日날
맑게 개인 하늘이 먼동 터 올 때
깨끗한 심정心情과 더튼한* 솜씨로

---

* 뜸한. 기본형은 '츰하다'로 추정된다. 머츰하다. 한창 진행되던 어떤 현상이나 동작이 잠시 그쳐 뜸하다.
** 수군거려라.
*** 핥은.
* 기본형은 '더튼하다'. 깐깐하고 알뜰하다.

이 자리에 일 잡자 내 남은 노력勞力을!

더욱 더욱 이것을 이러고 보니,
시원한 내 세상이 내 가슴에 오누나.
아니나 밤바람 건드리며* 별눈이 뜰 때에는
온 이 세상에도 내 한 몸뿐 감격感激에 넘쳐라.

—《조선문단》(1925. 10).

---

* 건들이며. 건들거리며 불어오고.

오일 밤 산보

초여드레 넘으며
밤마다도 달빛은 밝아 오는데,
이제 스무날까지는 밤마다 밤마다도
들에 거닐기 좋으리라 바로 지금이로처.

논두렁 좁은 길 엇득엇득하지만[*]
우거진 아카시아 숲 아래 배여 오는 향기香氣는
건드리는[**] 바람에 비껴라 풀숲 사이로,
밤일 하는 농부農夫의 담뱃불 깜박일 때,

희슴푸레 보이는 것 달빛에 번듯이며,
저어 너머편便 치달아 벋은 고개로
네 활개 치면서
저문 길손 지나는구나.

돌아가는 좁은 길은 끝조차 없는데,
가다가는 멈추고 우뚝 서서
넋 없이 풀벌레 소리를 들어라,
푸른 하늘 아래의 밤은 희고 밝은데.

---

[*] 어뜩어뜩하지만. 기본형은 '어뜩하다'. 날이 채 밝지 않아 조금 어둡다.
[**] 건들이는. 건들거리며 불어오는.

아주 밤은 점점 깊느냐,
인간人間보다도 달빛이 더 가까워 오누나
외로운 몸에는 지어바린* 세상世上이여,
기대企待나 있더냐 희망希望이나 있더냐 이제조차.

수여 가자 더욱 이 청靑풀판이 좋구나,
프릇스름한 무늬여 얼는** 달빛에
번득이는 이슬방울은 벌써도 채었구나,
그저 그저 이대로 거닐다가 들어가나 잠자자.

— 《조선문단》(1925. 10).

---

* 저버린.
** 어리는. 기본형은 '어리다'. 빛이나 그림자 따위가 희미하게 비치다.

빗소리

수수수수 수수······ 쑤우
수수수수······ 쑤우······
밤 깊도록 무심無心히 누워
비 오는 소리 들어라.

아깝지도 않은 몸이라 세상사世上事 잃었고,
오직 뜻하나니 나에게 뉘우침과 발원이
아 이미 더럽힌 심령心靈을
깨끗하게 하고자 나날이 한 가지씩이라도.

뚝 뚝 뚝······ 뚝 뚝
비와 한 가지로 쇠진한* 맘이여 들어앉은 몸에는
다만 비 듣는 이 소리가 굵은 눈물과 달지** 않아,
끊일 줄을 몰라라 부드러운 중에도.

하 몰라라 인정人情은 불붙는 것 젊음,
하룻밤 맺은 꿈이면 오직 사람되는 제 길을!
수수수수 수수······ 쑤우
이윽고 비는 다시 내리기 시작始作할 때.

—《조선문단》(1925. 10)

---

* 기운이 빠진. 기본형은 '시진澌盡하다'. 기운이 빠져 없어지다.
** 다르지.

돈과 밥과 맘과 들

1

얼굴이면 거울에 비추어도 보지만 하루에도 몇 번씩 비추어도 보지만 어째랴
그대여 우리들의 뜻갈*은 백白을 산들 한번을 비출 곳이 있으랴

2

밥 먹다 죽었으면 그만일 것을 가지고
잠 자다 죽었으면 그만일 것을 가지고 서로가락** 그렇지 어쩌면 우리는 쪽하
면*** 제 몸만을 내세우려 하더냐 호미 잡고 들에 나려서 곡식이나 기르자

3

순즉한* 사람은 죽어 하늘 나라에 가고
모질던 사람은 죽어 지옥 간다고 하여라
우리나 사람들아 그뿐 알아둘진댄 아무런 괴로움도 다시없이 살 것을 머리 수
그리고 앉았던 그대는
다시 '돈!' 하며 건넌 산山을 건너다보게 되누나

---

* '뜻'의 힘준 말.
** 서로가.
*** 쩍하면. 번쩍하면. 조금이라도 일이 있기만 하면 곧.
* 순직한. 기본형은 '순직純直하다'. 마음이 순진하고 곧다.

4
등잔불 그무러지고* 닭소리는 잦은데
여태 자지 않고 있더냐 다심도 하지** 그대 요밤 새면 내일 날이 또 있지 않우

5
사람아 나더러 말썽을 마소
거슬러 예는*** 물을 거스른다고
말하는 사람부터 어리석겠소

가노라 가노라 나는 가노라
내 성품 끄는 대로 나는 가노라
열두 길 물이라도 나는 가노라

달래어 아니 듣는 어린 적* 맘이
일러서 아니 듣는 오늘날 맘의
장본**이 되는 줄을 몰랐더니

6
아니면 아니라고
말을 하오
소라도 움마 하고 울지 않소

---

* 기본형은 '그무러지다'. 흐리고 어둠침침하게 되다. 마음이 침울하게 되다.
** 기본형은 '다심多心하다'. 조그만 일에도 마음이 안 놓여 여러 가지로 생각을 하거나 걱정을 많이 하다.
*** 가는. 기본형은 '예다'. '가다'를 예스럽게 이르는 말.
* 어릴 적.
** 어떤 일이 크게 벌어지게 되는 근원.

기면 기라고락도[*]
말을 하오
저울축는 한 곳에 놓인다오

기라고 한대서 기뻐 뛰고
아니라고 한대서 눈물 흘리고
단념하고 돌아설 내가 아니오

7
금전 반짝
은전 반짝
금전과 은전이 반짝반짝

여보오
서방님
그런 말 마오

넘어가요
넘어를 가요
두 손길 마주잡고 넘어나 가세

여보오
서방님
저기를 보오

---

* '기라고라도' 의 힘준 말.

엊저녁 넘던 산山마루에
꽃이 꽃이
피었구려

삼년三年을 살아도
몇 삼년을
잊지를 말라는 꽃이라오

그러나 세상은
내 집 길도
한 길이 아니고 열 갈래라

여보오 서방님 이 세상에
났다가 금전은 내 못 써도
당신 위해 천냥千兩을 쓰오리다

——《동아일보》(1926. 1. 1).

잠

생각하는 머리에
누워 보는 글줄에
가깝게도 너는 늘
숨어 드네 떠도네.

일곱별*의 밤하늘
번쩍이는 깁 그물
내 나래를 얽으며
달이 든다 가람 물.

노래한다 갈잎새
꽃이 핀다 물모래
다복할사 내 베개
네게 맡길 그 한때.

하지마는 새로이
내 눈썹에 눈물이
젖는 줄을 알고는
그만 너는 가겠지.
두루 나는 찾는다

———
* 북두칠성.

가신 네가 행여나
다시 올까 올까고
하지마는 얼없다.*

봄철이면 동틀 녘
겨울이면 초저녁
그리운 이 너 하나
외로워서 슬플 적.

—《조선문단》(1926. 6).

---

* 어림없다.

첫눈

땅 위에서 녹으며
성긴 가지 적시며
잔디 뿌리 축이며
골에 바람 지나며
숲에 물은 흐르며
눈도 죠히* 오고녀.

초열흘은 넘으며
대보름은 맞으며
목화송이 피우며
들에 안개 잠그며
꿩도 짝을 부르며
눈도 죠히 오고녀.

—《조선문단》(1926. 6).

---

* 좋이. 좋게. 마음에 들게.

봄못

갔던 봄은 왔다나
잎만 수북 떠 있다
헐고 외인* 못물가
내가 서서 볼 때다.

물에 드는 그림자
어울리며 흔든다
세도 못할 물소용**
물면(面)*** 으로 솟군다.

채 솟구도 못하여
솟구다는 삼킨다
하건대는 우리도
이러하다 할소냐.

바람 앞에 품겨나*
제 자리를 못 잡아
몸을 한 곳 못 두어

---

* 외진.
** 소용돌이.
*** 수면水面.
* '품기다'. '풍기다'의 옛말. 겨, 검불, 먼지 따위가 날리다. 또는 그런 것을 날리다.

애가 탈손 못몰아.

한때 한때 지나다
가고 말 것뿐이라
다시 헛된 세상에
안뎡*밖에 있겠나

—《조선문단》(1926. 6).

---

* '안정' 으로 이해됨.

둥근 해

솟아온다 둥근 해
해족인다* 둥근 해
끊임없이 그 자체自體
타고 있는 둥근 해.

그가 솟아 올 때면
내 가슴이 뛰논다
너의 웃음 소리에
내 가슴이 뛰논다.

물이 되랴 둥근 해
둥근 해는 네 웃음
불이 되랴 둥근 해
둥근 해는 네 마음.

그는 숨어 있것다
신비神秘로운 밤빛에
너의 웃는 웃음은
사랑이란 그 안에.

---

* 기본형은 '해족이다'. 흐뭇한 태도로 귀엽게 살짝 한 번 웃다.

그는 매일 걷는다
끝이 없는 하늘을
너의 맘은 헴친다*
생명生命이란 바다를.

밝은 그 볕 아래선
푸른 풀이 자란다
너의 웃음 앞에선
내 머리(頭髮)가 자란다.

불이 붙는 둥근 해
내 사랑의 웃음은
동편 하늘 열린 문門
내 사랑의 얼굴은.

—《조선문단》(1926. 6).

---

* 헤엄친다.

바닷가의 밤

한 줌만 가느다란 좋은 허리는
품안에 차츰차츰 졸아들 때는
지새는 겨울 새벽 춥게 든 잠이
어렴풋 깨일 때다 둘(兩人)도 다 같이
사랑의 말로 못 할 깊은 불안에
또 한끝 호쥬군한* 옅은 몽상夢想에.
바람은 쌔우친다** 때에 바닷가
무서운 물소리는 잣*** 일어 온다.
켱킨* 여덟 팔다리 거드채우며**
산뜩히*** 서려 오는 머리칼이여.

사랑은 달큼하지 쓰고도 맵지
햇가*는 쓸쓸하고 밤은 어둡지.
한밤의 만난 우리 다 마찬가지
너는 꿈의 어머니 나는 아버지.
일시 일시 만났다 나뉘어 가는
곳 없는 몸 되기도 서로 같거든.

---

* 호줄근한. 기본형은 '호졸근하다'. 피곤하다. 힘이 없다.
** 둘러싸고 친다.
*** '잦' 으로 보면, '자주' 또는 '잇따라' 정도로 해석된다.
* '켕긴' 으로 이해됨. 팽팽하게 된.
** '걷어치우며' 로 이해된다.
*** 서늘하게.
* 바닷가.

아아아 허수롭다* 바로 사랑도
더욱여** 허수롭다 살음은말로.***
아 이봐 그만 일자 창이 희었다
슬픈 날은 도적같이 달려들었다.

— 《조선문단》(1926. 6).

* 허전하고 공허하다.
** 더욱 더.
*** 삶이야말로. 삶을 말할 것 같으면.

저녁

실 비끼듯 건너 맨 땅끝 아래로
바쥭히 * 떠오르는 주홍의 저녁.
큰 두던** 작은 두던 어울만이오***
물결은 흴끔하다* 곳은 개구력.**

버스럭 소리 나는 나무 아래로
나가면 길을 좇아 몸은 어디로
아아 이는 맘대로 흘러 떠돌아
집 길도 아닌 길에 오늘도 하루.

밤은 번쩍어리는 검은 못물에
잠기는 초승달이 할끔하거든***
아니 아직 저녁엔 빛이 있구나
아아 다시 그 무엇 오는 밤에는.

— 《조선문단》(1926. 6).

---

* 배죽이. 물체의 끝이 조금 내밀려 있는 모양.
** '언덕'의 방언.
*** 어울릴 만큼이오.
* 조금 흰 듯하다.
** 개굴녁. 개울가. '개굴'은 '개울'의 방언. '녁'은 '녘'의 옛말로서, '어떤 쪽이나 가'를 뜻한다.
*** 할끔하거든. 기본형은 '할끔하다'. 얼굴이 까칠하고 눈이 때꾼하다.

흘러가는 물이라 맘이 물이면

옛날에 곱던 그대 나를 향하여
귀여운 그 잘못을 이르러느냐.
모두 다 지어 묻은 나의 지금은
그대를 불신不信만전* 다 잊었노라.
흘러가는 물이라 맘이 물이면
당연히 이미 잊고 바렷슬러라.**
그러나 그 당시에 나는 얼마나
앉았다 일어섰다 설워 울었노,
그 연갑年甲***의 젊은이 길에 어여도*
뜬눈으로 새벽을 잠에 달려도,
남들이 좋은 운수 가끔 볼 때도,
얼없이 오다가다 멈칫 섰어도.
자네의 차부** 없는 복도 빌으며
덧없는 살음이라 쓴 세상이라
슬퍼도 하였지만 맘이 물이라
저절로 차츰 잊고 말았었노라.

—《조선문단》(1926. 6).

---

* 불신할망정.
** '버렸을러라' 로 이해됨.
*** 연배年輩. 비슷한 또래의 나이. 또는 그런 사람.
* 돌아도. 기본형은 '어이다'. 에다. '돌다' 의 옛말.
** '채비', '준비' 의 평북 방언.

칠석

저기서 반짝, 별이 총총,
여기서는 반짝, 이슬이 총총,
오며 가면서는 반짝, 반딧불 총총,
강변에는 물이 흘러 그 소리가 돌돌이라.

까막까치* 깃 다듬어
바람이 좋으니 솔솔이요,
구름물 속에는 달 떨어져서
그 달이 복판 깨어지니 칠월칠석날에도 저녁은 반달이라.

까마귀 까왁, '나는 가오.' 까치 짹짹 '나도 가오.'
'하느님 나라의 은하수에 다리 놓으러 가오.'
'아니나 작년에도 울었다오. 신틀** 오빠가 울었다오.
금년에도 아니나 울리라오, 베틀*** 누나가 울리라오.'

'신틀 오빠, 우리 왔소.
베틀 누나, 우리 왔소.'
'까마귀떼 첫 문안하니 그 문안은 반김이요,
까치떼가 문안하니 그 다음 문안이 잘 있소' 라.

---

* 까마귀와 까치를 아울러 이르는 말.
** 미투리나 짚신을 삼을 때 신날을 걸어 놓는 틀.
*** 베, 무명, 명주 따위의 피륙을 짜는 틀.

'신틀 오빠, 우지 마오.'
'베틀 누나, 우지 마오.'
'신틀 오빠님 날이 왔소.'
'베틀 누나님 날이 왔소.'
은하수에 밤중만 다리 되어
베틀 누나 신틀 오빠 만나니 오늘이 칠석이라.

하늘에는 별이 총총, 하늘에는 별이 총총.
강변에서도 물이 흘러 소리조차 돌돌이라.
은하가 년년* 잔별밭에
밟고 가는 자곡자곡 밟히는 별에 꽃이 피니
오늘이 사랑의 칠석이라.

집집마다 불을 다니 그 이름이 촛불이요,
해마다 봄철 돌아드니 그 무듬** 마다 멧부리요.
달 돋고 별 돋고 해가 돋아
하늘과 땅이 불붙으니 붙는 불이 사랑이라.

가며 오나니 반딧불 깜빡, 땅 위에도 이슬이 깜빡,
하늘에는 별이 깜빡, 하늘에는 별이 깜빡,
은하가 년년 잔별밭에
돌아서는 자곡자곡 밝히는 별이 숙기지니***
오늘이 사랑의 칠석이라.

— 《가면》(1926. 7).

---

* 연연延延. 길게 계속 뻗어 잇달려 있는 모양.
** 무덤.
*** 기본형은 '숙지다' . 어떤 현상이나 기세 따위가 점차로 누그러지다.

고만두풀 노래를 가져 월탄*에게 드립니다

1
즌퍼리**의 물가에
우거진 고만두***
고만두풀 꺾으며
'고만두라' 합니다.

두 손길 맞잡고
우두커니 앉았소.
잔즈르는* 수심가愁心歌
'고만두라' 합니다.

슬그머니 일면서
'고만 갑소' 하여도
앉은 대로 앉아서
'고만두고 맙시다' 고.

고만두 풀숲에
풀버러지 날을 때

---

* 月灘 : 월탄 박종화를 가리킨다.
** '진펄'의 옛말. 땅이 질어 질퍽한 벌.
*** 고마리. 마디풀과의 한해살이풀. 키는 1m쯤이고, 어긋맞게 나는 잎은 창날 모양이며, 이른 가을에 불그
   스름한 꽃이 핌.
* 기본형은 '잔지르다'. 몹시 자지러지게 하다.

둘이 잡고 번갈아
'고만두고 맙시다.'

2
'어찌 하노 하다니'
중어리는* 혼잣말
나도 몰라 왔어라
입버릇이 된 줄을.

쉬일 때나 있으랴
생시生時엔들 꿈엔들
어찌 하노 하다니
뒤재이는** 생각을.

하지마는 '어찌노'
중어리는 혼잣말
바라나니 인간人間에
봄이 오는 어느 날.

돋히어나 주과저
마른 나무 새 엄***을
두들겨냐 주과저
소리 잊은 내 북을.   ─《가면》(1926. 7).

---

* 중얼거리는.
** 기본형은 '뒤재다'. 뒤재기다. 여러 가지 것을 한데 뒤섞다. 뒤바꾸거나 뒤집어 놓다.
*** '움' 의 옛말. 풀이나 나무에 새로 돋아 나오는 싹.

대수풀 노래(죽지사)

이는 유우석劉禹錫의 죽지사竹枝詞를 본本받음이니 모두 열한 편篇이라. 그 말에
가다가다 야野한 점點이 있을는지는 몰라도 이 또한 제게 메운 격格이라 하리
니 꾀 장고長鼓에 맞추며 춤에도 맞추어 노래로 노래할 수 있으리로다.

1
왕검성王儉城 꿈에 잔디 돋고
모란봉牧丹峰 아래 물 맑았소.
서도西道* 사람의 제 노래에
북관北關** 각시네 울지 마소.

2
곱지*** 서 발*을 해 올라와
봄철 안개는 스러져가
강江 위에 둥실 뜬 저 배는
서도西道 손님을 모신 배라.

3
저분네 잠간 내 말 듣소
이 글자 한 장 전해 주소

---

* 황해도와 평안도를 통틀어 이르는 말.
** '함경도'의 다른 이름.
*** '고삐'의 방언. 말이나 소를 몰거나 부리려고 재갈이나 코뚜레, 굴레에 잡아매는 줄.
* 세 발. '발'은 길이의 단위. 한 발은 두 팔을 양옆으로 펴서 벌렸을 때 한쪽 손끝에서 다른 쪽 손끝까지
  의 길이이다.

나 사는 집은 평양성중平壤城中
배다릿골로 찾아보소.

4
장산고지*는 열두 고지
못 다닌다는 말도 있지
아하 산山 설고 물 설은데
나 누구 찾아 여기 왔늬.

5
산에는 총총 복숭아꽃
산에는 총총 외야지꽃**
구름장 아래 연기煙氣 뜬다
연기煙氣 뜬 데가 나 사는 곳.

6
가락지 쟁강하거든요
은銀봉채*** 쟁강하거든요
대동강大同江 십리十里 나룻길에
물 길러 온 줄 자네 아소.

7
반半달 여울의 옅은 물에

---

 * 장산곶.
 ** 오얏꽃.
 *** 銀鳳釵 : 봉의 머리 모양으로 꼭지를 만든 은비녀.

어갸차 소리 연連 잦을 때
금실 비단의 돛 단 배는
백일청천百日靑天*에 어리었네.

8
강江물은 맑고 평탄한데
강江으로 오는 님의 노래
동東에 해 나고 서西에는 비
비 오다 말고 해가 나네.

9
십리十里 장림長林은 곳곳이 풀
근처近處 멧집은 집집이 술
오다가다도 들려 주소
앉아 보아도 좋은 그늘.

10
기자릉箕子陵 솔의 상상上上 가지
뻐꾸기 앉아 우는 소리
영명사永明寺 절에 묵던 손도
밤에 깨어 나무아미.

11
보통문루普通門樓 송객정送客亭의

───────
* 해가 비치고 맑게 갠 푸른 하늘.

버들가지는 또 자랐늬.
아하 산 설고 물 설은데
나 누구 찾아 여기 왔늬.

　　　　　　　　　　　—《가면》(1926. 7).

생의 감격

깨어 누운 아침의
소리 없는 잠자리
무슨 일로 눈물이
새암* 솟듯 하오리.

못 잊어서 함이랴
그 대답은 '아니다'
아수여움** 있느냐
그 대답도 '아니다'.

그러하면 이 눈물
아무 탓도 없느냐
그러하다 잠자코
그마만큼 알리라.

실 틈만한 틈마다
새어 드는 첫별아
내 어린 적*** 심정을
네가 지고 왔느냐

----

* 샘.
** 아쉬움.
*** 어릴 적.

하염없는 이 눈물
까닭 모를 이 눈물
깨어 누운 자리를
사무치는 이 눈물

당정할손 살음은
어여쁠손 밝음은
항상 함께 있고자
내가 사는 반백 년.

—《가면》(1926. 7).

해 넘어 가기 전 한참은

해 넘어 가기 前한참은
하염없기도 그지없다,
연주홍물 엎지른 하늘 위에
바람의 흰 비둘기 나돌으며 나무 가지는 운다.

해 넘어 가기 前한참은
조미조미하기도* 끝없다,
저의 맘을 제가 스스로 느꾸는** 이는 복福 있나니
아서라, 피곤한 길손은 자리 잡고 쉴지어다.

까마귀 좇난다***
종鍾소리 비낀다.
송아지가 '음마' 하고 부른다.
개는 하늘을 쳐다보며 짖는다.

해 넘어 가기 前한참은
처량하기도 짝 없다
마을앞 개천가의 체지體地* 큰 느티나무 아래를
그늘진 데라 찾아 나가서 숨어 울다 올까나.

---

* 조마조마하기도.
** 늦추는. '느꾸다' 는 '늦추다' 의 방언. 바싹 하지 아니하고 느슨하게 하다. 긴장을 조금 풀다.
*** 좇아 간다. 기본형은 '좇니다'. '니다' 는 '가다' 또는 '다니다' 라는 뜻을 지닌 옛말이다.
* '체지體肢' 의 오식으로 보임. 몸과 사지.

해 넘어 가기 전前 한참은
귀엽기도 더 하다.
그렇거든 자네도 이리 좀 오시게
검은 가사*로 몸을 싸고 염불念佛이나 외우지 않으랴.

해 넘어 가기 전前 한참은
유난히 다정多情도 할세라
고요히 서서 물 모루** 모루 모루
치마폭 번쩍 펼쳐들고 반겨오는 저 달을 보시오.

—《가면》(1926. 7).

---

* 袈裟 : 중이 장삼 위에, 왼쪽 어깨에서 오른쪽 겨드랑이 밑으로 걸쳐 입는 법의法衣.
** 모퉁이.

팔베개 노래조

첫날에 길동무
만나기 쉬운가
가다가 만나서
길동무 되지요.

날 긇다* 말아라
가장家長님만 님이랴
오다가다 만나도
정 붓들면** 님이지.

화문석花紋席*** 돗자리
놋촉대燭臺 그늘엔
칠십년七十年 고락苦樂을
다짐 둔* 팔베개.

드나는** 곁방의
미닫이 소리라
우리는 하룻밤

---

* 그르다.
** 붙들면. 붙고 들면.
*** 꽃돗자리.
* 다짐을 한.
** 들고 나는.

빌어 얻은 팔베개.

조선朝鮮의 강산江山아
네가 그리 좁더냐
삼천리三千里 서도西道*를
끝까지 왔노라.

삼천리 서도를
내가 여기 왜 왔나
남포南浦의 사공님
날 실어다 주었소.

집 뒷산山 솔밭에
버섯 따던 동무야
어느 뉘집 가문家門에
시집가서 사느냐.

영남嶺南의 진주晉州는
자라난 내 고향故鄕
부모父母 없는
고향이라우.

오늘은 하룻밤
단잠의 팔베개

———————
* 황해도와 평안도를 통틀어 이르는 말.

내일來日은 상사相思의
거문고 베개라.

첫닭아 꼬꾸요
목 놓지 말아라
품속에 있던 님
길 차비* 차릴라.

두루두루 살펴도
금강金剛 단발령斷髮嶺**
고개 길도 없는 몸
나는 어찌 하라우.

영남嶺南의 진주晉州는
자라난 내 고향
돌아갈 고향은
우리 님의 팔베개.

— 《가면》(1926. 8).

---

* 길 떠나갈 채비. '채비'는 어떤 일을 하기 위하여 필요한 물건, 자세 따위를 미리 갖추어 차림.
** 그곳에서 동쪽으로 금강산을 바라보면 누구나 중이 되고 싶어 한다는 고개.

옷과 밥과 자유

공중空中에 떠다니는
저기 저 새여
네 몸에는 털 있고 깃이 있지.
밭에는 밭곡식
논에 물벼.
눌하게* 익어서 수그러졌네!
초산楚山 지나 적유령狄踰嶺
넘어선다.
짐 실은 저 나귀는 너 왜 넘니?

—《백치》(1928. 7).

---

* 누르게. 누렇게. 기본형은 '누르다'. 황금이나 놋쇠의 빛깔과 같이 다소 밝고 탁하다.

배

개여울[*]에 닻 준^{**} 배는
내일來日이라도
순풍順風만 불말로^{***} 떠나간다고

개여울에 닻 준 배는
이 밤이라도
밀물만 밀말로[*] 떠나간다고

물 밀고 바람 불어
때가 될 말로
개여울에 닻 준 배는 떠나갈 테지.

　　　　　　　　　　　　—《백치》(1928. 7).

---

* 개울의 여울목.
** 닻줄을 풀어 닻을 물속에 넣은. 곧, '정박한'의 뜻이다.
*** 분다면.
* 밀며는.

236 김소월

나무리벌 노래

신재령新載寧에도 나무리벌*
물고 많고
땅 좋은 곳
만주滿洲 봉천奉天은 못살 곳.

왜 왔느냐
왜 왔더냐
자곡자곡이 피땀이라
고향산천故鄕山川이 어디메냐.

황해도黃海道
신재령
나무리벌
두 몸이 김매며 살았지요.

올벼** 논에 닿은 물은
츠렁츠렁
벼 자란다
신재령에도 나무리벌.　　　　　　　　　　　—《백치》(1928. 7).

---

* 황해도 재령군에 있는 들. 예로부터 양질의 쌀을 생산하던 곳으로, 여기서 난 쌀은 진상품으로 쓰였다
　고 한다.
** 제철보다 일찍 여무는 벼.

길차부(산문시)

가랴 말랴 하는 길이었길래, 차부*조차 더디인 것이 아니에요.

오 나의 애인愛人이여.

안타까워라. 일과 일은 꼬리를 맞물고, 생기는 것 같습니다그려. 그렇지 않고야 이 길이 왜 이다지 더디일까요.

어렷두렷하였달지,** 저리도 해는 산머리에서 바재이고*** 있습니다. 그런데 왜, 아직 아직 내 조그마한 가슴 속에는 당신한테 일러둘 말이 남아 있나요.

오, 나의 애인愛人이여.

나를 어서 놓아 보내 주세요. 당신의 가슴 속이 나를 꽉 붙잡습니다.

길심매고* 감발하는** 동안, 날은 어둡습니다. 야속도 해라, 아주 아주 내 조그만 몸은 당신의 소용대로 내어 맡겨도 당신의 맘에는 기쁘겠지요. 아직 아직 당신한테 일러둘 말이 내 조고만 가슴에 남아 있는 줄을 당신이야 왜 모를라구요. 당신의 가슴 속이 나를 꽉 붙잡습니다.

그러나 오 나의 애인愛人이여.

— 《문예공론》(1929. 5).

---

* '채비', '준비'의 평북 방언.
** 기본형은 '어렷두렷'. '어릿어릿'의 옛말. 말과 행동이 활발하지 못하고 생기 없이 움직이는 모양.
*** 기본형은 '바재이다'. 바장이다. 부질없이 짧은 거리를 오락가락 거닐다. 마음에 걸리는 것이 있어서 자꾸 망설이거나 머뭇거리다.
* 그 뜻이 확실치 않으나, 길을 떠날 때 옷차림새를 단단하게 여미는 것을 일컫는 것으로 보인다.
** 발감개를 하는. '감발'은 발감개를 한 차림새. '발감개'는 버선이나 양말 대신 발에 감는 좁고 긴 무명. 상일을 하는 사람들이나 먼 길을 걷는 사람들이 흔히 하였다.

단장(1)

하늘도 밝다! 참 밝기는 하고나
그러나, 내, 하늘 치어다 안 보겠네,
그 하늘 못났네,
나보다도 못났네,
잘난 하늘 있는가? 잘난 사람 있는가?

그 사람 마음, 나 모르노라,
다른 이의 마음은 다 알아도,
저도 그러리라, 이 마음을 제 어찌 알랴.

속았다, 속았다, 나 속았다,
그 사람 날 버리고 갔네.
이렇게 속을 줄이야 내 몰랐다,
그 사람, 왜, 날 바리고 갔나?
나, 못났네, 나 모르겠네, 참 모르겠네.

그 사람, 내 말 듣고 세 번 왔네. 꼭 세 번 왔네.
세 번씩은 왔었더라도 말 한 마디는 못하여 봤네,
남 알리지 못할 말이라니, 맘으로 고이 싸서 가슴 속에 두고 알자.
엘화!* 이곳, 산山에는 수풀 있고, 강江장변**에 갈밭 있네.

---

* 에라. 어화. 노랫가락 따위에서 기쁜 마음을 나타내어 주위를 불러일으키는 소리.
** 강변. 강가.

이 달 스무날 달 뜨거든, 어스름달 되어 주소,
수풀도 좋고, 갈밭도 좋네, 하지마는
그 사람, 내 말을 또 한번 더 들어 줄런가? 아니 들어,

 '왔소, 왔소, 편지 왔소,
간밤에 꿈 좋더니 님에게서 편지 왔소.'
그렇소, 바로말로 아는 이 있어 편지라도 오고 가면
사막沙漠 같은 이 세상 괴로움도 간혹 잊고 살음직한 때도 있을 게요.

—《문예공론》(1929. 6).

단장(2)

자면서 지난 밤 이상한 꿈꾸었구려.
바람벽 바른 신문新聞의 기사記事 제목題目
'緣ノ切目ハ命ノ切目'* 라고 보고
잤더니(만나보면! 십년전十年前 그 사람은
교수대絞首臺 위의 죽임을 받은 이들, 사랑 목숨은 하나라고)
흰눈에 상복喪服 입은 찬 밤도 잠자는
새벽을 하나, 이상한 꿈꾸었구려. 이상한 꿈꾸었구려.

아니나** 그 사람 날 죽일껄 서로 사랑턴 사람
바람부네, 어이 아 봄바람 부네.
끔직이나 부네.
나 그 사람이, 서로 사랑턴 사람 왜 나 죽이지 않나
나 바람 소리 좇아가고 싶도다. 봄바람 좇아가고 싶도다.

꽉 믿고
살아 보지 못할까, 못 할런가.
내 자네를 믿고 자네 날 믿고
한 세상 서로 믿어 가면서 살았으면 좋겠네,
참! 나는 자네가 미더우면 좋겠네, 참
믿을 수 없겠나, 믿고 살 수 없겠나, 이제로

---
* '인연이 끊어지면 생명도 끊어진다'는 뜻의 일본어.
** '아니'의 힘준 말.

내 자네 하라는 대로 하겠네, 자네 말대로 하겠네.
나 내 한 몸, 말하자면 이 몸뚱이 죽어 없어진 그 줄로 알세

오늘 저녁 며칠인가
윤이월 보름 하늘이나 치어다볼까
하늘에는 별 있네, 땅에는 길 있네.
달도 밝거니와 별 밝고 길 밝다.
아하! 내 속상하네 나 어디로 갈까?

그 색시 나더러 오늘 저녁 부디 오라 하네.
달 떠서 가까운 앞이 어둑이고 먼 앞 환하니 밝아 오거든
이슬에 푹 젖은 떡갈나무,
그 나무 우거진 잎새의 그늘진 아래로
불원천리하옵시고 날 오라 하였네,
가고 싶도다, 가고 싶도다, 참
어서 가고 싶어서 못 견디겠도다.

—《문예공론》(1929. 7).

드리는 노래

한 집안 사람 같은 저기 저 달님

당신은 사랑의 달님이 되고
우리는 사랑의 달무리 되자.
쳐다보아도 가까운 달님
늘 같이 놀아도 싫잖은 우리.

미더움 의심 없는 보름의 달님

당신은 분명한 약속이 되고
우리는 분명한 지킴이 되자.
밤이 지샌 뒤라도 그믐의 달님
잊은 듯 보였다도 반기는 우리.

귀엽긴 귀여워도 의젓한 달님

당신은 온 천함*의 달님이 되고
우리는 온 천함의 잔별이 되자.
넓은 하늘이라도 좁았던 달님
수줍음 수줍음을 따르는 우리.

—《신여성》(1931. 2).

_____
* '천함天涵'으로 추정됨. 하늘.

고독

설움의 바닷가의
모래밭이라
침묵沈默의 하루해만 또 저물었네

탄식歎息의 바닷가의
모래밭이니
꼭 같은 열두 시時만 늘 저무누나

바잼*의 모래밭에
돋는 봄풀은
매일 붓는** 벌 불***에 터도 나타나

설움의 바닷가의
모래밭은요
봄 와도 봄 온 줄을 모른다더라

이즘*의 바닷가의 모래밭이면
오늘도 지는 해니 어서 져다오

---

*바잼. 기본형은 '바재이다'. 바장이다. 부질없이 짧은 거리를 오락가락 거닐다. 마음에 걸리는 것이 있
  어서 자꾸 망설이거나 머뭇거리다.
** 붙는.
*** 들불.
* 잊음.

아쉬움의 바닷가 모래밭이니
뚝 씻는 물소리나 들려나다오

— 《신여성》(1931. 2).

생과 돈과 사

1

설우면 우올 것을 우습거든 웃을 것을,
울자 해도 갖는 눈물, 웃자 해도 싱거운 맘,
허거픈* 이 심사를 알 이 없을까 합니다.

한 베개 잠자거든, 한솥밥 먹는 님께,
허거픈 이 심사를 전(傳)해볼까 할지라도,
맛찹은** 말 없거니와, 그 역(亦) 누될까 합니다.

누된달 심정(心情)만이 타고날 게 무엇인고!
사오월(四五月) 밤중만 해도 울어대는 저 머구리,***
차라리 그 신세(身勢)를 나는 부러워합니다.

2

슬픔과 괴로움과 기쁨과 즐거움과
사랑 미움까지라도, 지난 뒤 꿈 아닌가!
그러면 그 무엇을, 제가 산다고 합니까?

꿈이 만일 살았으면, 삶이 역시(亦是) 꿈일 게라!

---

* 기본형은 '허거프다'. 허전하고 어이없다.
** 마땅한. 기본형은 '마찹다'. '마땅하다'의 평북 방언.
*** '개구리'의 옛말.

잠이 만일 죽음이면, 죽어 꿈도 사라듯하리[*].
잡고[**] 끝끝내 이렇다 해도 이를 또 어찌합니까?

살았든 그 기억記憶이 죽어 만일 있달진댄,
죽어하든 그 기억記憶이 살아 어째 없습니까?
죽어서를 모르오니 살어서를 어찌 안다고 합니까

3
살아서 그만인가? 죽으면 그뿐인가?
살죽는[***] 길얼음[*]에 니즘[**] 바다 건넜던가?
그렇다 하고라도, 살아서만이라면, 아닌 줄로 압니다

살아서 못 죽는가, 죽었다는 못 사던가?
암만이 살지락도[***] 알지 못할 이 세상을,
죽었다 살지락도 또 모를 줄로 압니다.

이 세상 산다는 것, 나 도무지 모르겠네.
어디서 예 왔는고? 죽어 어찌 될 것인고?
도무지 이 모르는 데서, 어째 이러는가 합니다.

— 《삼천리》(1934. 8).

---

[*] 살아 있는 듯하리.
[**] '자꾸'로 이해된다.
[***] 살고 죽는.
[*] 길어름. 두 길이 맞닿은 곳.
[**] 잊음.
[***] 살지라도'의 힘준 말.

돈타령

1
요 닷 돈을 누를* 줄꼬? 요 마음.
닷 돈 가지고 갑사甲紗댕기 못 끊겠네
은가락지는 못 사겠네. 아하!
막코**를 열 개個 사다가, 불을 넣자 요 마음.

2
되려니 하니 생각.
만주滿洲 갈까? 광산鑛山엘 갈까?
되겠나 안 되겠나, 어제도 오늘도,
이러저리 하면 이리저리 되려니 하는 생각.

3
있을 때에는 몰랐더니
없어지니까 네로구나

있을 때에는 몰랐더니
없어지니까 네로구나

몸에 값진 것 하나도 없네

———————
* 누구를.
** 마코. 일제 때 담배 상표의 하나.

내 남은 밑천이 본심本心이라

있던 것이 병발*이라
없드니 편만** 못하니라

가는 법이 그러니라
청춘靑春 아울러 가지고 갔네

술고기를 안 먹으랴고
밥 먹고 싶을 줄 네 몰랐지

색시와 친구는 붙은 거라고
네 처권*** 없을 줄 네 몰랐지

인격人格이 잘나서 제로라고*
무엇이 난 줄을 네 몰랐지

천금산진千金散盡 환복래還復來는**
없어진 뒤에는 아니니라

상감님이 되어서락도***

---

* 병을 일으킴. 병의 원인.
** 없는 편만.
*** 妻眷 : 아내와 처가 쪽의 친척.
* 내로라고. '자기이다라고'의 뜻.
** 많은 돈이 흩어 없어졌다가 다시 돌아옴.
*** '되어서라도'의 힘준 말.

발은 것이* 나드니라**

인생부득人生不得 갱소년更少年***은
내가 있고서 할 말이라

한강수漢江水라 인도교人道橋가
낮고 높음을 알았더냐

가는 법이 그러니라
용기勇氣 아울러 가지고 간다

내가 누군 줄 네 알겠느냐
내가 곧장 네 세상이라

내가 가니 네 세상 없다
세상이 없이 네 살아보라

내 천대를 네가 하고
누* 천대賤待를 네 받나 보랴

나를 다시 받드는 것이
네 세상을 받드는 게니라

_____

* '바른 것이'로 추정됨.
** 나이이더니라. '나'는 '나이'의 준말.
*** 인생에서 젊은 시절은 다시 얻을 수 없음.
* 누구의.

따라만 보라 내 또 오마
따라만 보라 내 또 오마

아니 온다고 아니 온다고
아니 올 리理가 있겠느냐

있어야 하겠기 따르지만
있고 보니 네로구나

있어야 한다고 따르지만
있고 보니 네로구나

—《삼천리》(1934. 8).

제이, 엠, 에쓰*

평양平壤서 나신 인격人格의 그 당신님 제이, 엠, 에쓰,

덕德 없는 나를 미워하시고

재조才操 있던 나를 하셨다,

오산五山 계시던 제이, 엠, 에쓰

십년十年 봄만에 오늘 아침 생각난다

근년近年 처음 꿈 없이 자고 일어나며.

얽은 얼굴에 자그만 키와 여윈 몸매는

달은 쇠끝 같은 지조志操가 튀어날 듯

타 듯 하는 눈동자瞳子만이 유난히 빛나셨다,

민족民族을 위하여는 더도 모르시는 열정熱情의 그님

소박素朴한 풍채風采, 인자仁慈하신 옛날의 그 모양대로,

그러나, 아— 술과 계집과 이욕利慾에 헝클어져

십오년十五年에 허주한** 나를

웬일로 그 당신님

맘속으로 찾으시오? 오늘 아침.

아름답다, 큰 사랑은 죽는 법 없어,

기억記憶되어 恒常항상 내 가슴속에 숨어 있어,

미쳐 거츠르는*** 내 양심良心을 잠재우리,

---

*J. M. S : 고당古堂 조만식曺晩植 선생의 영문 머리글자 표기. 일제 때의 민족지도자로서, 소월이 다닌 오
산五山학교 교장을 지냈다.
** '허수한'으로 이해된다. 허수하다. (모르는 사이에 없어져 빈 자리가 난 것을 깨닫고) 허전하고 서운하다.
*** 거칠어지는.

내가 괴로운 이 세상 떠날 때까지.

　　　　　　　　　　　—《삼천리》(1934. 8).

삼수갑산
—차안서삼수갑산운次岸曙三水甲山韻—

삼수갑산三水甲山* 내 왜 왔노 삼수갑산三水甲山이 어디뇨
오고 나니 기험奇險타 아하 물도 많고 산山 첩첩이라 아하하

내 고故향을 도로 가자 내 고향을 내 못가네
삼수갑산 멀더라 아하 촉도지난蜀道之難**이 예로구나 아하하

삼수갑산이 어디뇨 내가 오고 내 못가네
불귀不歸로다 내 고故향 아하 새가 되면 떠가리라 아하하

님 계신 곳 내 고향을 내 못가네 내 못가네
오다가다 야속타 아하 삼수갑산이 날 가두었네 아하하

내 고향을 가고지고 오호 삼수갑산 날 가두었네
불귀不歸로다 내 몸이야 아하 삼수갑산 못 벗어난다 아하하

— 《신인문학》(1934. 11).

---

* 삼수三水와 갑산甲山. 삼수는 함경남도 삼수군의 읍이고, 갑산은 함경남도 갑산군의 면이다. 우리나라에
  서 가장 험한 산골로 알려진 곳으로, 조선 시대에 귀양지의 하나였다.
** '촉도蜀道'의 험난함. '촉도蜀道'는 중국 쓰촨성(四川省)으로 통하는, 극히 험준한 길을 가리킨다.

건강한 잠

삭냥한* 태양太陽이 씻은 듯한 얼굴로
산山속 고요한 거리 위를 쓴다
봄 아침 자리에서 가주** 일은*** 다는 몸에
훗것*을 걸치고 들에 나가 거닐면
산뜻이 살에 숨는 바람이 좋기도 하다.
뾰죽뾰죽한 풀 엄**을
밟는가바 저어***
발도 사뿐히 가려 놓을 때,
과거過去의 십년十年 기억記憶은 머리 속에 선명鮮明하고
오늘날의 보람 많은 계획計劃이 확실히 선다.
마음과 몸이 아울러 유쾌한 간밤의 잠이어.

— 《삼천리》(1934. 11).

---

* 상냥한
** '갓' 의 방언. 이제 막.
*** 일어난.
* 홑것. 홑옷. 한 겹으로 지은 옷.
** '움' 의 옛말. 풀이나 나무에 새로 돋아 나오는 싹.
*** 저어하여. 두려워하여.

기원

저 행길을 사람 하나 차츰 걸어온다, 너풋너풋
흰 적삼 흰 바지다, 빨간 줄 센 하올* 목에 걸고
오는 것만 보고라도 누군고 누군고 관심하던
그 행여나 이제는 없다, 아아 내가 왜 이렇게 되었노!

오는 공일날 테니스 시아이,** 반半공일날 밤은 웅변회雄辯會
더워서 땀이 쫄쫄 난다고 여름날 수영水泳 춥디추운 겨울 등산登山,
그 무서운 이야기만 골라가며 듣고난 뒤야 집으로 돌아오는 시담회試膽會***의 밤!
호기好奇도 용기勇氣도 인제는 없다, 아아 내가 왜 이렇게 되었노!

동양東洋 도—교—의 긴자는 밤의 귀속* 잘하는 네온사인 눈띄** 좇아가고 싶어,
아무렇게라도 해서 발 편하고 볼씨 있는*** 여름 신 한 켤레 사야만 된다
벌어서 땀 흘리고 남은 돈, 그만이나, 친구 위해 아끼우고 말던
웃기기도 선뜻도 인제는 없다, 아아 내가 왜 이렇게 되었노!

컵에는 부랏슈*와 라이옹,** 대야에 사봉*** 담아들고

---

* 타올.
** '시합'의 일본말.
*** 담력을 시험하는 모임.
* 귓속말.
** 눈치.
*** '볼품 있는'으로 이해된다.
* 칫솔.
** 나일론 치분齒粉. 치약.
*** 비누.

256 김소월

뒤뜰에 나서면, 저 봐! 우물지붕에 새벽달. 몸 깨끗이 깨끗이 씻고,

단정端正히 끓어앉아 눈 감고 빌고 빌던 해 뜨도록

그 비난수*를 내 마음에다 도로 줍소사! 아아 내가 왜 이렇게 되었노!

—《삼천리》(1934. 11).

---

* 무당이나 소경이 귀신에게 비는 소리.

상쾌한 아침

무연한 벌 위에 들어다 놓은 듯한 이 집
또는 밤새에 어디서 어떻게 왔는지 아지 못할 이 비.
신개지新開地*에도 봄은 와서, 가냘픈 빗줄은
뚝 가의 어슴푸레한 개버들 어린 엄**도 축이고,
난벌***에 파릇한 뉘 집 파밭에도 뿌린다.
뒷 가시나무 밭에 깃들인 까치떼 좋아 지껄이고
개굴가* 에서 오리와 닭이 마주앉아 깃을 다듬는다.
무연한 이 벌, 심어서 자라는 꽃도 없고 멧꽃**도 없고
이 비에 장차 이름모를 들꽃이나 필는지?
장쾌壯快한 바닷물결, 또는 구릉丘陵의 미묘微妙한 기복起伏도 없이
다만 되는 대로 되고 있는 대로 있는, 무연한 벌!
그러나 나는 내버리지 않는다, 이 땅이 지금 쓸쓸타고
나는 생각한다, 다시금, 시원한 빗발이 얼굴을 칠 때,
예서뿐*** 있을 앞날의, 많은 변전變轉의 후에
이 땅이 우리의 손에서 아름다워질 것을! 아름다워질 것을!

—《삼천리》(1934. 11).

---

* 신개간지. 새로 개간한 땅.
** '움'의 옛말. 풀이나 나무에 새로 돋아 나오는 싹.
*** 탁 트인 벌판. 또는, 마을이나 집에서 멀리 떨어져 있는 벌.
* 개울가. '개굴'은 '개울'의 방언.
** 산꽃.
*** 여기에서만.

기분전환

땀, 땀, 여름 볕에 땀 흘리며
호미 들고 밭고랑 타고 있어도,
어디선지 종달새 울어만 온다,
헌츨한* 하늘이 보입니다요, 보입니다요.

사랑, 사랑, 사랑에, 어스름을 맞춘 님
오나 오나 하면서, 젊은 밤을 한솟이** 조바심할 때,
밟고 섰는 다리 아래 흐르는 강江물!
강江물에 새벽빛이 어립니다요, 어립니다요.

— 《삼천리》(1934. 11).

---

* 헌칠한.
** 대강대강. '한솟' 은 '대강' 의 평안 방언.

기회

강江 위에 다리는 놓였던 것을!
건너가지 않고서 저볏는* 동안
'때' 의 거친 물결은 볼 새도 없이
다리를 문허치고** 흘렀습니다.

먼저 건넌 당신이 어서 오라고
그만큼 부르실 때 왜 못 갔던가!
당신과 나는 그만 이편 저편서.
때때로 울며 바랄 뿐입니다려.

—《삼천리》(1934. 11).

---

* 주저하는.
** 무너치고. 무너뜨리고.

고향

1

짐승은 모를는지 고향인지라
사람은 못 잊는 것 고향입니다
생시에는 생각도 아니 하던 것
잠들면 어느덧 고향입니다

조상님 뼈 가서 묻힌 곳이라
송아지 동무들과 놀던 곳이라
그래서 그런지도 모르지마는
아아 꿈에서는 항상 고향입니다

2

봄이면 곳곳이 산山새소리
진달래 화초花草 만발滿發하고
가을이면 골짜구니 물드는 단풍丹楓
흐르는 샘물 위에 떠나린다

바라보면 하늘과 바닷물과
차 차 차 마주 붙어 가는 곳에
고기잡이배 돛 그림자
어긔엇차 듸엇차 소리 들리는 듯

3
떠도는 몸이거든
고향故鄕이 탓이 되어
부모님 기억記憶, 동생들 생각
꿈에라도 항상恒常 그곳서 뵈옵니다

고향이 마음속에 있습니까
마음속에 고향도 있습니다
제 넋이 고향에 있습니까
고향에도 제 넋이 있습니다

마음에 있으니까 꿈에 뵈지요
꿈에 보는 고향이 그립습니다
그곳에 넋이 있어 꿈에 가지요
꿈에 가는 고향이 그립습니다.

4
물결에 떠내려간 부평浮萍 줄기
자리 잡을 새도 없네
제자리로 돌아갈 날 있으랴마는!
괴로운 바다 이 세상에 사람인지라 돌아가리

고향을 잊었노라 하는 사람들
나를 버린 고향이라 하는 사람들
죽어서만은 천애일방天涯一方* 헤매지 말고

---

* 하늘 끝의 한 귀퉁이라는 뜻으로, 고국이나 고향에서 아주 멀리 떨어져 있음을 이르는 말.

넋이라도 있거들랑 고향으로 네 가거라

—《삼천리》(1934. 11).

고락*

무거운 짐 지고서 닫는 사람은
기구崎嶇한 발부리만 보지 말고서
때로는 고개 들어 사방산천四方山川의
시원한 세상 풍경風景 바라보시오

먹이의 달고 씀은 입에 달리고
영욕榮辱의 고품와 낙樂도 맘에 달렸소
보시오 해가 져도 달이 뜬다오
그믐밤 날 궂거든 쉬어가시오

무거운 짐 지고서 닫는 사람은
숨차다 고갯길을 탄치 말고서
때로는 맘을 눅여** 탄탄대로坦坦大路의
이제도 있을 것을 생각하시오

편안便安이 괴로움의 씨도 되고요
쓰림은 즐거움의 씨가 됩니다
보시오 화전火田망정 갈고 심으면
가을에 황금黃金이삭 수북 달리오

---

* 苦樂 : 괴로움과 즐거움.
** 누그러뜨려. 기본형은 '눅다'. 분위기나 기세 따위가 부드러워지다.

칼날 위에 춤추는 인생人生이라고
물 속에 몸을 던진 몹쓸 계집애
어쩌면 그럴 듯도 하긴 하지만
그렇지 않은 줄은 왜 몰랐던고

칼날 위에 춤추는 인생人生이라고
자기自己가 칼날 위에 춤을 춘 게지
그 누가 미친 춤을 추라 했나요
얼마나 비꼬이운 계집애든가

야말로* 제고생을 제가 사서는
잡을 데 다시없어 엄남기지요
무거운 짐 지고서 닫는 사람은
길가의 청풀밭에 쉬어 가시오

무거운 짐 지고서 닫는 사람은
기구崎嶇한 발부리만 보지 말고서
때로는 춘하추동春夏秋冬 사방산천四方山川의
뒤바뀌는 세상도 바라보시오

무겁다 이 짐일랑 벗을 겐가요
괴롭다 이 길일랑 아니 걷겠나
무거운 짐 지고서 닫는 사람은
보시오 시내 위에 물 한 방울을

---

* 그야말로.

한방울 물이라지 모여 흐르면
흘러가서 바다의 물결됩니다
하늘로 올라가서 구름됩니다
다시금 땅에 내려 비가 됩니다

비 되어 나린 물이 모둥켜지면[*]
산간山間에 폭포瀑布되어 수력전기水力電氣요
들에선 관개灌漑되어 만종석萬鍾石이오
메말라 타는 땅엔 기름입니다

어여쁜 꽃 한 가지 이울어^{**}갈 제
밤에 찬 이슬 되어 축여도 주고
외로운 어느 길손 창자 조릴 제
길가의 찬 샘 되어 눅궈도 주오

시내의 여지없는 물 한 방울도
흐르는 그만 뜻이 이러하거든
어느 인생 하나이 저만 저라고
기구崎嶇하다 이 길을 타발^{***}나요

이 짐이 무거움에 뜻이 있고요
이 짐이 괴로움에 뜻이 있다오
무거운 짐 지고서 닫는 사람이

---

[*] 모아지면.
^{**} 기본형은 '이울다'. 꽃이나 잎이 시들다.
^{***} 무엇을 불평스레 여겨 투덜거림.

이 세상 사람다운 사람이라오

— 《삼천리》(1934. 11).

의와 정의심

1

합태돈 무엇이며 자리는 무엇인고(지위地位, 작록爵祿)
죽어서 있고 없고 그조차도 알랴마는
한 세상 정코 못할 것도 분명 있다 합니다

욕심도 아니라우 위해 함*도 아닐 게라
그야 꼭 죽은 뒤도 하고서야 말리란 마음!
정코 못할 그와 함께 할 것 또한 있는 줄로 압니다

된다든 안된다든 그 상관을 하는 게며
한 몸이 어찌됨을 처음부터 몰랐어라
그 마음 하라는 대로 하는 것이 사람이라 합니다

2

있다던 그 넋이야 하마 어찌 낫(출出)스랴만?
없다 하던 그 행신行身이 생길 줄을 뉘 알으랴
안 듯이 남 모를 제 저 또한 몰랐던 그 마음을 웁니다

아흔 날** 좋은 봄에 볼씨 있는 도리화桃李花야
잡雜풀 속 저 소남글*** 철부지不知라 웃지 마라
천백년千百年 그렇듯한(여일如一) 아름드리 큰 남글 어찌 알소냐

—《삼천리》(1934. 11).

---

* 자신만을 위해 함.
** 90일. 곧, 석 달.
*** 소나무를. '남그' 는 '나무' 의 평북 방언.

박넝쿨 타령

박넝쿨이 에헤이요 벋을 적만 같아선
온 세상을 얼사쿠나 다 뒤덮는 것 같더니
하더니만 에헤이요 에헤이요 에헤야
초가草家집 삼간三間을 못 덮었네, 에헤이요 못 덮었네.

복숭아꽃이 에헤이요 피일 적만 같아선
봄 동산을 얼사쿠나 도맡아 놀 것 같더니
하더니만 에헤이요 에헤이요 에헤야
나비 한 마리도 못 붙잡데, 에헤이요 못 붙잡데.

박넝쿨이 에헤이요 벋을 적만 같아선
가을 올 줄을 얼사쿠나 아는 이가 적더니
얼사쿠나 에헤이요 하룻밤 서리에, 에헤요
잎도 줄기도 노구라붙고* 둥근 박만 달렸네.

— 《여성》(1939. 6).

---

* 오그라져 붙고.

늦은 가을비

구슬픈 날, 가을 날은 괴로운 밤 꾸는 꿈과 같이
모든 생명生命을 울린다
아파도 심하구나 음산陰散한 바람들 세고
둑가의 마른 풀이 갈기갈기 젖은 후에 흩어지고
그 많은 사람들도 문門밖 그림자 볼수록
한 줄기 연기煙氣 곁을 길고 파리한 버들같이 스러진다.

—《여성》(1939. 6).

설으면 우는 것을*

1
설으면 우는 것을
우습거든 웃는 것을
울며 갖는 눈물,
웃어야 해도 싱거운 마음,
혀 굽을 데 심절心節을
알 리 없을까 합니다.

2
그 뉘에게 복福 받겠나,
한 솥밥 먹는 때나마
허달픈 이 심사心事를
말해 볼까 합니다.
맞잡은 말 없거니와
그 역 누 될까 합니다.

3
밤철 밤중 한 해도
울어 새는 저 머구리*
하루도 그 신세를
나는 부러워합니다.

— 《여성》(1939. 6).

---
* '개구리'의 방언.

기억

왔다고 할지라도 자취도 없는
분명分明치 못한 꿈을 맘에 안고서
어린 듯 대문 밖에 비껴 기대서
구름 가는 하늘을 바라봅니다.

바라는 볼지라도 하늘 끝에도
하늘은 끝에까지 꿈길은 없고
오고가는 구름은 구름은 가도
하늘뿐 그리 그냥 늘 있습니다.

뿌리가 죽지 않고 살아 있으면
그 맘이 죽지 않고 살아 있으면
자갯돌* 밭에서도 풀이 피듯이
기억記憶의 가시밭에 꿈이 핍니다.

—《여성》(1939. 7).

---

* '자갈'의 평안 방언.

절제

튼튼한 몸이라고 몹시 쓸 줄 또 있으랴
쓸 데야 안 쓰랴만 부질없이 안 쓸 것이
늘 써야 하는 이 몸이 한평생限平生인가 합니다.

물보다 무흠튼* 몸 진흙 외려** 탓이 없다***
불보다 밝던 지혜 거멍*만도 못하여라
바람같이 활발活潑턴 기개氣槪 망두석** 부끄러합니다.

자는 잠 잠 아니라 귀신 사람 그 새외다,
먹는 밥 밥 아니라 흙을 씹는 맛이외다,
게다가 하는 생각이라고 먹물인 듯합니다.

죽자면 모르지만 명命 아닌데 죽을 것가
살자면 사는 동안 몸부터 튼튼코야
튼튼치 못한 몸을 튼튼히 쓰려 합니다.

질기다면 질긴 것이 사람 몸에 위 없으리***
하다고 마구 쓰면 질긴 것은 어디 있노

---

* 흠이 없던.
** 오히려.
*** 탓할 바 없다. 여기서는 '진흙과 다를 바 없다' 의 뜻.
* 검정. 숯검정.
** 망주석望柱石. 무덤 앞의 양쪽에 세우는 한 쌍의 돌기둥.
*** 그 이상 없으리.

하여튼 방금方今에 괴로운 몸을 서러합니다.

—《여성》(1939. 7).

술

술은 물이외다, 물이 술이외다.
술과 물은 사촌四寸이외다. 한데
물을 마시면 정신精神을 깨우치지만서도
술을 마시면 몸도 정신情神도 다 태웁니다.

술은 부채외다, 술은 풀무외다.
풀무는 바람개비외다, 바람개비는
바람과 도깨비의 어우름* 자식이외다.
술은 부채요 풀무요 바람개비외다.

술, 마시면 취醉케 하는 다정多情한 술,
좋은 일에도 풀무가 되고 언짢은 일에도
매듭진 맘을 풀어 주는 시원스런 술,
나의 혈관血管 속에 있을 때에 술은 나외다.

되어 가는 일에 부채질하고
안 되어 가는 일에도 부채질합니다.
그대여, 그러면 우리 한 잔 듭세, 우리 이 일에
일이 되어 가도록만 마시니 괜찮을 걸세.

---

* 기본형은 '어우르다'. 여럿을 모아 한 덩어리나 한판이 크게 되게 하다. 또, '성교하다'를 비유적으로 이
  르는 말.

술은 물이외다, 돈이 물이외다.

술은 돈이외다, 술도 물도 돈이외다.

물도 쓰면 줄고 없어집니다.

술을 마시면 돈을 마시는 게요, 물을 마시는 거외다.

—《여성》(1939. 7).

빗

겨우나 새벽녘에 이룬 잠이
털 빛 시커먼 개 한 마리
우리 집 대문大門 웃지방*에
목 매달려 늘어져 듸룽듸룽
숨이 끊어지는 마지막 몸부림에
가위눌려 깨어 보니
멍클도 하다** 내 마음에
무엇이 있는가, 아아 빗이로다.
아아 괴로워라, 다리우는*** 내 마음의 가름째*야.

—《여성》(1939. 7).

---

* 웃지방. '지방'은 일각 대문의 심방 끝에 세우는 나무.
** 뭉클도 하다.
*** 기본형은 '다리우다'. 처지거나 늘어지다.
* 가름재. 두 지역이 갈라지는 갈림길에 있는 등성이나 고개. 또는 가르마. 이마에서 정수리까지의 머리
  카락을 양쪽으로 갈랐을 때 생기는 금.

성색*

아무것도 보지 않으려고 눈 감아도
그 얼굴, 얄망궂은** 그 얼굴이
또 온다, 까불인다, 해죽이 웃으며.
그대여, 비켜라, 나는 편히 쉬려고 한다.

아무것도 보지 않으려고 이불을 추켜 써도
꼬꾸닥 한다, 이불 속에서 넋맞이 닭이.
징북***은 쿵다쿵 쾡. '네가 나를 잊느냐.'
그대여, 끊지라. 나는 편히 쉬랴고 한다.

이것저것 다 잊었다고 꿈을 꾸니
산山턱에 청기와집 중들이 오락가락.
여기서도 그 얼굴이 고깔 쓰고 '나무아미타불.'
오오 넋이여, 그대도 쉬랴. 나도 편히 쉬랴고 한다.

—《여성》(1939. 10).

---

* 聲色 : 말소리와 얼굴빛을 아울러 이르는 말.
** 기본형은 '얄망궂다'. 성질이나 태도가 괴상하고 까다로워 얄미운 데가 있다.
*** 징과 북.

술과 밥

못 먹어 아니 죽는 술이로다
안 먹고는 못 사는 밥이로다
별別하다* 이 세상世相아 몰을이라**
술을 좀 답지 않게*** 못 여길까

술 한 잔 먹자 하면 친구로다
밥 한 술 노누자면* 남이로다
술 한 합合에 돈 닷 돈 쌀은 서 돈
비싼 술을 주니 살뜰튼가

술이야 계집이야 좋다마는
밥 달라 올 때에도 그러할까
별別하다 이 세상世相아 몰을이라
밥 논을** 친구 하나 못 생길까

—《여성》(1939. 11).

---

* 특별하다. 유별나다.
** '모를레라' 의 뜻으로 이해됨.
*** 하찮게.
* 나누자면.
** 나눌.

세모감*

금년今年도 한 해는 어디 갔노
두던 데 없건만 가는 세월.
온다는 새해는 어디 오노
값없이 덧없는 나이 한 살.

걷는 길 같으면 돌아가리
걸을 길 같아도 쉬어가리
깨었을 말로는** 자도 보리
꿈이라고 하면 깨어 보리

모르는 글자字도 아니지만
감았던 마음만 이르집네***
못 먹는 술이나 아니언만
간다사* 원마다 술값 있네
　　　　　　××주막酒幕

—《여성》(1939. 12).

---

  * 歲暮感 : 한 해가 끝날 무렵 느끼는 감회.
  ** 깨었다면. 깨어있다고 한다면.
  *** 기본형은 '이르집다'. 없는 일을 만들어 말썽을 일으키다.
  * 간다면이야. 간다고 한다면.

미발표 유고시

인간미

으스름 황혼黃昏 부드러운 바람
바람결 좇아 달려오는 울리움
그것은 죽어가는 인생人生의 권태倦怠의 소리외다.

붉은 저고리 푸른 치마
손뼉치고 노래하는 무리
그것은 생生의 약동躍動의 곡조曲調입니다.

구석구석 틈 하나 없이
백 마리 천 마리 돌돌 버러지*
그것은 생이란 줄을 쏘는 무덤의 사자使者외다.

죽음의 부르짖음 생의 노래
무덤의 사자
나는 여기서 인간人間이란 별別맛을 맛봅니다.

---

* 벌레.

봄과 봄밤과 봄비

오늘밤, 봄밤, 비 오는 밤, 비가
햇듯햇듯,* 보슬보슬, 회친회친,** 아주 가이업게*** 귀엽게
비가 나린다, 비 오는 봄밤,
비야말로, 세상을 모르고,
가난하고 불쌍한 나의 가슴에도 와 주는가?

한강漢江, 대동강大同江, 두만강豆滿江, 낙동강洛東江, 압록강鴨綠江,
보통학교普通學校 삼학년三學年 오대강五大江의 이름 외우던 지리시간地理時間
주임선생主任先生 얼굴이 내 눈에 환하다

무쇠 다리 위에도, 무쇠 다리를 스를듯,* 비가 온다.
이곳은 국경國境, 조선朝鮮은 신의주新義州, 압록강鴨綠江 철교鐵橋,
철교鐵橋 위에 나는 섰다. 분명分明치 못하게? 분명分明하게?

조선朝鮮 생명生命된 고민苦悶이여!

우러러보라, 하늘은 까맣고 아득하다.
자동차自動車의, 멀리, 불붙는 두 눈, 소음騷音과 소음騷音과 냄새와 냄새와,

---

* 해뜻해뜻. 해뜩해뜩. 다른 빛깔 속에 하얀 빛깔이 군데군데 뒤섞여 있는 모양.
** 회초리나 가늘고 긴 나뭇가지 따위가 탄력성 있게 매우 잘 휘어지면서 자꾸 흔들리는 모양.
*** 가엾게.
* 스르다. 녹녹하고 부드럽게 하다.

조선인朝鮮人, 일본인日本人, 중국인中國人 몇 명名이나 될꼬……
지나간다, 지나를 간다, 돈 있는 사람, 또는, 끼니조차 빠뜨린 사람

사람이라 어물거리는 다리 위에는 전등電燈이 밝구나
다리 아래는 그늘도 깊게 번듯거리며
푸른 물결이 흐른다, 굽이치며, 얼씬얼씬.*

* 조금 큰 것이 잇다라 눈앞에 잠깐씩 나타났다 없어지는 모양.

비 오는 날

비 오는 날, 전에는 베를렌의
내 가슴에 눈물의 비가 온다고
그 노래를 불렀더니만,
비 오는 날, 오늘,
나는 '비가 오네' 하고 말뿐이다.
비 오는 날, 오늘, 포플러 나뭇잎 푸르고
그 잎 그늘에 참새 무리 앉아 지저귄다.
잎에 앉았던 개구리가 한 놈 첨벙 하고 개울로 뛰어내린다.
비는 쌀악비*다, 포슬포슬 차츰
한 알 두 알 연달려** 비스듬히 뿌린다.
평양에도 장별리將別里, 오는 비는 모두 똑같은 비려니만
비야망정*** 전일과는 다르도다. 방 아랫목에
자던 어린이, 기지개 펴며, 일어나 운다
나는 '저 비 오는 것 보아!' 하며
'사탕砂糖' 한다.
금년今年 세 살 먹은 아가를 품에 안고 어른다
석양인가, 갓츄* 끝 아래로 모여드는 닭의 무리, 암탉은
찬비 맞아 우는 오굴쇼굴**한 병아리를 모으고 있다.

---

* 싸락비. '가랑비'의 방언.
** 연달아.
*** 비야 그럴망정.
* 가초. 추녀.
** 오글오글. 작은 벌레나 짐승, 사람 따위가 한곳에 빽빽하게 많이 모여 자꾸 움직이는 모양.

암탉이 못 견디게 꾸둑인다. 모이를 주자

✚ 이 작품을 김종욱은 전16행으로 판독하였으나(《원본 소월전집(하)》, 홍성사, 1982, 897쪽), 오
하근은 3행이 더 붙은 것으로 보았다(《정본 김소월전집》, 집문당, 1995, 278쪽). 오하근의 견해
가 더 타당한 것으로 보여 이를 따른다.

가련한 인생

가련可憐한, 가련可憐한, 가련한 인생人生에
첫째는 살음이다, 살음은 곧 살림이다,
살림은 곧 사랑이다, 그러면,
사랑은 무엔고? 사랑은 곧
제가 저를 희생함이다,
그러면 희생은 무엇? 희생은
남의 몸을 내 몸과 같이 생각함이다.

가련한, 가련한, 가련한 인생,
해도 우선은 살아야 되고
살자 하면 사랑하여야 되겠는데,

그러면 사랑은?
사랑은 마음인가,
남을 나보다 여겨야 하고

쓴 것도 달게 받아야 한다.
살음이 세월인가?
살음의 끝은 죽음, 세월이 빠르잖고.
사랑을 함도 죽음, 제 마음을 못 죽이네.
살음이 어렵도다. 사랑하기 힘들도다.
누구는 나서 세상에 행복幸福이 있다고 하노!

✝ 김종욱은 이 작품이 첫 연으로 끝나는 것으로 보았으나(앞의 책, 899쪽), 오하근이 2, 3연을 추가시켰다(앞의 책, 280쪽). 문맥상 오하근의 견해가 적절한 것으로 보여 이를 따른다.

마음의 눈물

내 마음에서 눈물 난다
뒷산山에 푸르른 미루나무 잎들이 알지,
내 마음에서, 마음에서 눈물나는 줄을.
나 보고 싶은 사람, 나 한번 보게 하여 주소,
우리 작은 놈 날 보고 싶어 하지,
건넛집 간난이*도 날 보고 싶을 테지
나도 보고 싶다, 너희들이 어떻게 자라는 것을.
나 하고 싶은 노릇 나 하게 하여 주소.
못 잊혀 그리운 너의 품속이여!

---

* '아이'의 평안 방언.

못 잊히고, 못 잊혀 그립길래 내가 괴로워하는 조선朝鮮이여.

마음에서 오늘날 눈물이 난다,
앞뒷산 행길 포플러 잎들이 안다,
마음속에 마음의 비가 오는 줄을,
갓난이야 갓놈아 나 바라보라
안즉도* 행길 위에 인기척 있나,
무엇 이고 어머니 오시나 보라.
부뚜막 쥐도 인전** 다 달아났다.

✤ 오하근은 이 작품이 첫 연으로 끝나고 후반부는 독립된 또 다른 작품으로 보았으나(앞의
책, 282쪽, 290쪽), 김종욱은 한 작품으로 판독하였다(앞의 책, 900쪽). 의미의 연관성이 있는
것으로 보여 김종욱의 견해를 따른다.

---

* 아직도.
** '인제'의 방언.

인종*

우리는 아기들, 어버이 없는 우리 아기들
누가 너희들더러, 부르라더냐
즐거운 노래만을, 용감勇敢한 노래만을
너희는 안즉** 자라지 못했다, 철없는 고아孤兒들이다.

철없는 고아孤兒들! 어디서 배웠느냐
'オレハ河原一枯ススキ'*** 혹은,
철없는 고아孤兒들, 부르기는 하지만,
'배달나라 건아健兒야 나아가서 싸우라'

안즉 어린 고아들! 너희는 주으린다,*
학대虐待와 빈곤貧困에 너희들은 운다
어쩌면 너희들에게 즐거운 노래 있을쏘냐?
억지로 '나아가 싸우라, 나아가 싸우라, 즐거워하라' 이는 억지다.

사람은 슬픈 제 슬픈 노래 부르고,
즐거운 제 즐거운 노래 부른다.
우리는 괴로우니 슬픈 노래 부르자,

---

* 忍從 : 묵묵히 참고 따름.
** 아직.
*** '나는 냇가의 시들어 버린 갈대' 라는 뜻의 일본어.
* 주린다. 기본형은 '주리다' . 제대로 먹지 못하여 배를 굻다.

우리는 괴로우니 슬픈 노래 부르자. 그러나 조선祖先*의.
슬퍼도 즐거워도, 우리의 노래에 건전健全하고
사뭇 우리의 정신精神이 있고
그 정신 가운데서야 우리 생존生存의 의의意義가 있다.
슬픈 우리 노래는 가장 슬프다.

'나아가 싸우라 즐거워하라' 가 우리에게 있을 법한 노랜가,
우리는 어버이 없는 아기어든.
부질없는 선동은, 우리에게 독이다,
부질없는 선동을 받아들임은
한갓 술에 취한 사람의 되지 못할 억지요,
제가 저를 상하는 몸부림이다

그러하다고, 하마한들, 어버이 없는 우리 고아孤兒들
'オレハ河原一枯ススキ'지 마라,
이러한 노래를 부를 것가, 우리에게는
우리 조선祖先의 노래가 있고야. 우리는 거지 맘은 아니 가졌다.

우리의 노래는 가장 슬프다,
우리는 우리는 고아孤兒지만
어버이 없는 아기어든,
지금은 슬픈 노래 불러도 죄는 없지만,
즐거운 즐거운 제 노래 부른다.
슬픔을 누가 불건전不健全하다고 말을 하느냐,

———
* 조상祖上.

좋은 슬픔은 인종忍從이다.

다만 모든 치욕恥辱을 참으라, 굶어 죽지 않는다!

인종忍從은 가장 덕德이다,

최선最善의 반항反抗이다

안즉 우리는 힘을 기를 뿐.

오직 배워서 알고 보자.

우리가 어른 되는 그날에는, 자연自然히 싸우게 되고,

싸우면 이길 줄 안다.

✢ 일부 구절의 위치가 판독자에 따라 다르다. 김종욱(앞의 책, 901~903쪽)의 견해보다 오하
근(앞의 책, 283~284쪽)과 김용직(《김소월전집》, 서울대출판부, 1996, 410~412)의 견해를 따른다.
이것이 문맥의 흐름상 더 자연스럽기 때문이다.

봄바람

바람아, 봄에 부는 바람아,
산山에, 들에, 불고 가는 바람아,
자네는 어제 오늘 새 눈 트는 버들개지에도 불고 ,
파릇하다, 볕 가까운
언덕의 잔디풀, 잔디풀에도 불고,
하늘에도 불고 바다에도 분다.

오! 그리운, 그리운 봄바람아,
자네는 몽고蒙古의 사막沙漠에 불고, 또
북지나北支那*의 고허古墟**에 불고, 압록강鴨綠江을 건너면
신의주新義州, 평양平壤, 군산群山, 목포木浦, 그곳을 다 불고
호젓할 사, 외로운 섬 하나, 그곳은 제주濟州도, 거게서도 불고
다시 불고 불고 불어 남양南洋을 지나,
대마도對馬島도 지나서 그곳 나라의
아름답다, 예쁜 산천山川과 살뜰한 풍물風物이며,
또는 웃음 곱기로 유명有名한 창기娼妓들의
너그러운 소매며 이상한 비단띠 또는 굵은 다리삿***을 불어주고
근대적近代的 미국美國은 더 잘 불어 주겠지!
푸른 눈썹과 흰 귀밑과, 불룩한 젖가슴,

---

 * 중국의 딴 이름.
 ** 오래된 폐허.
 *** 다리샅. 넓적다리의 안쪽.

모던 여女, 모던 아이, 세상世相의 첨단尖端을 걷는
그들의 해죽이는* 미혹의 입술과 술잔을 불고 지나,
외교外交의 소용돌이, 구라파歐羅巴의
사기사詐欺師와 기계업자機械業者와 외교관外交官의 혓바닥을 불고
돌고 돌아, 다시 이곳, 조선 사람의
한 사람인 나의 염통을 불어 준다.

오! 바람아, 봄바람아, 봄에 봄에
불고 가는 바람아, 짱짱히 비치는 햇볕을 따라,
자네는 부자富者집 시악시**의 머리 아래 너그럽고 흰 이마의
레—드 푸드, 미끄러운 지체肢體에도 불고
우리 집, 어둑한 초막의 너저분한 방안에 꿈꾸며 자는
어린 아기의 가여운 뺨도 어루만져준다.

인제 얼마 있으면, 인제 얼마 있으면,
오지꽃***도 피겠지!
복숭아도 피겠지!
살구꽃도 피겠지!
창풀밭에 금이어,
술안주도 할 때지!
아! 자네는 갓티운* 우리의 마음을 그 얼마나 꼬이노!

✚ 이 작품도 일부 구절의 위치가 판독자에 따라 다르다. 최초 판독자인 김종욱(앞의 책,
904~906쪽)의 견해보다 이를 바로 잡은 오하근(앞의 책, 285~286쪽)과 김용직(앞의 책,
413~415)의 견해를 따른다.

──────────
* 해죽이는. 흐뭇한 태도로 웃고 있는.
** 새악시. 색시.
*** 오얏꽃.
* 갇힌.

벗과 벗의 옛님

어떤 아름답던 그 여자女子는 나에게
잊지 못할 생각을 그 사람에게 주고 갔어라
그는 꿈꾸나니 째째시* 그 여자女子의 바쁜 날들을
다시금 울고 말았어라 다시금 나는
사랑을 지어서 첫아들을 보아라, 오래 후에
길거리 위에서 그와 날과 만나라
그의 눈 속은 즐거움에 빛나라, 눈물로써
오는 흰눈은 바람 좇아 내리는 어룰** 위에?
다시, 다시 옛날의 우리 다시
두 사람도 울면서 떠났어라.

나는 그를 벗을 하였어라, 오랫동안.

---

* 뚜렷이, 똑똑하게. 기본형은 '째째하다'. 사물 현상이 선명하고 똑똑하다.
** '얼굴'의 평안 방언.

이불

구름의 긴 머리낄*, 향그르는** 이불,
펴놓나니 오늘 밤도 그대 연緣하여
푸른 넌출*** 눈앞에 벋어 가는 이 이불,
송이송이 흰 구슬이 그대 연緣하여
피어나는 불꽃에 뚫어지는 이 이불
서러워라 밤마다 밤마다 그대 연緣하여
그리운 잠자리요, 향기氣 젖은 이불.

---

* '머리카락'의 평안 방언.
** 향기로운.
*** 넝쿨.

밤도 그만*

밤도 그만 낮이다
걸음 그만 멈추래
여기 이만 섰자나
머리속도 깨끗이*

움켜라도 낼 듯이
떠오르는 십년사
내 눈앞에 쨋쨋이
계획計劃되는 장래사將來事

보람있는 오늘날
이울기전 보름달
견양하리** 내일날
보람으로 계획計劃을

깨끗할 손 지난 밤
편히 수인*** 좋은 잠
내게 주네 거룩한
오늘날의 이 아침

---

* 뚜렷이, 똑똑하게. 기본형은 '쨋쨋하다'. 사물 현상이 선명하고 똑똑하다.
** 겨냥하리.
*** 쉰.

✤ 김종욱은 전 19행으로 판독하였고(앞의 책, 915쪽), 오하근은 2연 8행으로(앞의 책, 275쪽), 김용직은 4연 16행으로 보았다(앞의 책, 418~419행). 운율과 시상의 흐름으로 보아 김용직의 견해가 가장 자연스러운 것으로 보여, 이를 따른다.

옛날에 낙양자*

옛날에 낙양자樂羊子 그리운 아내
낙양자樂羊子 삼년三年 멀어 돌아와도,
아내가 나무래서 보내졌소
당신은 못지 않소?** 아낙이 하는 말이
낙양자樂羊子 옛날이라 잊지를 못했어도
우리 당신은 꼭 바로 잊습니다,
말마시오 굳이, 산일월山日月이 변하라지 아니했소.

✤ 판독자에 따라 시행의 구분과 일부 구절 위치에 약간의 차이가 있다. 오하근(앞의 책, 281쪽)과 김용직(앞의 책, 420쪽)의 견해를 따라 정리하였다.

---

* 樂羊子 : 중국 동한東漢 때의 사람으로, 공부를 중도에 포기하고 집으로 돌아오자 아내가 이를 나무라고 깨우쳐 돌려보내 대성했다는 고사가 있다.
** 문맥상, '당신은 약속한 일을 못하지 않았소? 로 이해할 수 있다.

무슨 탓에 이다지*

무슨 탓에 이다지
못살게 구노
쫓아내니 아니는 가지 못겠소.

제법 인전 밀버리* 꿀도 모듭고**
앞 내에 기른 고기 뛰놀게 됐소.
이다지 또 이다지 모두 내놓고
너더러 어디로 가라 합니까?

흘러서 떠 흘러서
아무데라도
발길 돌아가는 대로 내 가지요.
가라 이 길 안 가고 못 견디겠소.

이 땅 위에 자라는 풀을 못 보고
이에서 염그는*** 씨를 못보고
무슨 탓에 간다는 말이 됩니까?

내가 갈아 놓은 땅이겠지요.

---

* 밀벌. 벌의 하나. 봄과 가을에 집의 서까래 끝에 많이 날아든다. '버리' 는 '벌' 의 평안 방언.
** 모으고.
*** 염그다. '여물다' 의 옛말.

내 가서 심어놓은 엄*이겠지요.

고지고지** 삼천리三千里 강江장변에도
떠가는 저 기러기
알을 까두고
새끼를 치지 못고 가노랍니다.

✤ 판독자에 따라 연 구분과 일부 구절에서 약간의 차이를 보인다. 오하근(앞의 책, 289쪽)과
김용직(앞의 책, 421~422쪽)의 견해를 따라 정리하였다.

---

* '움'의 옛말. 풀이나 나무에 새로 돋아 나오는 싹.
** 굽이굽이.

그만 두자 자네*

그만 두자, 자네, 나는 이제 더
자네를 걸어 너저분한 말을 늘어놓지 않겠네.
나는 조선인朝鮮人, 자네는 바람, 나와 자네는 너무도 알고, 모르는 것도 같지만
다시금 자네는 조선朝鮮 산천山川을 집 삼아 떠도는 바람이므로.
경성京城, 평양平壤, 황주黃州, 부여扶餘, 철원鐵原, 개성開城, 신의주新義州, 부산釜山,
조선朝鮮의 아무데나, 풀이나 나무, 도시都市와 촌락村落
아무런 것이나 조선이거든, 가는 곳마다,
마음을 바람아 물어보라, 조선이라는 조선의 넋에다가, 그대 말로.

✢ 오하근은 최초 판독자인 김종욱이 제시한 내용(앞의 책, 922~923쪽) 중에서, 유사한 내용
이 반복되는 전반부의 1~10행을 제외하고 후반부만을 독립시켰다(앞의 책, 287쪽). 이 견해
를 따른다.

날 저물는 눈은*

날 저물는* 눈은 수繡 놓아라
천녀天女의 손에 거칠은 물가 위에.
나는 바라보고는 우노라
인제에의
모든 이는 옛날의 그림자라고,

✢ 김종욱은 전 9행으로 보았으나(앞의 책, 925쪽), 오하근은 5행으로 보아 정리하였다(앞의 책, 269쪽). 시상과 문맥의 흐름이 자연스러운 오하근의 견해를 따른다.

---

* 저물어지는.

찬 안개 덮어 나리는*

찬 안개 덮어 나리는 흰 서리로
처저즌* 잎은 아득이는 이 저녁,
아, 의지依支 없는 내 영靈은 떨며 울어라
늙음을 재촉하는 서러운 나이여.

갈비**는 어두운 나뭇가지에 걸리며
쌔왔는*** 잎 아래로 뿌려 스며라,
먼 지평地꾸의 하늘 그림자로 들면서는
검은 버르* 하누** 함께 스러지어라

✤ 판독자들의 견해를 비교해보면, 제1연의 내용은 일치하나 2연의 내용과 위치에 대해서는
차이를 보인다. 김종욱의 견해(앞의 책, 927쪽)보다는 오하근의 견해(앞의 책, 271쪽)를 따른다.

---

* 처젖은. 기본형을 '처젖다'로 보면, '몹시 젖은' 정도로 해석된다.
** 가을비.
*** 쌓여 있는. 기본형은 '쌔우다'. '쌓다'의 피동형 '쌓이다'가 '쌔우다'로 나타난 것으로 보인다.
* 벌. 벌판.
** 한가로움.

피어 떠오르나니*

피어 떠오르나니 고기 꽃송이
불러라 남귀*의 갈닙**
아기의 뱃속에는 새끼 드는 밤
헤매라 괴로움의 웃는 소리는
느끼는*** 바람에 미칠 듯이

---

* 남구. '나무'의 방언.
** '갈잎'의 옛말. 가랑잎.
*** 흐느끼는. 기본형은 '느끼다'. 서럽거나 감격에 겨워 울다.

푸른 밤 창살마다*

푸른 밤 창살마다 등불 빛에 기는 넋아!
이름 없는 넋들이라, 이 넋이 뉘 넋이랴?
한강수漢江水 봄물 나면 솟구뜨는* 넋이로다.

사랑이 둥그더냐? 모나더냐?

사랑이 속속들이 정 맞은 모난 돌이.
나는— 태생胎生이 서도西道로다
수심가나 부르리라—
'얼럴럴 금산에 백도라지……'

✢ 작품 전체를 발굴하지 못한 작품이다. 4백자 원고지 4매로 쓰여진 듯한데, 그 중에서 첫째 장과 셋째 장이 분실되어 없다. 김종욱의 견해(앞의 책, 931쪽) 참조.

---

* 솟구쳐 뜨는.

오늘은 종일*

오늘은 종일 일에 부대끼우고
어스름을 맞춘 님 오나 안 오나
들끝 갈밭 속에 갈까 말을까
고목古木 등걸 기대고 조바심할 때
짧은 밤은 저물어 깊어 오는데
바람은 구슬프고 이슬은 차다
다리 아래 장강長江에 흐르는 물이
늠실늠실 원기元氣 차게 자유自由롭게만 흘러나 준다.

✚ 김종욱(앞의 책, 898쪽)과 오하근의 견해(앞의 책, 279쪽)를 비교해보면, 작품의 전반부 넉
줄의 내용은 공통되나 후반부 내용을 두고 그 내용과 위치에 차이를 보인다. 문맥이 보다
자연스러운 오하근의 견해를 따른다.

번역시

한식

가지가지 엇득한* 높은 나무에
까마귀와 까치는 울고 짖을 때
이월二月에도 청명淸明에 한식寒食날이라
들려오는 곡哭소리오 오 곡哭소리

거친 벌에는 벌에 부는 바람에
조희돈**은 흩어져 떠다니는 곳
무더기 또 무더기 널린 무덤에
푸릇푸릇 봄풀만 돋아나누나

드문드문 둘러선 백양白楊나무에
청가시의 흰 꽃이 줄로 달린 곳
아아 모두 아주 긴 깊은 설움의
차마 말로 다 못할 자리일러라

가도 가도 또 가도 살아 못 가는
황천黃泉에서 곡哭소리 어이 들으랴
서러워라 저문 날 뿌리는 비에
길손들은 제각기 돌아갈네라

---

* 어뜩하다. 날이 채 밝지 않아 조금 어둡다.
** 종이돈. 지전紙錢.

寒食野望吟

白居易

丘墟郭門外 寒食誰家哭
風吹曠野紙錢飛 古墓壘壘春草綠
棠梨花映白楊樹 盡是死生離別處
冥漠黃泉哭不聞 蕭蕭暮雨人歸去

—《동아일보》(1925. 2. 2).

춘효

아침도 모르고 설잠*을 자노라면
귓가에서 지저귀는 새소리

어젯밤 뒤설닌** 바람비에
꽃잎사귀는 얼마나 떨었노***

春曉

孟浩然

春眠不覺曉 處處聞啼鳥
夜來風雨聲 落花知多少

—《동아일보》(1925. 4. 13).

---

* 선잠. 깊이 들지 못하거나 흡족하게 이루지 못한 잠.
** 뒤설레다. 가만히 있지 아니하고 자꾸만 움직이다.
*** 떨어지게 되었노.

밤 까마귀

가왁 가왁 꽉 꽉 꽉······
한 모루* 두 모루
황운성黃雲城
돌아들어 이곳은 진천秦川땅

베틀에 앉았던 젊은이는
베고 북이고 다 던지네
꽉 꽉 꽉 꽉 소리는
까마귀도 집 찾는 소리요

파스구러한** 비단창窓
넘는 볕이 잦으며
그 창窓 밖으로는 고요히
끊어졌다 이는 말소리

밤마다 밤마다
외로운 잠자리
사사모사로*** 님 그리워
생각하다 못 해서 우노라

───────────
 *모퉁이.
 **파르스름한.
 ***事事某事로. 여러 가지로 부딪치는 일마다.

烏夜啼

李白

黃雲城邊烏欲棲　歸飛啞啞枝上啼
機中織錦秦川女　碧紗如烟隔窓語
停梭悵然憶遠人　獨宿空房淚如雨

—《조선문단》(1926. 3).

진회에 배를 대고

어슴푸레한 연기煙氣는
나뭇가지에 서리고
희즈멋한* 모래밭
달빛은 아롱질 때

곳은
술집
가까이
배가 닿는 진회秦淮라

장사치 계집은
나랏일도 모르고
부르나니 저 노래
후정화後庭花**가 무어냐

泊秦淮
杜牧

煙籠寒水月籠沙 夜泊秦淮近酒家
商女不知亡國恨 隔江猶唱後庭花   ─〈조선문단〉(1926. 3).
─────────
* 흐릿하게 흰.
** 중국 선제宣帝의 아들인 진후주陳後主가 지은 악곡. 처음에는 '옥수후정화玉樹後庭花'라고도 하였다. 나중
    에는 두 곡으로 나뉘었다.

봄

이 나라 나라는 부서졌는데
이 산천山川 여태 산천山川은 남아있더냐
봄은 왔다 하건만
풀과 나무에뿐이어

오! 서럽다 이를 두고 봄이냐
치워라 꽃잎에도 눈물뿐 흘으며
새 무리는 지저귀며 울지만
쉬어라 이 두근거리는 가슴아

못 보느냐 벌겋게 솟구는 봉숫불*이
끝끝내 그 무엇을 태우려 함이요
그리워라 내 집은
하늘 밖에 있나니

애닯다 긁어 쥐어뜯어서
다시금 쩔어졌다고**
다만 이 희끗희끗한 머리칼뿐
인제는 빗질할 것도 없구나

---

* 봉화烽火. '봉수烽燧'는 밤에는 횃불, 낮에는 연기를 올려 변방 지역에서 발생하는 병란이나 사변을 중앙
  에 알리던 통신 제도를 말한다.
** 짧아졌다고.

春望

杜甫

國破山河在 城春草木深
感時花濺淚 恨別鳥驚心
烽火連三月 家書抵萬金
白頭搔更短 渾欲不勝簪

소소소 무덤

소소소蘇小小는 전당錢塘에 살던 명기名妓이니 남제南齊 때의 사람이라 옛 악부樂府에 '我乘油壁車郎乘靑驄馬何處結同心西陵松柏下'라는 소소소蘇小小가 부르던 노래가 있나니라.

심심산深深山 난초꽃
사뭇 뜯는* 이슬은
푸릇한 그 눈썹
눈물 진 듯하여라

무엇으로 맺으랴
그대 나 동심결同心結**
에도는*** 아즈랑*꽃
얽을 길도 없어라

풀 자리 솔 이불
쓸쓸도 하지만
바람 치마 입고요
물 노리개 차고요

---
* 뜯는. 기본형은 '듣다'. 눈물, 빗물 따위의 액체가 방울져 떨어지다.
** 두 고를 내고 맞죄어 매는 매듭.
*** 에돌다. 이리저리 빙빙 베돌거나 휘돌다.
* '아지랑이'의 옛말.

지금도 오히려
유단油緞 두른 수레에
언약 잇는 저녁을
혼자 앉아 지키나

푸릇한 불빛뿐
그믓거리는데요*
서능西陵에는 바람뿐
그물비를 그어라

蘇小小墓

長吉

幽蘭露如啼眼無物結同心
煙花不堪剪草如茵松如蓋
風爲裳水爲珮油壁車夕相待
冷翠燭勞光彩西陵下風吹雨

　　　　　　　　　　　　　　　—《조선문단》(1926. 3).

----

* 기본형은 '그물거리다'. 날씨가 개였다 흐렸다 하다. 빛이 밝아졌다 침침해졌다 하다.

나흥곡

듯거워라[*] 진회秦淮물

얄궂구나 거룻배

님을 태워 가고는

때 가는 줄 모르네

囉嗊曲

劉采春

不喜秦淮水　生憎江上船

載兒夫婿去　經歲又經年

—《삼천리》(1934. 8).

---

* 듣겨워라. 듣기가 지겨워라.

이주가

황하黃河가에 수자린*
못 온다네 금년도
빗최거라** 내달아
별로 님의 영문***에

伊州歌

作者 未詳

聞道黃河戌 頻年不解兵
可憐閨裏月 偏照漢家營

─《삼천리》(1934. 8).

---

* 수자리는. '수자리' 는 국경을 지키던 일. 또는 그런 병사를 가리킨다.
** 비추거라.
*** 영문營門. 병영의 문.

이주가

　　또

꾀꼬리 좆니러[*]
울게 하지 마라요
그 소리에 꿈 깨면
요서遼西 가지 못해요

伊州歌

作者 未詳

打起黃鶯兒 莫敎枝上啼
啼時驚妾夢 不得到遼西

—《삼천리》(1934. 8).

---

[*] 기본형은 '좆니다'. '좆아다니다' 의 옛말.

장간행

'어디 살으시나요
저는 횡당横塘 삽니다
배 세우고 뭇잡소*
한 곳 사람 아니요?'

長干行

崔顥

君家住何處　妾住在橫塘
停船暫借問　或恐是同鄉

—《삼천리》(1934. 8).

---

* 기본형은 '묻잡다'. 삼가 묻다. 윗사람에게 묻다.

장간행

또

'집이 구강九江가이라
오매* 오르내리우
서로 장간長干이면서
온체** 몰랐구료!'

長干行

崔顥

家臨九江水 來去九江側
同是長干人 生少不相識

―《삼천리》(1934. 8).

---

* 寤寐 : 자나 깨나. 언제나.
** 원체. 워낙. 전혀.

송원이사안서

위성渭城 아침 오는 비
길 먼지나 적시네
푸르르다 순막*뜰
버들가지 빛이야
여보게나 이 사람
다시 한잔 드세나
인제 양관陽關 나서면
어느 친구 있으랴

送元二使安西

王維

渭城朝雨浥輕塵 客舍靑靑柳色新
勸君更盡一盃酒 西出陽關無故人

—《삼천리》(1934. 8).

---

* 순막집. 주막집.

해 다 지고 날 저무니

해 다 지고 날 저무니
푸른 산山은 멀도다.
날이 하도 치우니*
집은 가난하도다.
챕싸리문ᄞ** 밖에서
개가 컹컹 짖음은
아마 이 눈 속에도
제 집 가는 이로다.

逢雪宿芙蓉山

劉長卿

日暮蒼山遠　天寒白屋貧
柴門聞犬吠　風雪夜歸人

—《조광》(1939. 10).

----

* 추우니. 기본형은 '칩다'. '춥다' 의 방언.
** 사립문.

죽리관

은근하다 대수풀
그 가운데 앉아서
거문고에 다시금
긴 쉬파람[*] 불어라.

깊은 수풀 속이라
알 이 다시 없는데
밝은 달뿐 희젓이[**]
반가운 듯 비추네.

竹里館

王維

獨坐幽篁裏 彈琴復長嘯
深林人不知 明月來相照

—〈유고〉.

---

[*] 휘파람.
[**] 희게.

보냄

쓸쓸하다 멧골집[*]
자네 가고 나니까
외로워라 싸리문
저문 날에 후리네.^{**}

봄철 풀은 해마다
다시 푸르건마는
가이없다^{***} 우리는
가고 어이 못 오나.

送別
王維

山中相送罷　日暮掩柴扉
春草明年綠　王孫歸不歸

——⟨유고⟩.

---

[*] 골집.
^{**} 기본형은 '후리다'. 휘둘러서 때리거나 치다.
^{***} 가엾다.

관작루에 올라서

해는 산山 끝 져 넘고
물은 바다로 든다
드룩* 눈은 보고자
한 다락을 올랐네.

登鸛雀樓

王之渙

白日依山盡 黃河入海流
欲窮千里目 更上一層樓

—〈유고〉.

---

* 그 의미가 분명치 않다. 다만, '두루'의 힘준 말인 '두룩'으로 보는 견해가 있다.

기쁨이나 아픔의*

기쁨이나 아픔의 세상 일이
긴 그 한 길로만 오고가면.
몸에 걸림, 있다가도, 풀어도 지면,
한번 서방엔, 몸 다시, 깨끗이 하면.
망할 짓 청맹과니* 뱃사공 신세
나날이 근심으로 가슴을 파는.
아니, 옛 때 또 앞날에 모음도, 쓸데없이
참으랴, 참고 또 더 견디랴!

IF THIS GREAT WORLD OF JOY AND PAIN

If this great world of joy and pain
Revolve in one sure track;
If freedom, set, will rise again,
and virtue, fallen, com' back;
Woe to the purblind crew who fill
the heart with each days care;
Nor gain, from past or future, skill
to bear, and to forbear!

—〈유고〉.

---

* 겉으로 보기에는 눈이 멀쩡하나 앞을 보지 못하는 눈. 또는 그런 사람.

일문·영문시

このねむらざるひ*

このねむらざるひ, ふざけほし!
そがひかりはおそれわななきて
なみだぐむ, けむりやく, はるかに,
あれ, はてなき寒影しめせしを
なれはどうせ, 散らすにもをよばじ,
なれ, いみじくおもひだせしも
すてにほるびしげらくさそ如何にせむ!
さばかりすぎしとをきらめく
よそのひはあり, さてかがやくとも
なからなきしやせんをばめるしけれ.
夜はそがにぶきま なざしもて
みるにひたすらねずばんす,
あざやかなる, しかしとほき―
あきらなる, しかし, 噫, いかにさむし!

SUN OF THE SLEEPLESS

Sun of the sleepless melancholy star!
whose tearful beam glows tremulously far.
That show`st the darkness thou canst not dispel,
How like art thou to joy remembered well!

So glare the past, the light of other days,

Which shines, but warms not with its powerless rays

A night-beam sorrow watchth to behold,

Distinct, but distinct clear, but oh, how cold!

—〈유고〉.

잠 못 드는 태양

아 잠 못 드는 태양아! 우울한 별아!

그 빛은 두려움으로 떨면서

눈물지으며 연기로 타오르고 저 멀리서

저 끝없는 차가운 그림자를 나타내 보이는 것을

어차피 흩어버려 좇을지라도

그 바닥에 이르지 못하나니

하여 못 견디게 그리울지라도

이미 멸망해 타 없어질 것을 어찌하랴

찬란한 빛으로 한때 빛나는 다른 나날들이 있을지라도

힘없는 사양斜陽을 적실 뿐이로다.

밤은 흐릿한 눈초리를 가지고 바라보며 잠 못 들어

선명한 그러나 머나먼

뚜렷한 그러나 머나먼

선명한 그러나 아 얼마나 추운 곳인가.

—《문학사상》(1977. 11. 번역).

やさしき悲しき*

やさしき悲しき美はしさ,
瑞え行く心にふりかかる.
絶えも入りなむ, さのひびき.
ふりて重める雪の音よ.

えしらぬ香の身にひびき.
こびれし肉に鳴りそそふぐ.
噫, この音も無き音の ひびきの.
げにさよ無しも堪えかたし.

心の悩みもわれを去り.
肉のもかきをあらざるを,
更に痛ぬる悲しみは
やるせなさにも止みかたし.

—〈유고〉.

조용한 서러움은 곱기도 하지
꺼져가는 마음속에 젖어들어요
끝없이 들려오는 이 울림(響)은
내려서 쌓이는 눈발 소리

야릇한 향ㅎ내가 몸에 울려서
넘쳐서 흐를 때면 살(肉)에 울려요
소리 없는 소리의 이 음향에
까닭 없이 견디기가 어렵습니다.

마음의 괴로움도 날 떠나고
몸을 뒤척이던 때도 끝나버렸소
그래도 아파지는 이 슬픔은
덧없이 흘러가도 멈추지 않아
몸과 마음의 괴로움도 나를 버려요

—《문학사상》(1977. 11. 번역).

暗き苦しみ*

暗き苦しみ, 胸に這に
靑き蟲は血お啜る,
望も戀も捨てよかし.
君とならば死にもする.

君とならば死にもする.
悲しき肉, 滅ぶれよ.
君とならば死にもする.

卑しき涙よ. 干せよかし.

人の哀れみを乞ふよりは.
墓を賴にしてよかし.
君とならば死にもする.
悲しきわれの死にまする.

—〈유고〉.

어두운 괴로움은 가슴에 기고
파란 벌레는 피를 빨아요
아쉬움도 그리움도 버려 버릴까
당신과 함께라면 죽어도 좋소

당신과 함께라면 죽어도 좋소
서글픈 몸뚱어린 꺼져도 좋소
당신과 함께라면 죽어도 좋소
부끄러운 눈물은 말려 버릴까

사람들의 동정을 바라기보다
무덤을 벗하는 게 더욱 좋아요
당신과 함께라면 죽어도 좋소
서글픈 내 죽음이야 물을 것 없소

—《문학사상》(1977. 11. 번역).

若も君が*

若も君が女ならわたしの妻になりませう.

若も君が花ならわたしの胸に飾りませう.

若も君が酒ならわたしの喉に燒きませう.

若も君が烟ならわたしの鼻にかをりませう.

若も君が風ならわたしの髮にすさべませう.

若も君が蟋蟀なら悲しき夜長を一緒に汝きませう.

若も君が鷺鴣なら靑き空を一緒に翔びませう.

若も君がなみづなら土の裏で一緒に噂きませう.

若も君が幽靈なら暗闇づ一緒に踊りませう.

若も君が石なら海の中へ一緒に轉げませう.

—〈유고〉.

만약에 당신이 여자라면은 내 아내로 삼았을 것을.

만약에 당신이 꽃이라면은 내 가슴 위에 꽂았을 것을.

만약에 당신이 술이라면은 내 목젖을 태웠을 것을.

만약에 당신이 연기라면은 내 코 위에 향기였을 걸.

만약에 당신이 바람이라면 내 머리칼을 나부꼈을 걸.

만약에 당신이 귀뚜리라면 슬프고 긴긴 밤을 같이 울 것을.

만약에 당신이 뜸부기라면 푸르디 푸른 하늘 같이 날 것을.

만약에 당신이 지렁이라면 진흙 속에 묻혀서 엉길 걸.

만약에 당신이 유령이라면 깜깜한 어둠 속에 같이 춤출 걸.

만약에 당신이 돌덩이라면 바닷물 속으로 함께 구를 걸.

—《문학사상》(1977. 11. 번역).

死の契約が*

死の契約が— わが荒源たる胸の底に,
行き來する二三人の舊き友を眺めては,
"噫, 今にあなた等も皆皆用無きものだね".

—〈유고〉.

죽음의 계약이—
내 황량荒凉한 가슴속에 왕래하는
이二, 삼인三人의 옛 벗을 바라보고는,
아! 이제 얼마 안 있어 당신들도 모두
필요必要 없이 되겠지요.

—《문학사상》(1977. 11. 번역).

夢とは何*

夢とは何? 魂の微笑
悲哀のふる里, 香る烟の綠の土―
泣かむ, わが人よ, われ等逢ふべき所のここ.

―〈유고〉.

꿈이란 무엇인가?
영혼의 미소
비애悲哀의 고향故鄕
향기로운 들판의 푸른 흙덩이―
울지 말아라 내 사랑아,
그 곳이 우리들이 만나야 할 땅

―《문학사상》(1977. 11. 번역).

黄昏時*

黄昏時. 見よわがんよ!
花辨は何處に行きしか秋の風の音.
いざ, この血色の酒の杯を見詰めて許覽ね.

―〈유고〉.

황혼녘에 보라 내 사랑아
꽃잎은 모두 어디로 갔는가
가을 바람소리, '자 이 핏빛 술잔을 들여다보려무나'

―《문학사상》(1977. 11. 번역).

산문

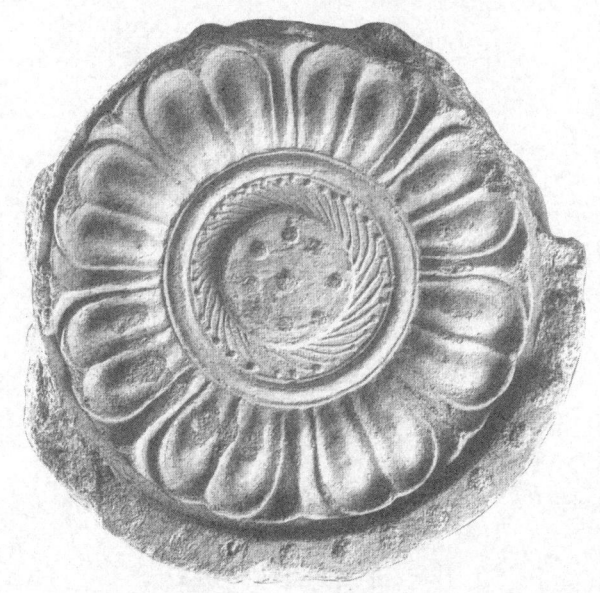

춘조

몇 날 동안 양기 없이 캄캄하고 바람 불던 날은 지나갔다. 어제부터 비로소 맑았다. 그러나 바람은 몹시 불어서 애달픈 가슴에 길손의 심사心事를 부어주었다. 어제 저녁에도 늦은 잠 야윈 꿈을 어리다가 오늘 아침에도 상 위에서 일어나니 붉은 햇빛이 창에 가득히 쏘였다. 하늘은 파랗게 구름은 한 점도 없는 듯하나 한결같은 고운 구름에 덮여 있는 까닭이다. 어떻게 된 셈인지 하늘은 전날보다 낮아 보인다. 닭의 홰 아래에서 네 활개를 웅크리고 자는 듯하던 개가 이따금 이따금 눈을 커다랗게 뜨고 뒤꼬리를 살금살금 두르면서 가만가만 두어 마디씩 짖는다. 거러지[1]의 조반[2] 비는 썩 세인[3] 목소리가 대문 밖에서 우렁차게 붉우직인다.[4] 개는 대문으로 기운 있게 달려간다. 참새는 이리저리 흩어 날며 양기 있게 지저귄다. 개의 성나게 짖는 소리가 들린다. 연기 그은 처마 밑에는 아무것도 넣어두지 않은 '뒤웅치'[5]가 서너 개 걸려 있다. 바람이 살짝살짝 지나갈 때마다 흔들흔들 드렁거린다. 모이를 찾으며 돌아가던 닭의 무리 한 떼

---

1) 거러지 : '거지' 의 방언.
2) 무飯 : 아침 끼니를 먹기 전에 간단하게 먹는 음식.
3) 신. 기본형은 '세다'. '시다' 의 평안 방언. 맛이 식초나 설익은 살구와 같다. 또, 사람의 행동이 몹시 눈에 거슬림을 비유적으로 이르는 말.
4) 그 뜻을 알 수 없다. 문맥상, '부르짖는다' 정도로 이해된다.
5) 뒝치. '바구니' 의 평안 방언.

가 뒷마당을 돌아서 앞뜰로 오다가 갑자기 수탉 한 마리가 '꼬꾸요오' 하고 길게 느리게 운다. 암탉의 무리도 꾸둑꾸둑하며 분주히 서둘러 대인다. 구름은 뜨지 않았는데도 햇빛은 갑자기 그물어진다.[6] 바람결에 떠돌아가는 먼지들이 뜰 한가운데서 소용돌이를 친다. 나는 어정어정 뒷뫼에 올라갔다. 뫼 위에는 한불 어린 솔들이 봄비에 세수하고 봄바람에 문질리어 푸른 단장을 고이고이 하였다. 잔디풀은 아직 누렇게 마른 잎새에 새 엄[7]이 쎄워[8] 있다. 뻐꾹새가 맘 서럽게 뻐꾹뻐꾹을 지저귄다. 앞들 물논[9] 위로 벌써 아지랑이가 어리우기 시작한다. 밭에는 일꾼이 거름 싣고 나온 누런 소를 한편 구석에 세우고 거름 그릇을 내려서 무덤처럼 밭고랑마다 거름을 쌓아 놓는다. 나는 그냥 더 윗봉으로 올라가려는 생각이 일어났다. 그리하여 잔디를 밟고 어린 솔포기를 헤치며 길 없는 멧발[10]을 쳐다보며 걸음을 내어놓았다. 섶나무[11]에는 벌써 어린 벌레가 어물어물 구불거린다. 자개돌[12] 질러 놓은 '어린애'의 무덤들이 비탈진 골짜기에 산산하였다.[13] 비탈진 골짜기 바위틈에는 빨간 진달래꽃이 저 혼자 곱살스러이 피어 있다. 날은 차차 흐리는 것같이 '누리그무러[14] 하여 진다. 나는 뫼의 왼[15] 윗봉에 올라섰다. 종달새 한 마리가 발끝에서 소리를 내고 훨씬 공중으로 솟는다. 뫼탁[16] '움막집' 마당에는 어린 며느리가 이편 가추[17] 끝과 저편 가추 끝에 빨랫줄을 건너 매노라고 낡은 지붕 썩은 영깃[18]에다 곱다랗게 빗은 머리를 다 흩어쳐 버렸다. 저편 촌가村家 가까

---

6) 기본형은 '그무러지다'. 흐리고 어둠침침하게 되다. 마음이 침울하게 되다.
7) '움'의 옛말. 풀이나 나무에 새로 돋아 나오는 싹.
8) 쌓여. '쌓이다'가 '쎄우다'로 나타난 것으로 보인다.
9) 무논. 물이 늘 괴어 있는 논.
10) 산줄기.
11) 잎나무, 풋나무, 물거리 따위의 땔나무를 통틀어 이르는 말.
12) 납작납작한 작은 돌.
13) '흩어져 있었다'는 의미로 이해됨.
14) 조금 누렇게 변하며 흐려지는 모양.
15) '맨'의 평안 방언. 더 할 수 없을 정도나 경지에 있음을 나타내는 말.
16) 산턱. 산의 턱진 곳. '탁'은 '턱'의 평안 방언.
17) 가초. 추녀.

운 묏밭에는 콩새와 후치[19]들 같은 작은 새를 사냥하려고 '창애'[20]를 들고 다니는 촌 새서방님들도 있고 아이들도 보인다. 밭고랑에 파묻혀 있는 작은 돌 깨어진 기와조각을 일어집고[21] 새 미끼할 버러지—딱쟁이—를 잡는다. "야, 민숭아, 장난은 좀 그만두고 밥 먹고 새하러[22] 가려무나"하는 여인의 야발은[23] 목성이 들린다. 열 대여섯 살 먹은 새서방이 방금 '창애'에 미끼를 물리노라고 대답을 미처 하지 못하는 모양이다. "야 민숭아" 잇대어 서너 번 여인의 같은 목소리가 들린다. 그제야 그 새서방님은 이제 내려가노라고 대답을 한다. 새떼가 많이 앉은 밭귀[24]에다 창애를 메워 놓고 손길을 휘휘 내두르며 머리를 기울거리는 바람에 머리에 썼던 '관' 째박이[25] 벗겨지는 것을 움켜쥐고 달아 내려간다. 저편 촌에서는 머리에 흰 수건 잡아맨 농사꾼들이 집마다 마당에 모여 섰다가는 긴 담뱃대에 불을 붙여 입에 물고 제가끔 저 갈 데로 헤어져 간다. 등 뒤에 인적이 있는 듯하기에 나는 갑자기 돌아섰다. 발 벗고 곳곳이 뚫어진 것을 검은 실로 꾹꾹 주리쳐[26] 잡아맨 흰 적삼 흰 치마를 입은 계집아이가 조그마한 둥지를 들고 나 섰는 묏밭 아래에서 허리를 굽혔다 일어섰다 하는 것이 보인다. 나[27]은 열 한두 살이 되어 보이는 듯하다. 그 계집아이는 나 섰는 줄을 모른다. 언덕의 마른 풀포기를 뒤적거리다가는 그 풀포기를 부쳐잡고[28] 기운 없이 언덕으로 처올라온다[29]. 캄하게[30] 뒤로 땋아 늘였던

---

18) 영기. '이영' 의 잘못.
19) 후투티. 오디새. 후투팃과의 새. 몸의 길이는 28cm 정도이며 분홍빛을 띤 갈색이다.
20) 짐승을 꾀어서 잡는 틀의 하나.
21) 일어나 집고.
22) 나무하러. '새' 는 '땔나무' 의 평북 방언.
23) 야살스럽고 되바라진.
24) 밭귀퉁이.
25) 모자의 일종으로 보이나, 어떤 것인지 분명치 않음.
26) 한데 묶어.
27) '나이' 의 준말.
28) 부여잡고. 붙잡고.
29) 위로 올라온다.
30) 까맣게.

머리털이 다 흩어져 앞이마 위에 하수룩하게 덮였다. 커다랗고 동그란 눈에는 눈물이 어렸다. 살빛 흰 이마와 파스러한³¹ 두 뺨에는 까만 먼지가 덮이고 덮였다. 가끔가끔 몸을 움츠리고 새빨간 발을 냉큼냉큼 들었다 놓는다. 그 계집아이는 머리를 숙이고 양지귀³²를 가려 걸어가며 작은 가늘은 입안에 넣은 소리로 이러한 노래를 부른다. 노래는 가끔가끔 목 메인 소리 속에 떨리며 끊어진다.

　　엄마야 오늘도 해가 떴고나
　　죽으신 엄마는 그리도 곱고
　　살았는 엄마는 왜 니악한지³³……
　　엄마야 오늘도 나 이렇고나
　　오늘도 이렇게 너 생각한다.

　그 계집아이는 내가 섰는 것을 보았다. 눈물 어룰³⁴이 발개지며 얼른 언덕 모루³⁵로 돌아섰다. 나는 윗마을 사는 '년순' 의 딸인 줄을 알았다. 얼마 전에 그를 낳아 놓은 어머니는 죽고 새어머니가 들어와서 맏아내³⁶의 남긴 혈육血肉인 어린 딸아기에게 몹쓸게 군다는 말을 어디선지 들은 듯하다. 아마 오늘 아침에도 그 새어머니가 아침 밥상에 놓을 나물을 캐어 오라고 이른 아침에 쫓아낸 듯하다. 날빛³⁷은 새리새리³⁸하여 진다. 부엉이 소리 뻐꾸기 소리 참새 소리 멧새 소리 애닯게 울지기³⁹ 시작한다. 그

31) 파르스름한.
32) 양지쪽.
33) 이악한지. 기본형은 '이악하다'. 자기 이익에만 마음이 있다.
34) '얼굴' 의 평북 방안.
35) 모퉁이.
36) 남편의 전처.
37) 햇빛을 받아서 나는, 온 세상의 빛.
38) 알쏭달쏭하거나 흐릿한 모양.
39) 기본형은 '울지다'. 울어 눈물짓다. 쉼 없이 울다.

계집아이의 그림자는 어디로 사라져 갔나! 말집[40]에는 희끔희끔 날리는 빨래 서답[41]이 맘 좋게 이리저리 날라 비친다.

  — 1919년 4월 18일 아침

—《학생계》(1920. 10).

---

40) 사방으로 추녀가 삥 돌아가게 모말 모양으로 지은 집.
41) '빨래'의 방언.

함박눈

　　원순元淳이는 서실書室의 영창映窓을 열어젖히고 앞바다의 시원한 경치景致를 내다보며 있다. 시월十月 절기도 벌써 저물어간 지 잊을 만한 첫 십일월十一月의 아침은 하늘빛도 파르족족하고 집 앞 바다의 물빛도 가무족족하게[1] 어떻게도 몸에 추워 보였다. 바닷물은 방금에 살얼음이나 집힐 듯이 고요하고도 어둡게 보였다. 열붉게 물들었던 핏물이 낡아진 것과도 같은 시닥나무[2]의 단풍丹楓이 뒷마당으로부터 한 잎 두 잎 뜰 아래를 향하고 굴러 나려왔다.

　　누이는 갓 낳은 지 달반 가량假量된 젖먹이를 건넛방房에다 잠 들여 놓고 원순의 방으로 건너왔다.

　　"아이구 혼魂이 이렇게도 빠졌담. 바느질 그릇을 그대로 내버리고 왔다니." 하면서 누이는 돌쳐[3] 건넌방으로 건너가더니 미닫이를 살그머니 열고 바느질 그릇을 집어 내어 가지고 와서 방 윗목에 말없이 앉아 있다.

　　원순이는 그대로 한동안 넋이 없이 영창 위에 엎드렸다가 비로소 정신이 드는 듯이 누이의 편便을 돌아다보았다. 그때에 누이도 역시 전신全身

---

1) '가무족족하다'. 맑지 아니하게 가무스름하다.
2) 단풍나뭇과의 낙엽 활엽 소교목.
3) 되돌아.

에 맥아리[4]가 한 푼도 없이 다만 정처 없는 목표를 바라보고 있던 줄을 알 았다. 바느질 그릇 속에는 다만 갓난아기의 두렁다리[5]가 거의 다 지어져 있을 뿐이었다. 누이의 손은 바느질 그릇에 갈 것 같지도 않게 보였다. 그러나 그의 눈동자瞳子 속에는 업수히 여기려 해도 업수히 여기지 못할 굳센 날카로운 시선視線이 시금時今에라도 앞에 있는 모든 것을 사뭇 뚫을 듯한 이상한 광채로 반짝인다. 해쓱한 누이의 얼굴은 혈색血色이 도무지 없어 보였다. 오늘은 어찌된 까닭인지 몰라 누이의 얼굴은 해산解産하고 나던 그 당시當時의 일주간一週間 째보다도 더 무섭도록 파랗게 물질려[6] 보였다. 몹시나 수척한 그 여자의 팔다리, 간간이 신경적으로 떨리는 곱으장한[7] 그 여자의 입술, 갸름한 그 여자의 콧머리, 그 표정은 늦은 봄 깊어드는 야반夜半[8]의 가득히 잠가진 안개 속에서 먼 야원野原을 떠돌아 흐르는 인광燐光과도 같이 고요하고도 날카로웠다. 그러나 그 여자의 모든 표정과 자태에는 밑으로부터 무엇이 빠진 것같이 보였다. 그의 전신全身에 나타나던 모든 표정表情이 일시一時에 푹 꺼져 없어지지나 않을까 하는 염려念慮가 나도록 그의 표정表情과 자태姿態에는 침착沈着도 아닌 공허空虛한 점點이 있었다.

"누이님 그러면…… 참 오늘밤 떠나시겠습니까?"하고 원순이는 말머리를 걸었다.

"글쎄" 하는 누이는 무엇에 맘이 껄리는 듯이 고개를 갸우뚱하게 기울이면서 한참이나 무엇을 생각하는 것 같았다. 원순이는 묻기는 물었어도 대답에는 생각이 없는 것처럼 먼 바다 끝을 내다보고 있다.

"원순元淳아! 정말 나는 오늘밤에는 떠나." 하며 말하는 누이의 목소

---

4) 맥가리. '맥'의 낮은 말. 기운이나 힘.
5) 웃옷과 아래옷이 붙어 자루처럼 생긴 어린아이의 옷.
6) 물질리다. 짙은 빛깔이 한데로 몰려서 고르게 퍼지지 못하다.
7) 곱상한.
8) 夜半 : 밤중.

리는 썩 가다듬어져 들렸다. 방안은 한층 더 풀기氣가 없어지는 것 같았다.

"그래요. 인전⁹ 그만 하였으면 여행권旅行券도 벌써 이삼 일 전에 되고 유모乳母도…… 한달에 십이 원식拾貳圓式 주기로 뒷집과 약속하였으니까 준비準備는 더할 것도 없어요."

"그러면 아무렇대도 나는 오늘밤 떠난다. 내일來日 아침 이맘때면 봉천奉天서 너의 매부妹夫를 만나보지"하며 누이는 말하였다. 누이는 마지막 말마디를 마치면서 입술을 꼭 다무는 것 같았다.

"편지가 상해上海까지 다 갔을는지 몰라. 짐작 같아서는 너끔히 받아보았으련만." 이렇게 말하는 원순이는 누이의 손으로 써서 두 주일周日이나 전에 자기가 우편국郵便局까지 가지고 가서 그의 매부한테 서류로 부쳐 보낸 편지가 좀 염려스럽게 생각되었다.

"받아보았겠지 그러나 못 받아보았다 해도 나는 괜찮아요. 봉천서 하차下車하였다가도 혼자 못갈 염려는 없으니깐" 하며 누이는 대답하였다. 누이의 눈에는 점점 전에 없던 생기가 가득히 차오는 것 같았다. 그러나 원순이는 그의 가슴이 점점 무거워 오는 것을 느꼈다.

"그럼 누님 저녁밥 일찍이 지으십시오. 차 시간이 여덟 시 삼십분입니다"하며 말한 원순이는 누이의 손으로 지어준 밥을 먹기도 오늘 저녁 후에는 언제나 될는지 모르겠고나 하였다. 원순이는 그 자리에 더 오래 있을 수가 없었다. 원순이는 간신히 일어서서 창 밖에 나섰다. 그러나 그는 그의 누이를 돌아다볼 용기가 없었다. 한달음에 정신 없이 대문 밖까지 나섰다.

벌써 새로 두 점을 치는 목종木鐘 소리는 원순이가 대문간에서 삼三 마장¹⁰ 가량이나 떨어져 있는 방파제 위에 올라서서, 서리에 쓰러진 풀포기

9) 이제는.
10) 馬場 : 거리의 단위. 오 리나 십 리가 못 되는 거리를 이른다.

들을 헤치며 지향支向 없이 바다를 향向하여 걸어 나아갈 때에 원순의 귀를 울렸다. 싸늘한 바람에 그의 심기는 씻은 듯이 상쾌하여졌다. 천기天氣는 오히려 어둑어둑하게 흐리어 왔지마는 그의 심기만은 호올로 점점 깨끗하여졌다. 그의 가슴 속에는 지금 자기의 누이와 누이의 남편되는 사람에게 대한 모든 것이 명료히 인식되어질 뿐더러 일층 더 힘 있게 울리어 옴을 깨달았다.

누이의 남편되는 사람은 지금은 상해上海와 북경北京 간을 뜬 기러기같이 왕래하고 있다. 그는 지나간 삼월三月에 전조선全朝鮮을 통하여 일어난 정치운동政治運動에 참가하여 가지고 재학중이던 일본대학日本大學 사회과社會科를 중지하는 동시에 그 본부本部되는 상해로 향하였다. 그 때가 사월四月 초순경이었다. 그는 집 없는 몸이므로 그때에도 그의 안해[11]되는 나의 누이는 지금과 같이 우리 집에 있었다. 누이는 그때에는 태상[12]이었다. 그리고 그가 중국中國으로 향向한 줄을 우리가 집에 있어서 알게 된 때는 그가 이미 당지當地에 도착된 것을 그의 손수 쓴 편지로 우리에게 통지하여 준 후이었다. 그런데 지금 누이는 자기의 남편되는 가장 사랑하는 그 사람을 따라 오늘밤으로 아름다운 우리의 조토祖土를 버리고 뒤쪽 멀리 안동현安東縣을 건너려 하는 것이다. 그리할 뿐더러 누이는 막 달반 전에 해산한 몸으로 있으면서 유아乳兒도 아직 건전히 자라나는 중인데, 그러나 그 여자는 오늘밤으로 압록강鴨綠江을 건너서 우리의 조토를 뒤로 등지고 사랑하는 남편을 따라 미쁜[13] 애인의 기다림에 맞추어 용감한 청년의 사업을 도우러 저 다른 나라 땅으로 가는 것이다. 온 것은 확실하다. 다른 무엇이라도 들일 여지가 없다. 누이는 경성京城서 숙명여자고등보통학교淑明女子高等普通學校를 삼 년 전에 졸업한 이상에 여태껏 무엇이나

---

11) '아내' 의 옛말.
12) 胎上: 태중胎中. 아이를 배고 있는 동안.
13) 기본형은 '미쁘다'. 믿음성이 있다.

새로운 것을 보고 듣기에 게으르지 않았다. 간단間斷 없는 노력의 결과는 적어도 그 여자에게 조선사회朝鮮社會의 현금現今 상태에 있어서는 상당한 견해를 가지게 하였을 뿐더러 자기자신에 대한 철저한 신념을 포부시켜 주었다. 원순이는 얼빠진 사람과 같이 이렇게 중얼거렸다. …… "모든 것은 확실하다. 의심할 것은 조금도 없다"하며.

이때에 지평선地平線 상의 구름 터진 한 부분으로 차게 얼은 초동初冬의 해가 배족하니[14] 나타났다. 그러나 곧 숨겨버렸다. 가무족족하던 바다 일면—面과 사위[15]의 산색山色은 일시에 숙살[16]한 풍경이 원순의 안계眼界에 이상한 강한 색채의 자극을 주었다. 이때에 원순이는 방파장防波場의 끝까지 걸어 나왔었다. 그는 더욱 선명한 상쾌한 심기를 가지고 고요히 저물어가는 영원永遠의 꿈에 싸인 바다의 물빛을 내다볼 수 있었다.

네 시경時頃에 원순이는 집으로 돌아왔다.

방 아랫목에는 이미 저녁 밥상이 놓여 있었다. 밥상 위에는 물그릇까지 한꺼번에 차려 놓여졌다. 그러나 누이는 건너편 방에서 무엇을 하는지 유아까지 삼인三人 식구의 집안은 소리조차 없이 고요하였다.

오늘밤 밤새도록 그 위에도 몇 날 몇 밤 동안을 차중에서 쇠약한 몸이 지치우지나 않을까 하게도 염려되는 원순의 누이 그것은 다 버려두고라도 오늘 저녁으로 돌아올 기약도 없이 가는 누이의 행장行裝, 모든 것을 생각할 때에 원순이는 아무리 하여도 밥알이 목구멍을 넘는 것 같지 않았다. 그는 그 이상 아무런 것이라도 더 생각하지 않으려 하였다. 오늘밤 되어 가는 일을 다시는 생각도 말자 하였다. 그리할수록 그의 가슴으로서는 설움이 북받쳐 오른다. 원순이는 건너편 방문 앞에 서서 있다. 그러나 창 안으로부터는 아무런 소리도 들리지 않는다. 원순이는 삼가는 듯

---

14) 물체의 끝이 조금 길게 내밀려 있는 모양.
15) 四圍 : 사방의 둘레.
16) 肅殺 : 쌀쌀한 가을 기운이 풀이나 나무를 말려죽임. 기운이나 분위기 따위가 냉랭하고 살벌함.

이 조심스러운 듯이 고요히 방房 안에 들어섰다.

누이의 차마 볼 수 없는 눈물에 넘친 얼굴은 원순이를 향하여 번개같이 들렸다. "아이, 내 원순元淳이!"하고 부르는 그 여자의 목소리는 사무치는 열정에, 저윽이[17] 떨려나는 것같이 들렸다.

원순이는 누이의 품속에 얼굴을 묻고 엎드려졌다. 누이의 햐릇한 두 팔이 그의 등 위에 올려 놓였다. 방房 안은 고요하다. 창 밖도 고요하다.

"누님, 울지 맙시다. 우리는 울어 될 까닭이 없지 않습니까? 두 사람의 앞에도 다 반듯이 걸을 길이 있습니다. 지금 우리는 그 길을 걸으려고 하지 않습니까? 그러면 조금이라도 서러워할 것은 없습니다. 사람마다 제가 걸을 제 길 지금 두 사람의 앞에는 그것이 분명히 나타난 것일 뿐입니다." 겨우 울음을 진정한 원순의 말소리는 끊길 듯 끊길 듯하면서 끝을 맺기도 몹시 어려웠다. 그러나 원순이는 계속하여 이와 같이 말하였다.

"나는 날이 밝으면 경성으로 갑니다. 그리하여 하던 공부를 계속하겠습니다. 그러면. …… 누님은 저어 그곳에 가셔서 …… 일 많이 하십시오." 누이는 원순이를 더욱 힘 있게 꽉 끌어안는다.

"그럼 원순아, 공부 많이 잘하여 두어라. 모든 것은 네 말에서 틀릴 것이 없다. 그리고 우리의 앞에는 광명光明이 있을 것이다. 좋은 월계관! 원순아! 내 동생아!"

"그러면 누님! 갓난 것은 벌써 가져갔어요?" 괘종은 일곱 시를 친다.

한동안 후에 원순元淳이와 그의 누이 두 사람은 정거장으로 향하는 길 위에 섰다.

십 리도 넘는 정거장까지 가는 데는 꽤 시간이 걸렸다. 그리하여 원순元淳이와 그의 누이의 일행一行이 정거장의 까물까물하며 조는 듯한 등불과 푸르기도 하고 붉기도 한 철도공부鐵道工夫의 신호등 불빛들을 가무스름

---

17) 적이. 꽤 어지간한 정도로.

한 안개 속으로 바라보게 된 때에는 아무래도 흰눈이 한 송이 두 송이 떨어지기 시작하였다.

지방 소역小驛의 대합실과 및 그 주위의 경색景色들은 다만 거뭇거뭇한 목책木柵의 그림자들 속에 쌓여 있을 뿐이오. 두서너 초라한 행장을 옆에 낀 남녀 행객行客이 이미 개찰구를 지나서 레일을 연沿하여 승강대로 향한다.

흰눈에 온몸이 뒤덮인 대로 두 사람 일행도 승강대 위에 나타났다.

밤 번番을 보는 순사巡査가 두 사람의 행색을 유심히 살피다가 다시 차고 희게 빛나는 칼자루를 번뜩이며 그의 뚜벅뚜벅하는 발소리와 함께 저편 그늘 속으로 스러져버렸다. 고요하게 잠가진 밤의 공기 속에서 점점 멀리 들리는 데그럭데그럭 하는 순사의 칼 소리와 점점 가까워 오는 기관차의 음향은 두 사람의 가슴에 일종 처참한 기분과 말 못하게 초조한 심정心情을 일으켜 주었다.

구부정한 산갑[18]을 돌아서 기관차의 사람의 가슴을 뒤노니는[19] 듯한 소음과 함께 십여량 연쇄된 객차는 정거장 정면, 키 높은 아카시아와 포플러의 성긴 그늘 속에 정지停止하였다. 두서너 남녀 여객들은 황급한 모양으로 차대 위에 뛰어오른다. 그 틈에 섞여서 오른 원순이의 누이는 질주하는 기차의 노대露臺 위에 서서 끊임없이 조그마한 손수건을 내어두른다. 원순이의 눈에는 다만 어두운 밤빛 속에 스러져가는 흰 점 같은 것을 알아보았을 뿐이다. 최종에 남겨준 그 여자女子의 말과 함께…… 아 원순아, 아아 내동생 원순아! 편지하마 가면은 곧 너도 편지해라, 그러면 원순아, 일후日後에…… 언제 또…… 그 이상 무슨 말이 더 있었던 듯하였어도 원순元淳이가 그것을 다 알아듣기보다는 기차만이 더 빨리 달아나 버렸다.

---

18) 山岬 : 산모퉁이.
19) 기본형은 '뒤놀다'. 한곳에 붙어 있지 않고 이리저리 몹시 흔들리다.

흰눈이 간단없이[20] 펄펄 내려 쌓인다. 검은 천지天地만이 점점 희어져 간다.

원순이는 집으로 돌아왔으나 열두 시時까지 잠을 들지 못하였다. 온 사위四圍는 죽은 듯이 고요하였으나……

그는 영창을 열어젖히고 시름없이 펄펄 내리는 함박꽃송이 같은 흰눈을 바라보았다. 그에게는 온 천지의 고독을 자기 일신이 혼자 맡아놓은 것같이 생각되었다. 그러나 그의 심정은 모든 명일明日의 계획으로 충만되었었다. 그래도 그의 심정心情은 통일統一을 얻지 못하였다. 그의 가슴속은 점점 초민[21]하여졌다.

원순元淳이는 대문大門 밖을 나서서 좌우左右에 잠든 이웃집 촌가村家들을 등지고 퍼부어 쌓이는 흰눈 속으로 꿈꾸는 물결에 고요히 붙안기운[22] 방파제防波堤 위를 반半쯤이나 허투루[23] 걸어 나가기 시작하였다.

끝.

—《개벽》(1922. 10).

---

20) 끊임없이.
21) 焦悶 : 속이 타도록 몹시 고민함. 또는 그런 고민.
22) 꽉 안겨 있는. 기본형은 '붙안다'. 두 팔로 부둥켜안다.
23) 아무렇게나 되는대로.

떠돌아가는 계집

(L' odyss´ eed' une File)

원작 모파상/소월素月 역譯

그래 그날 저녁 생각만은 아무래도 잊히지 않을 것이다.

나는 한 얼마동안 저 이길 길 없는 운명運命의 불길不吉한 감각感覺 때문에 씨달피든[1] 것이다.

내 몸은 탄갱[2]의 깊은 밑으로 발길을 더듬더듬 들여 놓을 때에 우리 사람들이 간간間間히 느끼리라고나 할 만한 그 신비神秘로운 전율戰慄을 느꼈던 것이다.

사람 치고서는 끔직스럽고 맵살시럽은[3] 청흑[4]의 깊은 속살을 흔들어 보았던 것이다.

어떤 사람에 이르러서 정직히 살아갈 수는 도저히 불가능不可能하다는 것이 이야말로 진적眞摘한 사실인 것을 나는 알았다.

지난 어떤 날 깊은 밤이었다.

나는 보-드븨르에서 드로워로 가는 길을 잽시게[5] 걸어가던 것이었다.

---

1) 기본형은 '시들프다'. 마음에 마뜩찮고 시들하다.
2) 炭坑 : 석탄을 캐내는 구덩이.
3) '맵살스러운'의 작은 말.
4) 晴黑 : 검푸른 색.

그 길 위에는 수많은 사람들이 우산을 쓰고 끊일 새 없이 달음박질하여 지나갔다.

먼지 검불[6] 같이 오는 비는 와사등瓦斯燈 불빛을 어슴푸레히 적셔서 그 무리고 먼지 검불같이 오는 비는 추접은[7] 거릿길[8]에 끊임없는 애상哀傷을 던지고 있었다.

비는 말로 오더라고 하는 것보다도 오히려 갈기갈기 나부껴 흐리더라고 하겠다.

우右로 깔아 놓은 돌길은 빛나더라고 하는 것보다도 오히려 번들번들 번쩍이더라고 하겠다.

사람의 무리들은 옆도 돌아보지 않고 꽤 바쁜 듯이 걸어가고들 있다.

드러내 놓은 종아리 위에 치맛자락을 높즛하게[9] 걷어들고 있는 젊은 계집애들은 짙은 밤빛에 문양紋樣도 없이 빛나는 샛보한[10] 구쓰보신[11]을 사나이들이 게걸들려 보는 대로 내어 맡기고 문門간 안 어득스러한 곳에서 손을 부르고 있다.

앞앞이 지나가는 사람들을 부른다. 혹或은 사람들 틈으로 잽시[12] 걸어 지나가기도 할 때 웃텁은[13] 음암[14]한 외마디 말은 사람 사람의 귓속으로 살짝 뛰어든다.

계집년들은 엉덩이를 비벼 맞붙이고 얼굴에다 쿠덥스럽은[15] 냄새를 불어 건너면서 한참 지나가는 사람들의 뒤를 따른다. 그리하다가 그 권유

---

5) 재빠르게.
6) 가느다란 마른 나뭇가지, 마른 풀, 낙엽 따위를 통틀어 이르는 말.
7) 더러운. 기본형은 '추접다'. '더럽다' 의 방언.
8) 거리의 길.
9) 높직하게. 높은 듯하게.
10) 새뽀얀. 기본형은 '새뽀얗다. 빛깔이 산뜻하고 뽀얗다.
11) 구쓰보선. 구두보선. '보선' 은 '버선' 의 방언. 양말.
12) 잽싸게. 재빨리.
13) 우스운. '우텁다' 는 '우습다' 의 평안 방언.
14) 陰暗 : 음침하고 어두움.
15) 구린. '쿠리다' 는 '구리다' 의 평안 방언.

가 소용없다고 알아차릴 때에는 문득 사납고 성 차지[16] 못한 몸세[17]를 가지면서 그 옆으로부터 뚝 떨어져서는 엉덩이를 이쿳이쿳하면서[18] 사라져 가버린다.

나는 이러한 마성魔性의 계집들에게 열 스무 번 소맷귀에 매여 달리며 잡아 이끌며 하는 지다기[19]를 받으면서 쓰끄럽다[20]는 생각과 혐기嫌忌하는 심정에 신경을 집어 거슬리면서 한 걸음 두 걸음 내어놓았다.

어느 겨를인지 갑자기 그 같은 계집아이들 셋이 미친 것 같이 되어서 다른 것들에게 무슨 말인지 알지도 못할 두서너 마디 말을 잽시잽시[21] 하여버리면서 달음박질하여 오는 것이 눈에 보였다.

그러한 즉 다른 것들도 한 모양貌樣으로 보다 더 빨리 달아나려고 두 손으로 치마 기슭을 높이 추켜들어 붙이고 도망逃亡을 하듯이 어지간하게 달아난다.

그날은 밀매음[22]을 일망타진一網打盡하도록 몰아 잡으라는 고시告示가 붙었던 것이다.

때에 언뜻 나의 팔꿈치 아래로 누구인지 팔을 내어 밀고 있던 것을 깨달았다. 동시同時에 탈기[23]한 것과 같은 말소리가 내 귀밑에서 속삭였다.

"나리님 도와주십쇼. 어쨌든 저를 뿌리치시고 가버리지만은 말아 주십쇼."

나는 한 계집애를 보았다. 아직 스물다섯 살짜리 그렇게는 되었음직하지 않아도 어느덧 꽤 말랐다는 생각을 일으키게 하는 아이였다.

---

16) 성이 차지. '성이 차다'는 '흡족하게 여기다'는 뜻이다.
17) 몸짓.
18) 그 뜻이 분명치 않으나, 몸을 이리저리 흔드는 모양을 묘사한 말로 보인다.
19) 지다위. 남에게 등을 대고 의지하거나 떼를 씀.
20) '시끄럽다'의 평북 방언.
21) 빨리빨리.
22) 密賣淫: 허가 없이 몰래 몸을 팖.
23) 脫氣: 놀라거나 겁에 질려 기운이 다 빠짐.

계집애를 보고 "내게 홀[24] 들고 오구료"라고 말하니까 계집애는 "아이구 고맙습니다"라고 소곤거린다.

우리들은 돈빗재 길에를 왔다. 그는 나를 나를 먼저 지나게 하려고 나와 좀 떨어졌다.

계집애는 나를 보면서

"우리 집에 좀 가시지 않으세!"

"안 가지."

"왜요 싫어? 네 당신은요 제게는 잊으려 해도 잊지 못할 일을 했었어요. 저런 무서운 맛들리면[25] 몹시 피우실 일도 생각 안 하시고 다정하게도 도와주셨습니다.?

나는 그의 말에 좀 안이안이하여서[26]

"갈 수 없지 나는 아내가 있는 사람이니까 그래"라고 대답하였다.

"그까진 것 아무렇지도 않지 않으세?"

"그래 그려 색시 그만 하면 충분한 이유가 된다는 말이야. 그래 이녁[27]이 네게 할 만한 일은 하여 주었겠지? 저 봐 그러면 인제는 이녁을 이대로 가만 뒤에 두는 것이 좋단 말이야."

거릿길[28]은 거칠고 헤여져서[29] 어둡고 컴컴했다. 그리고 참으로 불길不吉한 꺼림칙한 생각이 들었다.

그리고 나의 팔을 꽉 껴안고 있는 계집애는 내가 붙잡힌 것과 같은 그렇듯한 비애의 감각에 닥어눌리어서 오히려 여지껏 공포가 모여들 뿐이던 듯하여 보였다.

그는 나를 힘껏 붙안고 싶었던 듯 하네 그랴. 나는 무서워서 머뭇거리

---

24) 동작이나 행동을 단번에 아주 가볍게 하거나 쉽고 능란하게 하는 모양.
25) 맞대들리면. 기본형은 '맞대들다' 로 추정됨. 반항하거나 대항하느라고 맞서서 달려들다.
26) 기본형은 '아니아니하다'. 조마조마하다.
27) 이쪽. 자신을 일컫는 말.
28) 거리의 길.
29) 헤어져서. 기본형은 '헤어지다'. 뭉치거나 붙어 있는 물체가 따로따로 흩어지거나 떨어지다.

며 설 구든[30] 목소리로 말하였다.

"자 이봐 후…… 나는……자 인전[31] 안심되겠지? 그래 그렇지 않아?"

계집애는 일종 미칠 듯 사나운 몸짓을 하고서 언젠지 벌써 급격急激스럽게 흐느껴 울었다.

나는 알 수 없는 맘성[32]에 자실自失한 모양으로 가슴이 느끼고 비앗처서[33] 문득 멈추고 섰다.

"자 숫쳐[34] 왜 그래 글쎄?"

그러한 즉 계집애는 우는 소리로 소곤거렸다.

"혹시 당신이 그것을 알으신다고 해도…… 바늘 끝 만치 자미[35]로우실 것도 없습니다. 가 주시고 말으세요."

"어찌했다고 이러나 글쎄!"

"이런 장사가요…… 말이에요."

"그럼 왜 즐겨 이런 버릇을 시작했던가?"

"그래요 누구의 죄인 것일까요?"

"알았소 알았어 그렇지 그래."

이말로 인하여 흠뻑 이 내여버리운[36] 계집애의 일에다 흥미興味를 붙이게 되었다.

그래서 나는 그를 보고

"너의 신세 이야기라도 들려주지 못하겠니?"라고 물었다.

계집애는 말을 시작하였다.

---

30) 설 굳은. 덜 굳은.
31) '인제' 의 방언. 바로 이대. 이제에 이르러.
32) '마음성' 의 준말. 마음을 쓰는 성질.
33) '받쳐서' 로 이해됨. '받치다' 는 화 따위의 심리적 작용이 강하게 일어나다.
34) 숫쳐. 기본형은 '숫치다'. 느낌 따위가 세차게 일어나다.
35) 滋味 : 재미.
36) 내버려진.

'이브터우'에 있는 르라—브르라고 하는 종물간옥[37]의 집에 고용되었을 적은 제가 열여섯 살 먹었을 때입니다.

어버이님네들은 벌써 한으씩[38] 죽어버리셨고 한 사람 일가친척親戚도 없었겠지요.

르라—브르라고 하는 주인되시는 양반은 그것 참 보기 싫은 눈띠 눈띠[39]로 저를 보시곤 하셨겠지요. 그러면서는 제 뺨을 문지르기도 하고 잡아당기기도 하셨습니다. 그러자 저는 그만 오랫동안 그곳 있고 싶은 생각은 없어졌어요. 저는 확실히 모든 것을 짐작하였던 것이올시다. 시골어른들은 모두 무던하시고 대범스러운 양반들이지만서도 르라—브르라고 하는 양반兩班은 매번每番 일요일日曜日날마다 교회敎會에도 다니시는 믿음이 두터운 노인이었습지요. 마침 나는 그만 그만 그 양반을 신용할 수 있는 어른이라고 하던 일은 믿을 수 없이 되고 말았습니다. 한데 어느 날인가 그리 했었지요. 제가 부엌을 서르짓고[40] 있노라니까 되지 못게 그 양반兩班이 들어오셔서 저를 힘 가진까지[41] 껴안아 붙들고서는 무리스럽게도 행실行實을 부릴려고 하시겠지요. 저는 굳건히 그것을 막아 거슬렀습니다요. 그리고는 그대로 슬금 나가버리고 말았습니다.

그 고을에는 저희들 집과 무주[42] 향하여 듀탄 어른이라고 하는 향료식품香料食品을 파는 장사 사람이 살고 있었습니다. 듀탄 어른의 집에는 무던히 서리서리한[43] 중노미[44]가 하나 있었다구요. 그 중노미가 또 늘상 제게 빌납은[45] 눈띠를 주기도 하며 좋게 지내고자 하기도 하였습니다. 그래

---

37) 種物間屋 : '종묘상種苗商'을 가리키는 것으로 보임. '종물種物'은 초목의 씨앗을 가리키며, '간옥間屋'은 거간하는 집, 즉 상점으로 이해됨.
38) '하나씩'으로 이해된다.
39) 눈치.
40) 설거지하고. '서르지'는 '설거지'의 잘못.
41) 힘껏.
42) '마주'로 이해된다.
43) '서리서리하다'는 '감정이 복잡하게 얽혀 있다'는 뜻이지만, 문맥상 썩 어울리지는 않는 것으로 보인다.
44) 음식점, 여관 따위에서 허드렛일을 하는 남자.
45) '별납은'으로 이해됨. '별납은'은 '별난' 또는 '별스러운'의 뜻이다.

서요 저는 그대로 내버려 두었어요. 그 따위 일은 아무런 사람에게라도 있는 일이 아니올습니까요. 그렇겠지요. 그런 인줄[46]로 해서 매밤 한 모양으로 저는 대문大門을 후려[47] 잠그지 않은 채로 두어 두고 하였어요. 그리하면 기어코 중노미가 왔어요.

그랬더니만 어느 날 저녁 르라―브르 어른의 귀에 그 소리가 들어갔던 모양이올시다. 그래서 올라 와서는요 안토완누를 죽여 때릴리라 하고 생각하였던 모양이야요.

아니나[48] 의자椅子가 공중空中거리를 한다[49] 물이 가득한 바리[50]가 뒤엎어진다 무엇 무엇할 것 없이 모두 깨어져 버리면서 무서운 싸움은 시작되었습니다.

나는 옷가지들을 드는지 마는지 하게 얼이 빠진 채로 네거리 길거리에 뛰어나왔습니다. 이렇게 해서 근채로 그곳을 나와 버린 것이었습니다.

나는 한 가지 무서움이 있었습니다. 늑대가 오지는 않을까 하는 무서움이…… 나는 한 어떤 집 문門지방을 의지 삼아 옷을 입었습니다.

그로부터는 그저 그저 바른 쪽만 내다보면서 길을 걸어갔습지요. 저는 꼭 그곳 집에서는 지금 바로 누가 하나 죽음을 당當하고 경찰警察에서는 팔방八方으로 손을 늘여 바로 저의 수색搜索을 시작始作하고 있을 것이 분명分明하리라고 생각하였댔어요.

저는 그러는 동안 루―안의 큰 거리로 나왔습니다.

벌써 밤은 깊어서 얼마 앞이라도 분간分揀할 수가 없었습니다. 구렁[51]과 돌처[52] 같은 것도 보이지 않으므로 조심조심히 걸었습니다. 다만 오직 먼

---

46) 어떤 사람이 다른 사람 또는 대상과 맺는 연계.
47) 기본형은 '후리다'. '지치다'의 방언. 문을 잠그지 아니하고 닫아만 두다.
48) 아니나 다를까.
49) 의자가 날아다니는 소동이 일어난 모습을 묘사하는 말.
50) 바닥에서 아가리 쪽으로 벌어져 올라가 아가리의 지름이 20cm 이상인 토기. 보통 높이가 아가리 지름보다 짧으며, 음식 그릇으로 쓴다.
51) 움쑥하게 팬 땅.
52) 돌채. '도랑'의 방언.

농가農家에서는 개 짖는 소리만이 들려왔습니다.

사람은 재밤[53]에 소리 나는 여러 가지 소리를 알아 분간할 수가 있을까요?

새들은 목을 잘린 사람 모양으로 꺾꺾하면서 울겠지요. 짐승들은 짖기도 하고 앙앙하면서 날카로운 헐떡거리듯 하는 소리를 내겠지요. 그리고 사람 모르는 가지각색 소리가 모두 들려오겠지요. 너무도 무서워서 저는 움쭉 소스라쳤습니다. 소리가 날 때마다 십자+字를 그었습니다. 이런 때에 가슴이 어떻게 뛰놀아 오르는지 남들은 아무런 대도[54] 상상할 수가 없으리란 말이야요.

밤이 밝자 다시금 경관의 일이 염려되어서 움쭉하지 않고는 있을 수가 없었어요. 또 내빼었습니다.

그러는 동안에 차차 정신이 가라앉게 되어왔습니다.

하고본 즉 이제는 아무리 머리가 어지럽고 정신이 올 성 갈 성할지라도[55] 그런 일에 상관할 새도 없이 배고픈 줄을 알게 되었습니다. 한데 제게는 아무런 것도 없지 않아요. 그런데다가 한 돈도…… 이 세상에서는 저의 전재산이었던 돈 십팔+八 프랑은 저 오리가리[56] 덤비는 바람에 가지고 나올 줄을 잊어버렸던 것이야요.

그러자 저는 근채로 노래 부르는 바람결에 불려가는 대로 불려가는 대로 그냥 갔습니다.

그야 참으로 더운 날이었겠습니다. 찌르는 듯이 내려 쪼이는 햇볕이었습니다. 낮밤 때도 어느 틈엔지 지나가 버렸습니다. 단지 저는 걷는 대로 발판 나가는 대로 나아갈 뿐이었습니다.

갑작스럽게 발뒤꿈치가 울리도록 말발굽 소리가 들리겠지요.

---

53) 한밤. 한밤중.
54) 아무리 해도.
55) 정신이 들어올 듯 나갈 듯할지라도. 정신이 왔다갔다 할지라도.
56) 여러 가닥의 오리나 갈래로 갈라지거나 째진 모양.

어쩔 줄 모르고 뒤를 돌아다본 즉은……저 보세요 경관[警官] 한 물키니 물키니[57]더란 말씀이에요! 더운 피가 어룰[58] 위로 떠오르는 것 같았습니다. 아이구머니 그만 잡히게 되고 말았구나라고 생각하였어요. 한데도 저는 그저 척 모르는 척하고 있었어요.

그 사람들은 저를 따라잡았습니다. 거의 따라와서는 물끄러미 제 몸을 아래위로 온통 훑어보기 시작하겠지요. 그 중에도 제일 나쌀[59]이 많은 흉측한 사람이

"어디로 가는가요"하면서 저를 보고 묻습디다요.

"어디를 가시는 어른들이시야요"하고 저도 물어보았습니다.

"그런데 그렇게 하고 어디를 가는가 말이오 그려?"

"네 루안까지 가려고 나섰습니다. 무엇 일이라도 한곳 얻어할 만한 궁기[60] 있다고 기별을 하여 주었어요……."

"아하 그럼 그곳을 걸어가는가요?"

"네 그렇습니다."

나리님 제가요 그 참 얼마나 무서웠겠습니까? 가슴이 울렁울렁하여서 그만한 말도 더 할 수 없이 되었대서요. 제 생각에는 '꼭 잡혔지'라고 하였습니다.

그래서 달아 뛰어나고 싶은 생각도 들어갑디다만은 그런 생각만 해도 다리가 벌벌 떨려 들어오겠지요.

그래도요 그런 일하기는 한다고 해도 곧 덧쫓아[61] 잡히고 말면 그제야말로 야단이 날 것이라고도 생각하기는 하였어요. 그럴 것이 아니에요.

먼저 말하던 사람이 또 이리했습니다.

---

57) '떼'의 방언.
58) '얼굴'의 평북 방안.
59) 나잇살. 지긋한 나이를 낮잡아 이르는 말.
60) '구멍'의 방언.
61) '거듭 쫓아'의 뜻으로 이해된다.

"색시 우리들은 일로부터 부란덴으로 가는 터인데 어쩔까요 여하튼 길은 한길인 즉 동행同行을 하면 어쩔까요?"

"참 좋습니다."

그런 대로 저의 몸은 함께 이야기하면서 갔습니다.

저는 할 수 있는 대로 쾌활한 모양을 지었습지요. 아하 그러니까요 그 사람들은 저를 의심할 것도 없이 있는 일 없는 일을 모조리 신용信用하여 주더라니까요.

그러다가 어떤 숲 속을 지나가게 되었을 적에 같은 그 사람이 이렇게 말을 합니다.

"잇기[62] 위에서라도 좀 앉아서 쉬어가고 싶은데 어때요 네 색시도."

저는 아무 생각도 안 하고

"당신 하고 싶은 대로 합시다려" 하면서 대답을 하였습니다.

그러한즉 그 사람은 말을 내려서 말은 다른 경관에게 주고 저 혼자 이편으로 걸어오겠지요. 그 모양이 되어서 저는 그 사람과 단둘이 숲 속을 걷고 있습니다.

벌써 저로서는 '아니 싫다' 하면서 거역할 수가 없게 되었대셔요. 그 때에 제 몸의 자리에 가시면[63] 당신은 어떻게 하시겠나요? 그는 제 몸을 잡아가지고 별의별짓을 다 하면서 되라될 대로[64] 놀고 나서는 "이 친절한 동무를 잊지 말아요"하였습니다. 그리고는 또 다른 사람이 저를 가지고 보잘 것 없이 만들어놓고 있는 동안에 말을 지키러 갔습니다.

저는 그만이나 울려 해도 울 수도 없도록 부끄럽고 맘이 타겁엇셔요.[65] 네 그러나 저는 저는 거역할 수가 없게 되었더라는 말씀이에요. 네 아니 그래요 아시다시피.

---

62) '이끼'의 옛말.
63) 제 입장이 되신다면.
64) 되는 대로. 아무렇게나 함부로.
65) 타겁다. '티껍다'로 추정됨. '더럽다'의 평북 방언.

그렇게 놀고는 저희들은 다시 떠나갔습니다. 저는 이제 더 다시 말씀 드릴 수는 없습니다. 가슴은 어두운 설움에 헤기워 찢길 상 싶었습니다. 그런데다가 그제는 배가 자꾸 자꾸 고파 들어와서 걸음까지 걸을 수가 없이 되었겠지요.

마침내 어떤 촌중村中 앞을 지날 때에 그 사람들은 제게 포도주葡萄酒를 한 잔 주었습니다. 그래서 어떻든 잠간 동안은 오력[66]이 좀 서는 것 같았습니다.

그로부터 그 사람들은 저와 같은 계집과 함께 부란덴을 지나갈 수 없다고 하면서 급속히 걸어가기를 시작합디다요.

다만 혼자 남겨 놓인 저는 개굴[67] 옆에 앉아서 눈물이 있는 데까지만은 울었던 듯해요.

그 곳에서도 오히려 루안까지 가는 데는 세 시간이나 나는 무거운 발을 질질 끌면서 걸었습니다.

루-안에 들어가기는 밤 일곱 시 쯤이었습니다. 거리로 들어가자 위선 거리의 맑고 밝게 빛나는 등불빛이 눈으로 배어 들어와서 시우리[68] 못 견딜 것 같았습니다.

그리고 그 뒤에는 저는 어디 좀 앉아볼까 하고 바재였겠지요.[69] 거리에는 개굴도 있으며 풀이 돋아 자란 곳도 있었어요. 그곳에서는 누워 자기에도 편할 듯 합디다. 그러하든 것이 도회都會에를 들어서게 되면 그런 것은 일절 없겠지요.

두 다리는 그만 끔물끔물하여서 상체까지 주려 드는 것 같고요. 그리고는 이대로 죽어버리지나 않는가 하고 생각할 때에는 어느덧 눈물이 흘

---

66) '오금' 으로 이해됨.
67) '개울' 의 방언.
68) '시울이' 로 추정됨. '시울' 은 눈이나 입 언저리의 약간 굽거나 휜 부분의 가장자리.
69) 기본형은 '바재이다'. 바장이다. 부질없이 짧은 거리를 오락가락 거닐다. 마음에 걸리는 것이 있어서 자꾸 망설이거나 머뭇거리다.

러났겠지요.

그러는 동안에 비가 오기 시작하였습니다. 참 실 같은 비가 오기 시작하였어요. 그날 밤은 오는 줄도 모르게 솔솔 내려 뿌리는 보들게[70]와도 같은 비였습니다. 그즘은 비가 오는 일은 별로 많지도 않았습니다. 그래 저는 또 거리 길로 걸어 다니기 시작하였습니다.

양 옆에 집들이 즈런히[71] 나란히 하여 있었어요. 저는 그것을 쳐다보면서 '여기는 곳곳이 침상이 놓여 있겠지. 팡[72] 이랄까 또는 그러한 여러 가지 먹을 물건이 있겠지. 그런데 나야말로 한 조각대기 굳은 팡도 한 거죽대기[73] 답깔기[74]도 얻어볼 수가 없는구만' 이대도록[75] 혼자 중얼거리며 걸어 다닐 수밖에 없었어요.

나는 그러는 동안에 알지도 못하고 여편네들이 지나가는 사나이 사람들을 불러가지고는 별스러운 말을 소곤대이는 거리고 나오게 되었어요. 그곳서는 사나이들이 정욕情慾대로 무엇이나 즐기는 행실行實을 할 수가 있는 곳입디다요.

저도 그 같은 계집년들 모양으로 사나이 사람을 부르기 시작하였습니다. 해도 저를 돌아다보려고 하는 사람이 하나도 없었습니다. 저는요 그래서 일즉[76] 죽어버리고 말까보다 하는 생각까지 하여 보았겠지요. 그런대로 밤들기[77]까지 사나이 사람을 닥치는 대로 부르고 있었습니다. 저는 그 때에는 제가 하는 놀금[78]이라도 당초當初[79]에 까닭을 알 수 없습디다. 그러하던데 마침 어느 양반 한 분이 제가 부르는 소리에 귀를 기울이게 되

---

70) '보두락게'로 추정된다. '쌀겨'의 방언.
71) '즐비하게'로 추정된다.
72) 빵.
73) 거적때기.
74) 분명하게 밝혀지지 않았으나, 함부로 쓰는 깔개의 일종으로 보인다.
75) 이다지.
76) '일찍'의 옛말.
77) 기본형은 '밤들다'. 밤이 깊어지다.
78) 물건을 살 때에, 팔지 않으려면 그만두라고 썩 낮게 부른 값.
79) 처음, 맨처음, 애초.

지 않았겠어요.

그 사람은 저한테 물었습니다.

"네 집은 어디니?"

그 사람은 어서 빨리 정욕을 심우고 싶은 데만 눈이 빨개서 야릇하게도 조급히 구는 것이 어찌나 깜찍스러워 보이던대요.

저는 그래서 대답을 하였습니다.

"나는 우리집으로 당신을 불러들일 수는 없는 몸이어요. 나는 어머님과 한테[80]서 살으니까 말입니다. 하니까요 어데나 그런 작난질[81]하기에 맞참은[82] 곳이 있지 않을까 모르겠습니다."

"어허 나도 흔히 이십二十 전錢 짜리 총을 빌어 가지고 놀아본 일이 있는걸."

그러면서 좀 무엇을 생각하는 모양이더니만 이어 말하기를

"이리 따라와 좋은 곳이 있지. 거기를 가면 종용[83]도 할 뿐더러 애 먹일 물건도 없고 노름 피기에 썩 좋아." 이와 같이 말을 하면서요.

어떤 다리 근처까지 왔었지요. 그 사람은 저를 먼저 앞세워가지고 거리 밧겻[84]까지나 왔습니다. 그곳은 바다의 언덕에 청초青草가 자란 곳이었습니다. 저는 인제는 더 그 사람을 따라갈 힘도 없이 되었댔습니다.

그 사람은 제 몸을 앉혀 놓고 이곳까지 온 까닭을 들려줍디다그려. 그런데 그 이야기는 원체 너무도 길어서 차츰차츰 저는 몸이 곤하여지며 사지四肢가 보들보들하여 그만 그대로 잠이 들어버렸던 듯도 하게 생각나는 것밖에는 저는 지금은 더 기억할 수가 없어요.

---

80) 한데. 한곳이나 한군데.
81) 장난질.
82) 기본형은 '마찹다'. '마땅하다'의 평북 방언.
83) 從容 : 조용.
84) 바깥.
85) 分 : 푼. 돈을 세는 단위.
86) 生心 : 어떤 생각을 가지거나 엄두를 냄.

그 사람은 한 분[85]도 주지 않고 가버리고 말았습니다. 그로부터는 다시 저는 다시 저는 살 생념[86]이 없어지고 말았어요.

맨 먼저 말씀드린 것과 같이 비는 그대로 오고 있었어요. 재밤에 진흙 속에서 잔다고야 그런 쓰름도 어디 다시 있을까요. 제 가슴의 쓰리고 아픈 증세症勢는 그때부터 시작始作되었습니다.

그 이튿날 순사巡査 두 분이 잡아 일으켜가지고 주재소[87]로 데리고 갔습니다. 그로부터 그곳 유치장留置場에 여드레 동안을 갇혀 있었습니다. 그러할 동안 사람들은 극력으로 저를 이로 앞날 행복스러운 생활을 하도록 만들어 주려고 애를 태웠습니다. 그리고 어디로조차 제가 왔는지도 조사하는 등 그리합디다요. 그러나 저는 훗달년이던지[88] 그에 관계된 여러 가지 일이 두려웠음으로 한 마디 말도 입 밖에 내지 않았습니다.

이마즉[89] 무죄라는 재판을 받고 겨우 놓여나오게 되었었지요.

이 번은 팡을 얻기 위하여 또 다시금 걸어 다니지 아니 될 날들이 닥쳐 왔습니다.

저는 어느 곳이나 몸 붙일 곳을 찾았어요. 그러나 될 수 없는 일이던대요. 그렇다고 하는 것도 말로 제가 한번 뇌굴[90]에를 들어갔던 몸이 되고 보니까요 아무 사람도 저와는 대구對口를 하려고 하지를 않겠지요.

그러자 우연픗 생각나는 것은 그 경찰서警察署에서 저를 취조하던 늙은 재판관裁判官의 일이었어요. 그이는 이브터우에 사는 르라ㅡ브르라고 하는 양반의 하던 품으로 여러 가지 제게 다 신문訊問하던 걸요.

그래 저는 그이한테로 가 보았습니다. 제 생각은 바로 들어맞았겠

87) 駐在所 : 일제 강점기에, 순사가 머무르면서 사무를 맡아보던 경찰의 말단 기관.
88) 그 의미가 분명히 알 수 없으나, 문맥상 '후달거리던지'로 추정해 볼 수 있다.
89) 이마적. 지나간 얼마 동안의 가까운 때.
90) 牢窟 : 감옥.
91) 그만한. 그만큼의.

지요.

재판관은 돌아올 차부에 저한테 돈 백百 스우류 주면서 말이

"찾아오기만 하면 언제든지 그맛[91] 돈은 주지. 그런데 한 주일週日에 두 번 더는 오지 말어." 이럽합디다.

그이의 연세年歲로 보면 그 말도 결코 무리하다고는 생각지 않았어요. 그런데 그 말은 저를 반성시켜 주었습니다.

속맘으로 '젊은 사내들은 모두 다만 우악스럽게 우악스럽게 덤비면서 더러운 행실로만 심장이 시원하게 되지만도 늙은이는 또 지방질肪肪質이 조금 덜 하지만서도 그런 데 들어서야말로 특히 별문제로다' 하고 심심히 생각하였습니다.

그러한 즉 저는 그만하면 지금쯤은 모든 것을 하나 남길 것도 없이 다 알았어요. 쥐구멍 같은 눈에 참나무 토막 같은 대구리[92]를 가지고 있는 나이 먹은 잔나비 새끼의 하는 짓을 남겨둘 겨를도 없이 다 알았어요.

제가요 그때에 무엇을 하였는지 나리님 아시나봐? 저는 사쟈마쟈한 보본을 입고 밥을 구하려고 길거리로 달아 돌아다녔습지요.

아아 저는 첫 번으로 단 한방에 쏘아 맞혔습니다.

저는 "여—라 걸닌다 걸닌다"하고 혼자 중얼거렸습니다.

사나이 사람이 이제 옆으로 와서 이런 말을 하겠지요.

"야—하 색시님 잘 있소."

"잘 있소."

"자 어디로 가오."

"주인집으로 돌아가는 길이올시다."

"얼마나 멀어? 주인집이라고 하는 데는."

---

92) 대가리. 동물의 머리.
93) 이야기의 재료나 말할 거리.
94) 禮套: '예투禮套'의 잘못인 듯하다. '예투'는 '상례常例가 된 버릇'을 뜻함.

"그래 얼마나 멀까요."

그러다가 그는 말거리[93]가 없어진 모양인 듯 하였어요. 저는 그한테 까닭을 말하여 주기 위하여 걸음을 늦추겠지요.

하면 그는 퍽 적은 목소리로 무슨 말이라고 하는지 두서너 마디 예투[94]의 말로 하는 것이 "나한테 와 줘." 이런 말을 듣게 되고는 하지요.

저는 처음은 부끄러움에 좀 꺼렸지만서도 (아마 짐작하실테지요) 그럭저럭 그 사람 하자는 대로 몸을 맡기게 되고 말아요.

이런 솜씨로 매일 아침 두 군데나 세 군데서는 벌게 됩니다. 그리하여 날마다 오후에는 자유로운 몸이 됩니다. 저는 그것이 조금도 싫은 노릇이 아니게 되었어요 지금은!

그리던 것이 차츰차츰 이와 같은 생활에 입신入身을 하고 말은 것이야요.

그런 말썽 없는 때도 오래 가지는 않아요. 경찰에서는 까다롭게 되어 갔습니다.

불길한 운수는 마침내 제 몸을 그곳 상류사회上流社會의 어떤 재산가財産家와 낯을 얻게 하였습니다. 그는 톡톡히 예순다섯 살이나 된 늙은 사람으로서 재판장을 지낸 사람이라고 해요.

어느 날 저녁 일이었습니다. 그는 그 근처에 있는 레스토랑에서 저녁을 같이 하게 할 터이니 와 달라고 저를 불렀어요. 그로부터 서로 알고 지내게 되지 않았겠어요? 그 사람은 제 몸을 제가 돌볼 줄을 모르는 사람이었던 모양이지요. 그 늙은 사람은 데스써–르가 되었을 때에 끔쩍 죽어 버리고 말지 않았겠어요!

그날로부터 '요주의감독인要注意監督人'이라고 하는 명목하名目下에 석달 동안이나 뇌옥牢獄 속에 집어넛대리워 있었습니다.

그리하자 인제는 그곳을 떨치고 떠나서 파리로 왔댔어요.

아아 그야말로 그야말로 이곳서는 이곳 파리에서는 먹고 지나기만이 그리 쉽게 되지를 않았어요.

날마다 밥 먹을 것조차 얻기가 힘들어 하는 사람들이 이곳서는 산더미같이 굴러다닙니다.

이러나저러나 사람은 누구나 그만한 괴로움은 있는 것이겠지요. 그래요 안그래?

그 계집은 말을 뚝 끊쳤다.

나는 그 계집 옆으로 꽉 잘라맨 맘을 억눌러가면서 걷고 있었다.

하더니 문득 그 계집은 흠 없는 사이처럼 다정히 나를 보며 말을 꺼냈었다.

"아니 그래 인제 저한테로 함께 가시지를 않으세요?"

"그러길 내 아까도 말하지 않았어."

"그래 자 떨어지고 마는 것이지요 네? 아무튼 고마웠습니다. 조금이나 밉굴시럽게[95] 알든지 할 일 없어요. 그래도 당신 그것은 잘못 생각이시지요. 그만큼 말하여 두니까요. 자 그런대로 그러면 안녕히 가십시요……"

이러다가 불서러운[96] 그 계집은 엷은 깁 무늬와 같이 아른거리는 섬세하게 내리는 비의 가운데로 멀리 스러져가고 말았다.

멀리 희고 파릇한 와사등[97] 불빛에 함빡이[98] 몌 감으면서 잽시잽시 걸어가는 그의 뒷 태도를 물끄러미 바라보고 있는 동안에 왼[99] 마지막에는 어두운 속에 쌓여 들어가며 보이지 않게 되었다.

불서러운 색시!

—《배재》(1923. 3).

---

95) 밉꼴스럽게. 밉살스럽게.
96) 매우 서러운. 기본형은 '불섫다'. '신세가 매우 가엾다'는 의미의 평안 방언.
97) 瓦斯燈 : 가스등.
98) 흠뻑.
99) '맨'의 평안 방언. 더 할 수 없을 정도나 경지에 있음을 나타내는 말.

시혼

1

적어도 평범한 가운데서는 물物의 정체正體를 보지 못하며, 습관적 행위에서는 진리眞理를 보다 더 발견할 수 없는 것이 가장 어질다고 하는 우리 사람의 일입니다.

그러나 여보십시오. 무엇보다도 밤에 깨어서 하늘을 우러러 보십시오. 우리는 낮에 보지 못하던 아름다움을, 그곳에서, 볼 수도 있고 느낄 수도 있습니다. 파릇한 별들은 오히려 깨어 있어서 애처롭게도 기운 있게도 몸을 떨며 영원을 소삭입니다. 어떤 때는, 새벽에 져가는 오요한 달빛이, 애틋한 한 조각, 숭엄崇嚴한 채운¹의 다정한 치맛귀²를 빌어, 그의 가련한 한두 줄기 눈물을 문지르기도 합니다. 여보십시오, 여러분. 이런 것들은 적은 일이나마, 우리가 대낮에는 보지도 못하고 느끼지도 못하던 것들입니다.

다시 한 번, 도회都會의 밝음과 지껄임이 그의 문명文明으로써 광휘光輝와 세력을 다투며 자랑할 때에도, 저, 깊고 어두운 산과 숲의 그늘진 곳

---

1) 彩雲 : 여러 빛깔로 아롱진 고운 구름.
2) 치마의 모서리 부분.

에서는 외로운 버러지[3] 한 마리가, 그 무슨 슬픔에 겨웠는지, 쉼 없이 울지고[4] 있습니다. 여러분. 그 버러지 한 마리가 오히려 더 많이 우리 사람의 정조情操답지 않으며, 난들[5]에 말라 벌 바람에 여위는 갈대 하나가 오히려 아직도 더 가까운, 우리 사람의 무상無常과 변전變轉을 서러워하여 주는 살뜰한 노래의 동무가 아니며, 저 넓고 아득한 난바다[6]의 뛰노는 물결들이 오히려 더 좋은, 우리 사람의 자유를 사랑한다는 계시啓示가 아닙니까. 그렇습니다. 잃어버린 고인故人은 꿈에서 만나고, 높고 맑은 행적의 거룩한 첫 한 방울의 기도企圖의 이슬도 이른 아침 잠자리 위에서 듣습니다.

우리는 적막한 가운데서 더욱 사무쳐 오는 환희를 경험하는 것이며, 고독의 안에서 더욱 보드라운 동정同情을 알 수 있는 것이며, 다시 한번, 슬픔 가운데서야 보다 더 거룩한 선행善行을 느낄 수도 있는 것이며, 어두움의 거울에 비치어 와서야 비로소 우리에게 보이며, 살음을 좀 더 멀리한, 죽음에 가까운 산마루에 서서야 비로소 살음의 아름다운 빨래한 옷이 생명의 봄 두던[7]에 나부끼는 것을 볼 수도 있습니다. 그렇습니다. 곧 이것입니다. 우리는 우리의 몸이나 맘으로는 일상에 보지도 못하며 느끼지도 못하던 것을, 또는 그들로는 볼 수도 없으며 느낄 수도 없는 밝음을 지워버린 어두움의 골방에서며, 살음에서는 좀 더 돌아앉은 죽음의 새벽빛을 받는 바라지[8] 위에서야, 비로소 보기도 하며 느끼기도 한다는 말입니다. 그렇습니다, 분명합니다. 우리에게는 우리의 몸보다도 맘보다도 더욱 우리에게 각자의 그림자같이 가깝고 각자에게 있는 그림자같이 반듯한 각자의 영혼이 있습니다. 가장 높이 느낄 수도 있고 가장 높이 깨달

---

3) 벌레.
4) 기본형은 '울지다'. 울어 눈물지다. 쉼 없이 울다.
5) 마을에서 멀리 떨어진 넓은 들.
6) 육지에서 멀리 떨어진 넓은 바다.
7) '언덕'의 방언.
8) 방에 햇빛을 들게 하려고 벽의 위쪽에 낸 작은 창.

을 수도 있는 힘, 또는 가장 강하게 진동이 맑지게 울리어 오는, 반향反響과 공명共鳴을 항상 잊어버리지 않는 악기樂器, 이는 곧, 모든 물건이 가장 가까이 비치어 들어옴을 받는 거울, 그것들이 모두 다 우리 각자의 영혼의 표상이라면 표상일 것입니다.

2

그러한 우리의 영혼이 우리의 가장 이상적理想的 미美의 옷을 입고, 완전한 운률韻律의 발걸음으로 미묘한 절조[9]의 풍경 많은 길 위를, 정조情調의 불붙는 산마루로 향하여, 혹은 말의 아름다운 샘물에 심상心想의 작은 배를 젓기도 하며, 이끼 돋은 관습의 기구[10]한 돌무더기 새로 추억의 수레를 몰기도 하여, 혹은 동구洞口 양류陽柳에 춘광春光은 아리땁고 십이곡방十二曲坊에 풍류風流는 번화繁華하면 풍표만점風飄萬點[11]이 산란散亂한 벽도화碧桃花 꽃잎만 저흩는[12] 우물 속에 즉흥卽興의 두레박을 드놓기도 할 때에는, 이 곧, 이르는 바 시혼詩魂으로 그 순간에 우리에게 현현顯現되는 것입니다.

그러한 우리의 시혼詩魂은 물론 경우에 따라 대소심천[13]을 자재변환自在變換하는 것도 아닌 동시에, 시간과 공간을 초월한 존재입니다.

어디까지 불완전한 대로 사람의 있는 말의 정精을 다하여 할 진대는, 영혼은 산과 유사하다면 할 수도 있습니다. 가람[14]과 유사하다면 할 수 있습니다. 초하루 보름 그믐 하늘에 떠오르는 달과도 유사하다면, 별과도 유사하다면, 더욱 유사할 것입니다. 그러나 산山보다도 가람보다도, 달 또는 별보다도, 다시금 그들은 어떤 때에는 반드시 한번은 없어도 질 것

---

9) 節操 : 법도에 맞고 바른 규모.
10) 崎嶇 : 험하고 사나움.
11) 수많은 꽃잎이 바람에 휘날리는 모양.
12) '저어서 흩어놓는'의 뜻으로 보임.
13) 大小深淺 : 크고 작고 깊고 옅음.
14) '강'의 옛말.

이며 지금도 역시 시시각각時時刻刻으로 적어도 변환되려고 하며 있지만은, 영혼은 절대로 완전한 영원의 존재며 불변의 성형입니다. 예술로 표현된 영혼은 그 자신의 예술에서, 사업과 행적으로 표현된 영혼은 그 자신의 사업과 행적에서, 그의 첫 형체대로 끝까지 남아 있을 것입니다.

따라서 시혼詩魂도 산과도 같으면은 가람과도 같으며, 달 또는 별과도 같다고 할 수는 있으나, 시혼詩魂 역시 본체는 영혼 그것이기 때문에, 그들보다도 오히려 그는 영원의 존재며 불변의 성형일 것은 물론입니다.

그러면 시작품詩作品에는, 그 우열 또는 이동異同에 따라, 같은 한 사람의 시혼詩魂일지라도 혹은 변환한 것 같이 보일런지도 모르지마는 그것은 결코 그렇지 못할 것이, 적어도 같은 한 사람의 시혼은 시혼 자신이 변하는 것은 아닙니다. 그것은 바로 산과 물과, 혹은 달과 별이 편각片刻에 그 형체가 변하지 않음과 마치 한가지입니다.

그러나 작품에는, 그 시상詩想의 범위, 리듬의 변화, 또는 그 정조情調의 명암明暗에 따라, 비록 같은 한 사람의 시작詩作이라고는 할지라도, 물론 이동은 생기며, 또는 읽는 사람에게는 시작 각개의 인상을 주기도 하며, 시작 자신도 역시 어디까지든지 엄연한 각개各個로 존립될 것입니다, 그것은 또 마치 산색山色과 수면水面과, 월광성휘[15]가 모두 다 어떤 한때의 음영陰影에 따라, 그 형상을, 보는 사람에게는 달리 보이도록 함과 같습니다. 물론 그 한때 한때의 광경만은 역시 혼동할 수 없는 각개의 광경으로 존립하는 것도, 시작의 그것과 바로 같습니다.

그렇다고, 산색 또는 수면, 혹은 월광성휘月光星輝가 한때의 음영에 따라, 때때로, 그것을 완상[16]하는 사람의 눈에 달리 보인다고, 그 산수성월山水星月은 산수성월 자신의 형체가 변환된 것이라고는 결코 할 수 없는 것입니다.

---

15) 月光星輝 : 달빛과 별빛.
16) 翫賞 : 즐겨 구경함.

시작에도 역시 시혼 자신의 변환으로 말미암아 시작에 이동이 생기며 우열이 나타나는 것이 아니라, 그 시대며 그 사회와 또는 당시 정경情境의 여하에 의하여 작자의 심령心靈 상에 무시無時로 나타나는 음영의 현상이 변환되는 데 지나지 못하는 것입니다.

겨울에 눈이 왔다고 산 자신이 희어졌다는 사람이야 어디 있겠으며, 초생이라고 초생달은 달 자신이 구상鉤狀이라는 사람이야 어디 있겠으며, 구름이 덮인다고 별 자신이 없어지고 말았다는 사람이야 어디 있겠으며, 모래바닥 강江물에 달빛이 비친다고 혹은 햇볕이 그늘진다고 그 강江물이 '얕아졌다' 혹은 '깊어졌다'고 할 사람이야 어디 있겠습니까.

3

여러분. 늦은 봄 삼월 밤, 들에는 물 기운 피어오르고, 동산의 잔디밭에 물 구슬 맺힐 때, 실실히 늘어진 버드나무 옅은 잎새 속에서, 옥반玉盤에 금주金珠를 굴리는 듯, 높게, 낮게, 또는 번煩그러히[17], 또는 삼가는 듯이 울지는 꾀꼬리 소리를, 소반같이 둥근 달이 등잔같이 밝게 비추는 가운데 망연茫然히 서서, 귀를 기울인 적이 없으십니까. 사방을 두루 살펴도 그 때에는 그늘진 곳조차 어슴푸레하게, 그러나 곳곳이 이상異常히도 빛나는 밝음이 살아있는 것 같으며, 청명淸明한 꾀꼬리 소리에, 호젓한 달빛 아닌 것이 없습니다.

그러나 여보십시오, 그곳에 음영陰影이 없다고 하십니까. 아닙니다 아닙니다, 호젓이 비추는 달밤의 달빛 아래에는 역시 그에뿐[18] 고유固有한 음영이 있는 것입니다. 지나[19] 당대唐代의 소자첨蘇子瞻의 구句에 '적수공

---

17) 번거롭게.
18) 그것에만 있는.
19) 支那: '진秦'이 와전된 것으로, '중국中國'을 달리 이르는 말.
20) 積水空明: 고요한 물에 비친 달그림자.

명[20] 이라는 말이 있습니다. 이것이 곧 이러한 밤, 이러한 광경의 음영을 띠내인 것입니다. 달밤에는, 달밤에뿐 고유한 음영이 있고, 청려淸麗한 꾀꼬리의 노래에는, 역시 그에뿐 상당한 음영이 있는 것입니다. 음영 없는 물체가 어디 있겠습니까. 나는 존재에는 반드시 음영이 따른다고 합니다. 다만 같은 물체일지라도 공간과 시간의 여하에 의하여, 그 음영에 광도光度의 강약强弱만은 있을 것입니다. 곧, 음영에 그 심천深淺은 있을지라도, 음영陰影이 없기도 하다고는 할 수 없는 것입니다. 영시인英詩人, 아더·시몬드의

"Night, and the silence of the night;
In the Venice far away a song;
As if the lyrics water made
Itself a serenade;
As if the water's silence were a song,
Sent up in to the night,

Night a more perfect day,
A day of shadows luminious,
Water and sky at one, at one with Us;
As if the very peace of night,
The older peace than heaven or light,
Came down into the day."

라는 시詩도 역시 이러한 밤의, 이러한 광경의 음영을 보인 것입니다.

그러면 시혼詩魂은 본래가 영혼靈魂 그것인 동시에 자체自體의 변환變換은 절대로 없는 것이며, 같은 한 사람의 시혼에서 창조創造되어 나오는 시

작詩作에 우열이 있어도 그 우열은, 시혼 자체에 있는 것이 아니요, 그 음영의 변환에 있는 것이며, 또는 그 음영을 보는 완상자翫賞者 각자의 정당한 심미적審美的 안목眼目에서 판별되는 것이라고 합니다. 동탁독산[21]의 음영은 낙락장송落落長松이 가지 뻗어 틀어지고 청계수淸溪水 맑은 물이 굽이져 흐르는 울울창창鬱鬱蒼蒼한 산의 음영보다 미적美的 가치에 핍乏할[22] 것이며, 또는 개이지도 않으면서, 비도 내리지 아니하는 흐릿하고 답답한 날의 음영은 뇌성전광雷聲電光이 금시今時에 번갈아 일며 대줄기 같은 빗발이 붓듯이 나려쏟치는 취우[23]의 여름날의 음영보다 우리에게 쾌감이 적을 것이며, 따라서 살음에 대한 미적美的 가치도 적은 날일 것입니다.

그러면 시작의 가치 여하는 적어도 시작에 나타난 음영의 가치 여하일 것입니다. 그러나 그 음영의 가치 여하를 식별하기는, 곧, 시작을 비평하기는 지난至難의 일인 줄로 생각합니다. 나의 애모하는 사장[24], 김억金億 씨가 졸작[25] 〈님의 노래〉

그리운 우리 님의 맑은 노래는
언제나 내 가슴에 젖어 있어요.

긴 날을 문門 밖에서 서서 들어도
그리운 우리 님의 고운 노래는
해지고 저물도록 귀에 들려요
밤들고 잠들도록 귀에 들려요.

---

21) 童濯禿山 : 초목이 없는 헐벗은 산. 민둥산.
22) 모자랄. 떨어질.
23) 驟雨 : 소나기.
24) 師匠 : 학문이나 기예에 뛰어나 남의 스승이 될 만한 사람.
25) 拙作 : 솜씨가 서투르고 보잘것없는 작품. 자기의 작품을 겸손하게 이르는 말.

고이도 흔들리는 노래가락에
내 잠은 그만이나 깊이 들어요
고적孤寂한 잠자리에 홀로 누워도
내 잠은 포스근히 깊이 들어요.

그러나 자다 깨면 님의 노래는
하나도 남김없이 잃어버려요
들으면 듣는 대로 님의 노래는
하나도 남김없이 잊고 말아요.

를 평評하심에, "너무도 맑아, 밑까지 들여다보이는 강물과 같은 시다. 그 시혼詩魂 자체가 너무 얄다."고 하시고, 다시 졸작,

자나 깨나 앉으나 서나
그림자 같은 벗 한 사람이 내게 있었습니다.

그러나 우리는 얼마나 많은 세월歲月을
쓸 데 없는 괴로움으로만 보내었겠습니까!

오늘날은 또다시 당신의 가슴 속, 속모를 곳을
울면서 나는 휘저어 버리고 떠납니다그려!

허수한 맘, 둘 데 없는 심사心事에 쓰라린 가슴은
그것이 사랑, 사랑이던 줄이 아니도 잊습니다.

를 평評하심에, "시혼詩魂과 시상詩想과 리듬이 보조步調를 가즉히[26] 하여

걸어 나아가는 아름다운 시詩다"고 하셨다. 여기에 대하여, 나는 첫째로 같은 한 사람의 시혼 자체가 같은 한 사람의 시작에서 금시今時에 얕아졌다 깊어졌다 할 수 없다는 것과, 또는 시작마다 새로이 별다른 시혼이 생기는 것이 아니라는 것을, 좀더 분명히 하기 위하야, 누구의 것보다도 자신이 제일 잘 알 수 있는 자기의 시작에 대한, 씨氏의 비평 일절—節을 일년 세월이 지난 지금에 비로소, 다시 끌어내어다 쓰는 것이며, 둘째로는 두 개의 졸작이 모두 다, 그에 나타난 음영의 점點에 있어서도, 역시 각개 특유의 미美를 가지고 있다고 하려 함입니다.

여러분. 위에도 썼거니와, 달밤의 꾀꼬리 소리에도 물소리에도 한결같이 그에 특유한 음영은 대낮의 밝음보다도 야반夜半의 어두움보다도 더한 밝음 또는 어두움으로 또는 어스름으로 빛나고 있습니다.

여러분. 가을의 새어가는 새벽, 별빛도 희미하고, 헐벗은 나무 찬비에 처젖은 가지조차 어슴푸레한데, 길 넘는 풀숲에서, 가늘게 들려와서는 사람의 구슬픈 심사心事를 자아내기도 하고 외롭게 또는 하염없이 흐느껴 숨어서는 이름조차 잊어버린 눈물이 수신절부²⁷의 열두 마디 간장肝腸을 끊어도 지게 하는, 실솔²⁸의 울음을 들어보신 적은 없습니까. 물론 그곳에 나타난 음영이 봄날의 청명한 달밤의 그것보다도 물소리 또는 꾀꼬리 소리의 그것들보다도 더 짙고 완연한, 얼른 보아도 알아볼 수 있는 것인 것만은 사실입니다.

그러나 나는 봄의 달밤에 듣는 꾀꼬리의 노래 또는 물노래에서나, 가을의 서리 찬 새벽 울지는 실솔의 울음에서나, 비록 완상玩賞하는 사람에 좇아 그 소호所好는 다를는지 몰라, 모다²⁹ 그의 특유한 음영의 미적 가치

---

26) 가지런히. 나란히.
27) 守臣節婦 : '수신절부守信節婦'의 잘못으로 보임. '수신守信'은 '절개를 지킨다'는 뜻으로, '수신절부守信節婦'는 절개를 지키는 부인을 가리킨다.
28) 蟋蟀 : 귀뚜라미.
29) '모두'의 옛말.

에 있어서는 결코 우열이 없다고 합니다.

그러면 여러분. 다시 한 번, 시혼은 직접 시작詩作에 이식移植되는 것이 아니라. 그 음영으로써 현현顯現된다는 것과, 또는 현현된 음영의 가치에 대한 우열은, 적어도 기其 현현된 정도 급及 태도 여하如何와 형상 여하에 따라 창조創造되는 각자 특유한 미적美的 가치에 의依하여 판정할 것임을 말하고, 인제는, 이 부끄러울 만큼이나 조그만 논문論文은 이로써 끝을 짓기로 합니다.

—《개벽》(1925. 5).

팔베개 노래조

이러구러 제 돌이 왔구나. 지난 갑자년甲子年 가을이러라. 내가 일찍이 일이 있어 영변읍寧邊邑에 갔을 때 내 성벽[1]에 맞추어 성내城內치고도 어떤 외따른 집을 찾아 묵고 있으려니 그곳에 한낱 친지親知도 없는지라, 할 수 없이 밤이면 추야장[2] 나그네 방房 찬 자리에 갇히어 마주보나니 잦는 듯 한 등燈불이 그물러질까[3] 겁나고, 하느니 생각은 근심되어 이리 뒤적 저리 뒤적 잠 못 들어 할 제, 그 쓸쓸한 정경情境이 실로 견디어 지내기 어려웠을레라. 다만 때때로 시멋 없이[4] 그늘진 들가를 혼자 두루 거닐고는 할 뿐이었노라.

그렇게 지내기를 며칠에 하루는 때도 짙어가는 초밤, 어둑한 네거리 잠자는 집들은 인기人氣가 끊겼고 초년初年의 갈구리달[5] 재 너머 걸렸으매 다만 이따금씩 지내는 한 두 사람의 발자취 소리가 고요한 골목길 시커 먼 밤빛을 드들출 뿐이러니 문득 격장[6]에 가만히 부르는 노래 노래 청원 처절淸怨凄絕하여 사뭇 오는 찬 서리 밤빛을 재촉하는 듯, 고요히 귀를 기

---

1) 性癖 : 굳어진 성질이나 버릇.
2) 秋夜長 : '가을밤은 길다' 라는 뜻.
3) 기본형은 '그무러지다'. 흐리고 어둠침침하게 되다. 마음이 침울하게 되다.
4) 아무 생각 없이 멍하니. 망연하게.
5) 갈고리달. 초승달이나 그믐달 따위와 같이 갈고리 모양으로 몹시 이지러진 달.
6) 隔墻 : 담 하나를 사이에 두고 이웃함.

울이매 그 가사歌詞됨이 새롭고도 질박[7]함은 이른 봄의 지새는 새벽 적막한 상두[8]의 그늘진 화병花瓶에 분분芬芬하는 홍매紅梅꽃 한 가지일시 분명하고 율조律調의 고저高低와 단속斷續에 따르는 풍부豊富한 풍정[9]은 마치 천석[10]의 우멍구멍[11]한 산길을 허방지방[12] 오르내리는 듯한 감感이 바이 없지 않은지라, 꽤 사정事情있는 사람으로 하여금 그윽한 눈물에 옷깃 젖음을 깨닫지 못하게 하였을레라.

이윽고 그 한밤은 더더구나 빨리도 자취 없이 잃어진 그 노래의 여운餘韻이 외로운 베개머리 귀밑을 울리는 듯하여 본래本來부터 꿈 많은 선잠도 슬픔에 지치도록 밤이 밝아 먼동이 훤하게 눈터 올 때에야 비로소 고달픈 내 눈을 잠시 붙였었노라.

두어 열흘 동안에 그 노래 주인主人과 숙면熟面을 이루니 금년今年으로 하면 스물하나, 당년當年에 갓 스물, 몸은 기생妓生이었을레라.

하루는 그 기녀妓女 저녁에 찾아와 이런 이야기 저런 이야기로 밤 보내던 끝에 말이 자기 신세에 미치매 잠간 낯을 붉히고 하는 말이, 내 고향은 진주晉州요, 아버지는 정신 없는 사람 되어 간 곳을 모르고, 그러노라니 제 나이가 열세 살에 어머니가 제 몸을 어떤 호남행상湖南行商에게 팔아 당신의 후살[13]의 밑천을 삼으니 그로부터 뿌리 없는 한 몸이 청루[14]에 영락零落하여 동표서박[15]할 제 얼울 없는[16] 종적이 남南으로 문사門司, 향항香港이며, 북北으로 대련大連, 천진天津에 화조월석[17]의 눈물 궂은 생애生涯

---

7) 質朴 : 꾸밈이 없이 수수하다.
8) 狀頭 : '어떤 모양의 머리부분' 을 뜻하는 것으로 이해됨.
9) 風情 : 정서와 회포를 자아내는 풍치나 경치.
10) 泉石 : 물과 돌로 이루어진 자연의 경치. 또는 물속에 있는 돌.
11) 바닥이 반반하지 못하고 약간 우묵하게 팬 모양.
12) '허둥지둥' 을 강조하여 이르는 말.
13) 후살이. 여자가 다시 시집가서 사는 일.
14) 靑樓 : 창기娼妓나 창녀들이 있는 집.
15) 東漂西泊 : 이리저리 떠돌며 지냄.
16) '얼울' 의 뜻이 분명치 않으나, 기본형을 '어우르다' 로 보면 '어울러 살 길 없는' 의 뜻으로 이해됨.
17) 花朝月夕 : 꽃 피는 아침과 달 밝은 밤이라는 뜻으로, 경치가 좋은 시절을 이르는 말.

가 예까지 굴러 온 지도 이미 반 년半年 가까이 되었노라 하며 하던 말끝을 미처 거두지 못하고 걷잡지 못할 설움에 엎드러져 느껴가며 울었을러니, 이 마치 길이 자 한 치 날카로운 칼로 사나이 몸의 아홉 구비 굵은 심장心臟을 끊고 찌르는 애달픈 뜬 세상[18] 일의 한 가지 못보기라고 할런가.

있다가 이윽고 밤이 깊어 돌아갈 즈음에 다시 이르되 기명妓名은 채란이로라 하였더니라.

이 팔베개 노래조調는 채란이가 부르던 노래니 내가 영변寧邊을 떠날 임시臨時하여[19] 빌어 그의 친수親手[20]로써 기록하여 가지고 돌아왔음이라. 무슨 내가 이 노래를 가져 감敢히 제대방가[21]의 시적詩的 안목을 욕되게 하고자 함도 아닐진댄 하물며 이맛[22] 정성위음[23]의 현란스러움으로써 예술의 신엄神嚴[24]한 궁전宮殿에야 하마[25] 그 문전門前에 첫발걸음을 건들어 놓아보고자 하는 참람僭濫[26]한 의사를 어찌 바늘만큼인들 염두에 둘 리理 있으리오마는 역시 이 노래 야비野卑한 세속의 부경浮輕[27]한 일단一端을 칭도稱道[28]함에 지나지 못한다는 비난非難에 마출지라도[29] 나 또한 구태여 그에 대對한 둔사遁辭[30]도 하지 아니하려니와, 그 이상以上 무엇이든지 사양 없이 받으려 하나니, 다만 지금只今도 매양 내 잠 아니 오는 긴 밤에 와 나 홀로 거니는 감도는 들길에서 가만히 이 노래를 읊으면 스스로 금禁치 못할 가련可憐한 느낌

---

18) 世相 : 덧없는 세태.
19) 즈음에.
20) 親手 : 손수 하는 일.
21) 諸大方家 : 여러 대방가大方家. '대방가大方家'는 문장이나 학술이 뛰어난 사람을 가리킨다.
22) 이만한.
23) 鄭聲衛音 : 음란하고 야비한 음률을 비유적으로 이르는 말. 옛날 중국 정나라와 위나라의 가요가 음탕하고 외설적인 데서 나온 말이다.
24) 神嚴 : 신비스럽고 엄숙함.
25) 바라건대. 행여나 어찌하면.
26) 僭濫 : 분수에 맞지 않게 지나친 데가 있음.
27) 말이나 행동이 경솔함.
28) 稱道 : 입으로 늘 칭찬하여 말함.
29) 마주칠지라도. 맞닥뜨릴지라도.
30) 遁辭 : 관계나 책임을 회피하려고 꾸며서 하는 말.

이 있음을 취取하였을 뿐이라. 이에 그대로 내어버리랴 버리지 못하고 이 노래를 세상에 전傳하노니 지금 이 자리에 지나간 그 옛날 일을 다시 한 번 끌어내어 생각하지 아니치 못하여 하노라.

첫날에 길동무
만나기 쉬운가
가다가 만나서
길동무 되지요.

날 긇다[31] 말어라
가장家長님만 님이랴
오다가다 만나도
정 붓들면[32] 님이지.

화문석[33] 돗자리
놋촉대燭臺 그늘엔
칠십 년七十年 고락苦樂을
다짐 둔[34] 팔베개.

드나는[35] 곁방의
미닫이 소리라
우리는 하루 밤

---

31) 그르다.
32) 붙들면. 붙어 들면.
33) 花紋席 : 꽃돗자리.
34) 다짐을 한.
35) 들고 나는.

빌려 얻은 팔베개.

조선朝鮮의 강산江山아
네가 그리 좁더냐
삼천리三千里 서도[36]를
끝까지 왔노라.

삼천리三千里 서도西道를
내가 여기 왜 왔나
남포南浦의 사공님
날 실어다 주었소.

집 뒷산山 솔밭에
버섯 따던 동무야
어느 뉘집 가문家門에
시집가서 사느냐.

영남嶺南의 진주晋州는
자라난 내 고향故鄕
부모父母 없는
고향이라우.

오늘은 하루 밤
단잠의 팔베개

---
36) 西道 : 황해도와 평안도를 통틀어 이르는 말.

내일來日은 상사想思의
거문고 베개라.

첫닭아 꼬꾸요
목 놓지 말아라
품속에 있던 님
길 차비[37] 차릴라.

두루두루 살펴도
금강 단발령[38]
고갯길도 없는 몸
나는 어찌 하라우.

영남의 진주는
자라난 내 고향
돌아갈 고향은
우리 님의 팔베개.

—《가면》(1926. 8).

---

37) 길 떠나갈 채비. '채비'는 어떤 일을 하기 위하여 필요한 물건, 자세 따위를 미리 갖추어 차림.
38) 金剛 斷髮嶺 : 그곳에서 동쪽으로 금강산을 바라보면 누구나 중이 되고 싶어 한다는 고개.

몇 해 만에*

몇 해 만에 선생님의 수적[1]을 뵈오니 감개무량하옵니다. 그 위에 보내
주신 책冊 망우초忘憂草는 재삼再三 피열[2]하올 때에 바로 함께 있어 모시던
그 옛날이 안전[3]에 방불[4]하옴을 깨닫지 못하였습니다. 제題 망우초는 근
심을 잊어버린 망우초입니까, 잊어 버리는 망우초입니까, 잊자 하는 망
우초입니까. 저의 생각 같아서는 이 마음 둘 데 없어 잊자 하니 이리 불
러 망우초라 하였으면 좋겠다 하옵니다.

제가 구성龜城 와서 명년[5]이면 십 년이옵니다. 십 년도 이럭저럭 짧은
세월이 아닌 모양이옵니다. 산촌山村 와서 십 년 있는 동안에 산천山川은
별로 변함이 없어 보여도 인사人事는 아주 글러진 듯하옵니다. 세기世紀
는 저를 버리고 혼자 앞서서 달려간 것 같사옵니다. 독서讀書도 아니하고
습작習作도 아니하고 사업事業도 아니하고 그저 다시 잡기 힘드는 돈만 좀
놓아 보낸 모양이옵니다. 인제는 또 돈이 없으니 무엇을 하여야 좋겠느
냐 하옵니다.

---

1) 手跡 : 손수 쓴 글씨나 그린 그림. 또는 손수 만든 물건에 남은 자취나 흔적.
2) 披閱 : 서류 따위를 펴서 조사함.
3) 眼前 : 눈앞.
4) 彷彿 : '방불하다'의 어근.
5) 明年 : 내년. 다음해.

요전 호號 '삼천리三千里'에 이러한 절구絶句가 있었습니다. 생야일편부
운기生也一片浮雲起, 사야일편부운멸死也一片浮雲滅, 부운자체본무질浮雲自體本
無質, 생사거여역여시生死去如亦如是라 하였사옵니다. 저는 지금 이렇게 생
각하옵니다. 조초하지 말자고 초조하지 말자고 그러하옵는데 이 글을 인
용하신 그분이 생사운명生死運命 좌담회 좌석에서는 운명을 부정하였으니
역시 사람의 심리란 "모르겠다" 하였사옵니다. 저는 술이나 한限 삼오三五
배盃 마신 후이면 말을 아니 하면 말지 어쨌든 제 맘 나는 양樣으로 하겠
다 생각이옵니다.

자고이래[6]로 중추명월中秋明月을 일컬어 왔사옵니다. 오늘밤 창 밖에 달
빛, 월색月色, 옛날 소설에 어느 여자 다리 난간에 기대어 서서 흐득흐득
울며 사死의 유혹에 박덕[7]한 신세를 구슬프게도 울던 그 달빛 그 월색이
백주白晝와 지지 않게[8] 밝사옵니다. 오늘이 열사흘 날 저는 한限 십 년 만에
선조先祖의 무덤을 찾아 명일[9] 고향 곽산郭山으로 뵈러 가려 하옵니다.

지사志士는 비추[10]라고 저는 지사야 되겠사옵니까마는 근일近日 몇 며칠
부는 바람에 베옷을 벗어놓고 무명것[11]을 입고 마른 풀대 욱스러진 들가
에 섰을 때에 마음이 어쩐지 먼먼 거칠은 마음이 먼 멀은[12] 어느 시절 옛
나라에 살뜰하다 지금은 너무도 소원[13]하여진 그 나라에 있는 것같이 좀
서러워지옵니다.

잊자 하시는 선생先生님이 잊지 아니하시고 주신 망우초 책은 역문譯文

---

6) 自古以來 : 예로부터 지금까지의 동안.
7) 薄德 : 덕이 적음.
8) 대낮 못지않게.
9) 내일.
10) 悲秋 : 가을철을 쓸쓸하게 여겨서 슬퍼함.
11) 무명옷.
12) 멀고 먼.
13) 疏遠 : 지내는 사이가 두텁지 아니하고 거리가 있어서 서먹서먹함.
14) 拙或佳 : 졸작拙作 혹은 가작佳作.
15) 孤枕 : '외로운 베개'라는 뜻으로, 홀로 자는 외로운 잠자리를 이르는 말.

이라든가 원작原作이라든가는 졸혹가[14]는 막론하옵고 고침[15]에 꿈 이루기 힘들 때마다 낭공[16]에 주붕[17] 없이 무료하올 때마다 읽겠사옵니다. 나중으로 글 한 수首를 쓰겠사옵니다. 제題는 차次 안서선생岸曙先生 삼수갑산운[18]이옵니다.

삼수갑산[19] 내 왜 왔노,
삼수갑산三水甲山이 어디 메냐
오고 나니 기험奇險타
아하 물도 많고 산山첩,이라.

내 고향故鄕을 도로 가자
내 고향을 내 못 가네
삼수갑산 멀더라
아하 촉도지난[20]이 예로구나.

삼수갑산 어디 메냐
내가 오고 내 못 가네
불귀不歸로다 내 고향
아하 새더라면 떠가리라.

님 계신 곳 내 고향故鄕을

---

16) 囊空 : 주머니가 텅 빔. 수중에 돈이 없음.
17) 酒朋 : 술벗.
18) 차운次韻 : 남이 지은 시의 운자韻字를 따서 시를 지음. 또는 그런 방법.
19) 三水甲山 : 삼수三水와 갑산甲山. 삼수는 함경남도 삼수군의 읍이고, 갑산은 함경남도 갑산군의 면이다. 우리나라에서 가장 험한 산골로 알려진 곳으로, 조선 시대에 귀양지의 하나였다.
20) 蜀道之難 : '촉도蜀道'의 험난함. '촉도蜀道'는 중국 쓰촨성(四川省)으로 통하는 극히 험준한 길을 가리킨다.

내 못 가네 내 못 가네.
오다가다 야속타
아하 삼수갑산이 날 가둡네.

내 고향을 가고지고
삼수갑산 날 가둡네
불귀不歸로다 내 몸이야
아하 삼수갑산 못 벗어난다.

—1934년 9월 21일 밤.

—《조선중앙일보》(1935. 1. 23~24).

파인 김동환 님에게

편지도 보고 책도 받았습니다. 감사합니다.

한데 참 감사한 마음 많습니다. 글은 시詩를 몇 자 써서 동봉同封합니다. 원고지에 묘사하려면, 분주한데 쓸데없는 품이 삭게 되는가 봅니다.

잡지는 참으로 발전된 것이 송무백열[1]의 느낌이 없지 않습니다.

시詩는 되지 않아 좀 수치羞恥한 대로 발표할 밖에 없다고 생각을 하면서 역시 발표하고 싶어서 그랬습니다.

'요재지이'[2]는 원고용지를 좀 장만하여 가지고 시작하려 합니다.

시는 내월來月에는 보내게 됩니다. '요재지이'도 내월에는 될 줄 압니다.

시 원고는 아니 되었다고 생각되는 제목 있으면 빼어버려도 나무라지 않겠습니다.

안서岸曙 선생님께 일간日間 편지 올리기는 하겠습니다마는, 문안드린다고 여쭈어 주시기 부탁합니다. 그러면 몸 튼튼하시기 빌으옵고 우선于先 이만 끊습니다.

---

1) 松茂栢悅 : '소나무가 무성하면 잣나무가 기뻐한다'는 뜻으로, 벗이 잘되는 것을 기뻐함을 비유적으로 이르는 말.
2) 聊齋志異 : 중국 청淸나라의 문인, 포송령蒲松齡의 소설집.

제弟 김정식金廷湜 배拜
　—1934년 5월 26일 밤.

　　　　　　　　　　　　—《삼천리》(1938. 10).

창을 열어 놓아두면*

창窓을 열어 놓아두면 불길도 없는 등잔은 나비가 건드리고 뜰 앞 그늘
진 데서는 들 우뢰 소리가 밤을 새우는 철입니다. 개구리가 알을 까는 철
입니다.

밤은 점점 깊어갑니다. 식구도 없이 느렁찬¹ 집에는 어린 아기의 잠들
은 숨소리도 하염없는 슬픔만을 말하는 듯합니다. 근래에는 별別로 보
지도 아니하는 안두²의 책 몇 권卷이 어수선한 제목을 드러내 놓고 있습
니다.

차차로 서산西山에 날이 저무니 가던 길이 끝나는 듯한 느낌이 있습니
다. 사람은 결국 다 이러할 것입니다. 행력³으로는 제철도 아니나마 저
일모창산원日暮蒼山遠, 천한백옥빈天寒白屋貧, 시문개견폐柴門開犬吠, 풍설야
귀인風雪夜歸人, 이러한 유장경劉長卿의 절구絕句 한 수首를 번역합니다.

해 다 지고 날 저무니
푸른 山은 멀도다.

---

1) 너렁청한. 기본형은 '너렁청하다'. 집이 텅 비고 널따랗다.
2) 案頭 : 책상머리.
3) 行歷 : 어떤 곳을 거쳐 지나감.

날이 하도 치우니
집은 가난하도다.
챕싸리 문門[4] 밖에서
개가 컹컹 짖음은
아마 이 눈 속에도
제 집 가는 이로다.

  만나는 사람들은 무엇이나 하여 보라고들 합니다. 그러나 건드리고 싶지 않습니다. 건드리면 구정물이 일어납니다. 그러나 이대로 가만히 앉아 있더라도 가라앉고 말기는 할 것입니다.
  동이 터온다, 희망希望이 새롭다, 고들 합니다, 하지만 인생생활의 끝없는 밤은 여느 밤과 달라 새기도 하고 밝기도 하는 밤이 아닙니다. 희망, 희망도 어스렁 달밤, 나락 밭 고랑의 허수아비외다. 사람은 결국 났다가 잠깐 없어지는 것이니까요.
  생生은 기야寄也요, 사死는 귀야[5]라고도 하였고 사람은 희망이요 예술은 영원이라 한 것들도 역시 할 수 없어서 나중에 한 말이지요. 그렇지 않으면 그것도 죄다 참말 쓸데없는 말이구요. 사람은 결국結局 없어지고 마는 것이니까요. 이 말에는 반대할 사람이 없을 것입니다.

김억, 〈기억記憶에 남는 사람들〉─《조광》(1939. 10).

---

4) 사립문.
5) 歸也 : '생기사귀生寄死歸'를 풀어 쓴 말. 사람이 이 세상에 사는 것은 잠시 머무는 것일 뿐이며 죽는 것은 원래 자기가 있던 본집으로 돌아가는 것임을 이르는 말.

돌아오시는 길로*

돌아오시는 길로 주신 편지의 두터운 옛 정의情誼를 감사합니다.

이곳은 어제 오늘 아침 저녁이 산산하여 엷은 모시옷이 달달 말려들기 시작합니다. 그래도 이렇게 저렇게 살아가는 동안에 세월은 덧없이 가버립니다레. 오늘 아침은 자는 동안에 날이 궂어서 비가 옵니다. 시골 산촌山村 적막한 거리 끝, 산山턱 집 가추[1] 끝 아래 우두키 서서 구슬픈 빗소리를 들을 때에도 쓸쓸하고 선뜻한 것이 첫가을 환절換節 때의 무한無限한 심사心思를 자아내어 줍니다. '지사志士는 비추[2]'라는 옛 글구句도 있지마는 저녁 먹고 나서 행인도 별로 많지 못한 신작로의 황혼黃昏을 바라보며 거닐을 때에도

'세월아 네월아 네 가지 말어라, 옥빈홍안[3]이 다 늙어가노나' 하는 거리 소년들의 타령이 깊이깊이 첫 가을비를 바라보고 섰는 무명인생無名人生의 가슴을 쓰라리게 합니다.

이즘은, 어떻게나 좀더, 깨끗하고, 악을 모르는, 이미 안 것을 모를 수야 있으랴마는 잊을 수 있는, 고요하고도 모노아와레[4]한 생활을 지어 보

---

1) 가초. 추녀.
2) 悲秋 : 가을철을 쓸쓸하게 여겨서 슬퍼함.
3) 玉鬢紅顔 : 옥 같은 귀밑머리와 붉은 얼굴이라는 뜻으로, 아름다운 젊은이를 이르는 말.
4) 일본어 'ものあわれ'. 어딘지 모르게 가엾은 모양. 서글픔.

고자 하는 감념⁵⁾이 깊습니다.

'높은 산山 상상봉上上峰 외로운 소나무, 너는 왜 혼자서 외로이 섰느냐.' 이 노래를, 속으로 읊조리며, 거리 끝 사람 없는 들 소로小路길을 찾아, 어정거릴 때마다, 나의 생활이 어두워 가는 가을 황혼과 같이 섧기도 하고, 가엾기도 합니다.

'마른 낡에 꽃핀다', 이러한 말도 있습니다, 마는 말라빠진, 이 몸에 옛날의 기억記憶조차 희미稀微하거든, 옛날의 그 그립던, 생활환경生活環境을 다시 끌어올 힘이 내게 있겠습니까? 없습니까? 퍽, 불쌍한 것이 인생人生입니다.

의지가 굳다, 옅다 하니, 굳으면 어떤 것이며, 옅으면 어떤 것입니까? 길 가다, 길섶에, 조그마하고, 미스보라시이⁶⁾한 꽃 한 송이를 보았던 것도 피곤한 저녁의 쓸쓸한 객관客館 푸개 위에 누웠던 길손의 아름다운 환영幻影을 지어주지 않습니까?

그 적의 아름다운 날이여,

'님 있는 곳이길래 곳이 그리워

못 모시는 님이길래 님이 그리워

못 보았소 새들도 집이 그리워

남북으로 오고가고 아니합디까?' 그러한 심정心情이 지금의 내게는, 왜 다시 찾아주지 않습니까?

'오늘은 하루 밤

숫잠⁷⁾의 팔베개

내일은 상사相思의

바다 물결 베개라.'

---

5) 感念 : 어떤 생각을 느낌. 또는 그렇게 느끼는 생각.
6) 일본어 'みすぼらしい'. 초라하다. 빈약하다.
7) 깊이 들지 않은 잠.

사무사한[8] 이 심정心情이 없이 살아가는 사람의 생활의 추잡하고도 암담함을 다시 어디 말할 곳도 없습니다.

올라오시라는 말씀 고맙습니다. 야반夜半 잠 못 들고 누워서, 솜솜히 생각할 때마다 이곳이 떠나고 싶고, 다시 옛 깃[9]—경성京城이나, 그러한 지기[10] 있는 생활로 가야 되겠다는 생각이 와락 납니다.

하지마는, 투르게네프가 지은 '연기烟氣'에 나타난 여주인공, '엘레나'여—. 혹은 기억이 희미합니다마는, 불쌍한 '루딘'이여,

이곳 와서부터, 더 더 '조선朝鮮에 대한 희망'이 믿을 수 없게 되었습니다. 이러한 생각이 납니다.

— 이지理智 없는 조선朝鮮 사내
— 이지 없는 조선 계집
— 감정 없는 조선 사내
— 감정 없는 조선 계집

사내들이 "돈 주면 계집이야 사지", 계집은 "몸 주면 돈이야 생기지".

다른 나라도 이러한지는 모르되, 이곳이 확실히 이러합니다.

그만 끊겠습니다. 가을이 점점 깊어옵니다. 이 쓸쓸한 가을을 어찌 보낼까? 내 몸으로서 내 몸을 경계警戒합니다.

—〈유고〉.

---

8) 思無邪한 : 마음이 올바른. 마음에 조금도 그릇됨이 없는.
9) 보금자리.
10) 知己 : 지기지우. 자기의 속마음을 참되게 알아주는 친구.

경기에 대한 도의적 관념

여러분, 우리는 각희회[1]를 열게 되었소.

여러분은 이제 씨름을 하실 분들도 계시겠고, 또는 구경求景하실 분네도 계시겠소, 그런데, 씨름을 몸소 하시는 여러분들은 꼭 남을 지우고[2] 자기가 이기려고 하실 것이오, 또 친소親疎의 관계와 단체, 기타 사정事情 하下에 어느 사람, 혹은 어느 편便 사람이 이기면은, 또는 지면은 하는 감정 하에서 응원하실 분네도 많이 계시겠소. 물론 이겨 좋고 지기 싫음은 인성人性의 본연本然이오 친한 사람 내 편을 돕고자 함은 생활의 원칙이외다. 그러나 우리는 그와 동시에 너무나 승부에만 열광되어, 도의道義라는 경기의 근본정신根本精神을 잊어버리기가 쉽소. 씨름은 즉 경기競技의 일종─種이오, 씨름하는 데도 도의道義가 있는 것이오. 즉 서로 사양하는 생각도 있어야 할 것이오, 서로 희생하려는 심의心意의 아름다운 발로發露도 있어야 할 것이오. 여러분은 씨름이라고 승부勝負만이 주인主人이 아니외다, 씨름에 있어서도 경기적競技的 양심良心, 즉 도의가 그 근본정신인 줄을 명심하십시오. 경기적 양심이 없이 다투어 이기고자만 하신다면 이

---

1) 脚戲會 : 씨름 대회. '각희脚戲'는 한 발로 서로 상대방의 다리를 차서 넘어뜨리는 경기, 태껸이나 씨름을 가리킨다. 여기서는 '씨름'을 말한다.
2) 지게 하고.

곧, 금수禽獸의 싸우는 것과 일반일 것이오.

우리는, 씨름을 몸소 할 때나, 또는 응원할 때나, 구경할 때에 이 경기적 양심을 잃지 맙시다. 그러함으로써, 우리들에게, 또는 이 지방에 생색³이 나고, 큰 교훈敎訓이 될 것이외다.

경기자는 용맹과 성의誠意로 정당正當히 경기를 행하고 심판자는 상찰詳察과 공평公平으로써 정당히 심판을 행하여 각기 저의 할 일에 충실할 것이오.

그리하여 이 모임이 끝까지 원만圓滿하면, 우리의 기쁨이 무상⁴할 것이오.

—〈유고〉.

---

3) 生色 : 다른 사람 앞에 당당히 나설 수 있거나 자랑할 수 있는 체면.
4) 無上 : 그 위에 더할 수 없이 최고로 좋음.

재작년 놀던 씨름놀이 개회사

　재작년再昨年 놀던 씨름놀이, 작년昨年에 건너뛴 씨름놀이, 금년今年 또 찾아 왔습니다.

　여러분, 퍽 기다리셨지요. 남시南市서 씨름을 하게 되면 한태 하여 보시겠다고, 많이 바라고 기다리고 연습들도 하셨겠지요. 말았더라면 섭섭함이 짝 없이 많을 뻔하였습니다.

　금년은 다행히 기대하여 주신 여러분 동호자同好者의 염덕[1]과 원조하여 주신 여러분 손시자[2]의 애고[3]로써, 우리 국민적國民的 경기競技 씨름을, 천기天氣 좋은 이 단양[4]에 행하게 되었습니다.

　자, 각지서 오신 많은 씨름꾼 여러분, 이제 대중소大中小 차서[5]대로, 웅장쾌활雄壯快活한 재주를 각기 자랑하여 주십시오. 너무, 아릿자릿한 판에 구경하시던 분네들 바지에 오줌 누지 마십시오. 하하, 무투리 없는 말새로 개회사開會辭라고 두어 마디 여쭈었으니, 혹시 잘못된 말이 있어도 씨름판 인사人事냐고, 책망은 말아 주십시오.

—〈유고〉.

---

1) 念德 : 염려한 덕분.
2) 損施者 : 손해를 보면서 베풀어준 사람.
3) 愛顧 : 사랑하여 돌보아 줌.
4) 端陽 : 단오端午.
5) 次序 : 차례次例.

농촌상·시가상

　―힘들여 먹는 것을 촌살림이라 할까?

　―꾀 팔아먹는 것을 거리살림이라 할까?

　―쇠스랑, 호미, 낫, 괭이가 촌놈의 유일한 생활 무기일진댄, 힘들여 먹는 것이 촌살림이라 함도 과언過言은 아니다.

　―한 냥兩에 사다 두 냥에 팔고 두 냥에 샀으면 석 냥에 팔아 그날그날의 생활을 지어, 이것이 거릿놈에 본색일진댄(근일近日에 늘어가는 채은債銀노동자를 제외), 꾀 팔아먹는 거릿놈이라 하여도 잡雜말은 없다.

　―힘이 귀貴할까? 꾀가 귀할까?

　근자近者 촌村에서 거리로, 또는 촌살림에서 거리살림으로, 동경憧憬하는 자 많으니 힘이 천하고 꾀가 귀하여 가는 현상으로 볼까?

　―근자近者, 시가市街에 풍기[1] 해괴하여 여자는 유두분장[2]에 야용[3]을 주主하고 남자는 유의도식[4]에 사미[5]를 과誇하는 경향이 불무不無하니 억장흉조

---

1) 風紀 : 풍속이나 풍습에 대한 기율. 특히 남녀가 교제할 때의 절도를 이른다.
2) 油頭粉墻 : '유두분면油頭粉面'의 잘못인 듯하다. '기름 바른 머리와 분 바른 얼굴'이라는 뜻으로, 여자의 화장한 모습을 이르는 말.
3) 冶容 : 얼굴을 예쁘게 단장함. 또는 그 얼굴.
4) 游衣徒食 : '유의도식遊衣徒食'의 잘못으로 보임. 이렇게 보면, '먹고 노는 것에만 뜻을 둠'으로 풀이될 수 있다.
5) 奢媚 : 마음이 바르지 못하여 아첨함.

⁶아 망조亡兆아?

—사는 데는 꾀도 귀하고 힘도 귀하다. 꾀 없이 어찌 살며 힘없이 어찌 살랴.

—그러나 꾀 없는 힘에는 질박⁷이나 있고 진취성進就性이 있거니와 힘을 싫어하는 꾀에는 가증可憎과 인색吝嗇밖에 없다.

—〈유고〉.

---

6) 抑長興兆 : 길이 흥할 징조.
7) 質朴 : 꾸밈이 없이 수수하다.

김소월 시와 파멸의 현재성
― 죽음의 시대와 혼의 형식

1. 머리말

소월素月 김정식金廷湜(1902~1934)에 관한 논의는 이제 새삼스럽다는 느낌이 들 만큼 진부하다. 그동안 500여 편의 논문이 김소월의 시에 관하여 씌어졌다는 사실을 두고 볼 때* 이미 많은 사람들의 충분한 관심의 대상이 되어 온 소월 시에 대해 더 이상 논의가 개진될 필요가 있는가에 대한 의문이 제기되는 것은 당연하다.

그러나 아직도 광범위한 호소력을 지닌 소월시의 생명력을 부인할 수는 없다. 이 시적 생명력은 그의 시를 이해하는 새로운 관점을 요구한다. 셰익스피어의 《햄릿》은 햄릿에 대해 지금까지 가해진 무수한 비평과 해석의 총량으로 존재하는 것이다. 이 총량이 문학의 현재성이며, 이 현재성에 의한 요구가 상실되면 문학작품은 망각의 저편으로 사라져버린다. 김소월은 한용운과 더불어 아직도 가장 많이 읽히고 연구되고 있다는 점에서 그의 작품을 이해하는 새로운 관점이 요구되는 시인이다. 그는 단순한 사춘기 시인이 아니다. 그의 시가 우리 민족어와 그 숨결을 같이 해왔고, 앞으로도 그러할 것이라는 점을 부인하기는 어렵다. 필자는 기왕의 성과를 바탕으로 김소월의 시에 드러나는 논리적 특성을 추출하여,

---

* 80년대 중반까지 200여 편, 그 후 최근 2004년까지 500여 편의 논문이 씌어졌다. 연구목록 참조.

그 문학적 의의가 지니는 현재성을 탐색하고자 한다. 그것은 지금까지의 소월론에 깊게 자리잡고 있는 긍정과 부정의 양론 사이에 개재되는 어떤 이론적 단절을 극복하기 위해서이다. 소월론에 대한 지금까지의 추세를 살펴본다면 1930년대까지는 몇몇의 예외를 제외하고는 대체로 부정적이거나 소극적으로 그의 시를 다루어 왔으며, 이런 추세는 1960년대까지 계속되었다. 심지어 경박한 주지론자들에 의해 야유나 힐난의 대상이 되기도 했다. 많은 논의가 있었음에도 김소월에 대한 본격적인 접근의 토대가 마련된 것은 70년대 후반에 들어서이며 1980년대에 이르러 보다 확고한 토대가 마련되었다. 이런 성과를 바탕으로 우리는 보다 전면적인 접근을 시도할 수 있게 되었다고 할 것이다.

이 글에서 필자가 강조하고자 하는 것은 일견 평범하다. 작품 자체를 천착하면서, 거기에서 실증할 수 있는 의미만을 논리적으로 추출해야 한다는 것이다. 작품 자체로 돌아가자는 것은 얼마나 진부한 주장인가. 그러나 이 간단한 사실이 우리의 문학연구에서 적절히 통용되지 못해 왔다는 사실은 또 얼마나 놀라운 일인가. 서구적 방법이나 이론의 도입이 작품을 판단하는 절대적인 척도인 양 사용되어 왔으며, 이런 논법에 맞지 않는 작품에 대해 신랄한 비판이 가해졌던 사례가 많았다. 김소월의 시가 직접 간접으로 이런 논법의 피해를 입어온 것은 사실일 것이다. 화려하게 장식된 지적 자기도취는 스스로에게는 안락한 것일지 모르지만 그것이 실체와 부합되지 않을 때 우리는 또한 그 오만한 지적 자기과시를 부정해야 할 것이다.

소월시에 대한 논의가 퇴색한 것처럼 느껴진다는 것이 외래의 첨단적인 논법의 도입으로 적절한 해석을 가하기 어렵다는 데서 유발된다면, 그처럼 심각한 자기부정은 없을 것이다. 논리를 빌려온다는 것은 그 논리를 가능하게 하는 사유의 방법을 빌려온다는 것인데, 작품은 결코 빌려올 수 없기 때문이다. 김소월을 전통적 민요시인이라 할 때도, 우리는 전통적이라거나 민요적이란 용어에서 안이한 타성을 직감하게 되는데, 이는 소월시 자체가 그렇다고 고착시켜 보아야 할 것이 아니라 그런 관점으로 소월시를 바라보는 연구자의 편견이 여기에 개입되어 있음을 간파하여야 할 것이다. 필자도 전통적이란 말이 소월시에 전혀 부적절한 용어라고 보지는 않는다.

그러나 이를 복고적이며 나태한 과거지향으로 파악할 때 문제가 제기된다. 문학사적으로 볼 때 1910년대의 경우, 과거의 문학을 부정하는 것만으로도 새로워질 수 있었으며, 위험스럽게 과감히 과거를 부정하면 부정할수록 시대의 선두주자가 될 수 있다는 착각에 빠지기도 했던 것이다. 그러나 1919년 3·1운동과 더불어 민족적 자각이 경험한 처절한 패배는 절망과 좌절의 양상으로 드러나기도 했지만, 외세에 대항하는 민족적 응전력의 가능성을 모색하는 방향으로도 뻗어나가게 되었던 것이다. 소월시에서 전통적 특질이 있다면, 그것은 창조적 가능성으로 받아들여져야만 한다는 것이다.

여기서 필자는 소월시 자체가 모범적으로 완벽한 시의 전형이었다고 논하는 것은 아니다. 그의 시적 정서가 좌절과 슬픔에 가득 차 있을 뿐만 아니라, 이념 지향의 시대정신을 결하고 있음을 지적하지 않을 수 없다. 또한 소월의 시가 슬픔의 시이며, 그 배후에는 허무주의의 음영이 짙게 드리워져 있는 것도 사실이다.

그러나 그의 창조적 역량과 허무주의적 성향 사이에 과연 어떤 인간적 고뇌가 있었는가 하는 의문에 대한 탐색은 별다른 진전 없이 상식적 견해가 되풀이되어 왔다. 그의 시에서 반복되어 표출되는 삶의 심층을 객관적으로 논리화할 수 있다면, 우리는 서정시의 원리를 규명하는 하나의 단서를 찾을 수 있음은 물론 그의 시가 지니는 현재성의 의의를 새롭게 검증할 수도 있을 것이다.

이 현재성의 요구에서 첫 번째 난관으로 가로 놓여져 있는 것은 김소월이 처한 시대적 상황이다. 이 시대적 상황에서 추출되는 것은 개인과 민족의 운명이 파멸에 직면하였던 공동의 위기의식이다. 동일한 상황이나 조건에서 어떤 시인들은 그 시대 현실을 직접적으로 다루어 해결 방식을 모색하는 외면적 주제를 택할 것이다. 이와는 달리 또 다른 일군의 시인들은 그의 시대적 난관을 작품의 배면에 감추어 간접적으로 드러내는 내면적 주제를 추구할 것이다. 개인과 민족의 절멸이라는 공동위기에서 그 어느 것도 분리되어 존재하지는 않는다. 김소월 시의 전체를 지배하는 개인적인 좌절과 슬픔은 당대의 시대적 상황과 무관한 것이 아니며, 이런 시적 감정은 그 시대에만 국한된 것도 아니다. 그것이 개인적인 자기 탐닉이었을 뿐이라면, 그의 시에서 오늘날 우리가 읽을 수 있는 공감은 반감되어버릴 것이다. 시대의 슬픔을 개인적인 것으로 처리한 것은 그의 시적 방법일 수도 있지만, 개인적인 것을 근원적으로 추구할 때 그것은 이미 개인적인 것이 아니기도 하다. 주제의 외면성이나 내면성 여부로 문학의 질적 가치를 판정할 수는 없다. 예술작품으로서의 언어적 공감과 시대를 초월하는 참된 역사성이 문제일 것이다. 시적 언어에 있어서 한국 현대시사에서 소월시가 점하는 위치는 이제 새삼 강조할 필요가 없다. 시대성이나 역사성에 대한 논란이 소월시를 해석하는 중요한 쟁점이 될 터인데, 필자는 소월의 시들이 주로 내면적 주제를 탐색하였으면서도 인간의 근원적 조건에 나감으로써 시대성을 넘어서 역사성에 도달하였다고 생각한다. 시대성이 당대적인 논리라면 역사성은 당대적 논리를 포괄하면서도 이를 넘어선 보편성의 획득을 뜻한다. 역으로 보편성은 당대적 삶의 세부에 깊이 침투하여 실존적 삶의 실상을 절실하게 드러낼 수 있어야 할 것이다. 시대적 흐름으로 본다면 삶의 외형은 시대에 따라 변화되기 때문이다.

그러나 삶의 외형이 아무리 변화된다 하더라도 삶과 죽음이라는 인간 존재의 문제는 본질적으로 변하지 않는 명제이다. 삶과 죽음은 인간의 근본적인 전제조건으로서 인간이 추구하는 내면적 주제를 총체적으로 규정하는 핵심에 존재할 것이다. 소월시에서 첨예하게 표출된 내면적 주제를 한마디로 요약한다면, 그것은 파멸적인 자의식이다. 이 파멸적 자의식은 '무덤'을 소재로 한 일련의 시들에 지속적으로 나타나며, 이는 자신이 살았던 시대에 대한 인식을 반영하는 것이기도 하다. 그가 추적한 필생의 주제는 죽음이란 파멸적 자의식에 의한 강박감이다. 이 강박감을 감싸고 있는 것이 허무의식이며 이것을 현실적으로 드러내는 시적 방법이 이성에 대한 사랑의 방식으로 제시된다고 하겠다. 그의 님은 과거나 현재 그리고 미래에도 실존할 구체적 인물이라 보기 어렵다. 실존하지 않았기 때문에 과거형으로 표현될 수 있었던 것은 잠정적인 가정이다. 그러므로 연인에 대한 사랑만으로 그의 시를 평가한다면 이는 겉으로 드러난 양상에 속박된 결과일 것이다. 자신이 존재할 정당한 가치를 상실한 시대에 그가 느낀 파멸적 자의식은 고통스러웠을 뿐만 아니라 절박한 것이었다. 3·1운동 직후인 1920년대를 죽음의 시대라고 인식한 것은 김소월 개인만이 아니다. 그와 동시대의 많은 문인들이 공통적으로 인식하였던 바이다.[*] 이는 일제의 강압 아래 민족절멸의 위기에 처한 민족적 자의식의 발로이며, 이에 대처하는 방향은 도전에 대한 응전으로서 전투적이든 소극적이든 자체 역량의 총체적 전개과정이라고 보아야 할 것이다.

　우리는 이와 같은 공통의 위기의식에서 시대적 상황과 문학작품 그리고 논리적 당위성과 실제적 삶 사이에 여러 문제들이 개재되어 있으며, 또 서로 복잡하게 얽혀 있다는 점에 착안할 수 있다. 그의 동시대인들이

---

[*] 《백조》의 동인이었던 박종화의 〈밀실密室로 돌아가다〉 〈사死의 예찬禮讚〉, 이상화의 〈말세末世의 회탄欷嘆〉 〈나의 침실寢室로〉 등의 작품은 물론 한용운의 〈타고르의 시(gardenisto)를 읽고〉 등에 두드러지게 나타난 것은 각각 태도나 방법에 있어서는 다르지만 모두 현실이 파멸적인 죽음과 같다고 인식하였다는 점이며, 이는 그들의 삶이 정당한 가치를 상실하고 있다는 점에서 현실에 대한 그들의 비판적 견해를 가능하게 하는 토대가 된다.

공유한 시대인식의 단면을 인용해 보자.

　지금 내 주위는 마치 공동묘지 같습니다. 생활력을 잃은 백의의 백성과 백주에 횡행하는 이매망량魑魅魍魎 같은 존재가 뒤덮은 이 무덤 속에 들어앉은 나로서 어찌 '꽃의 서울'에 호흡하고 춤추기를 바라겠습니까. 눈에 보이는 것, 귀에 들리는 것이 하나나 내 마음을 부드럽게 어루만져 주고 용기와 희망을 돋구어 주는 것은 없으니 이러다가는 이 약한 나에게 찾아올 것은 질식밖에 없을 것이외다. 그러나 그것은 장미 꽃송이 속에 파묻히어 향기에 도취한 행복한 질식이 아니라, 대기에서 절연된 무덤 속에서 화석化石되어 가는 구더기의 몸부림치는 질식입니다. 우선 이 질식에서 벗어나야 하겠습니다.*

　염상섭은 그의 소설 〈만세전萬歲前〉(1921, 원제 〈묘지墓地〉)에서 공동묘지화된 한 시대의 질식된 모습을 이처럼 사실적으로 우리에게 제시해 준다. 그는 서정적인 눈으로 현실을 포용하려 했던 김소월과는 달리 이성적인 눈으로 현실을 기술하였던 것이다. 〈만세전〉의 주인공이 대기와 차단된 무덤 속에서 몸부림치는 질식 상태로부터 벗어나고자 했던 것은 억압된 현실에서의 자신의 무기력을 직시하는 깨어 있는 의식이 있었기 때문일 것이다.

　공동묘지화한 시대상에서의 몸부림치는 질식을 생각해 보라. 구더기의 몸부림치는 질식의 고통스러움을 동시대의 지식인 누구도 외면할 수 없었을 것이다. 김소월의 시에서도 이와 같은 고통스러운 슬픔으로 충만되고 그 극단에 이르러서는 산산이 부서지고 마는 삶의 의식을 우리는 만날 수 있다. 김소월의 시에서 접할 수 있는 슬픔의 감정에는 삶과 죽음

----

* 〈염상섭선집〉, 〈신한국문학전집〉 2 (어문각, 1976), 242쪽.

이라는 인간의 근원적인 조건들이 굴절적인 형태로 변형되어 드러난다는 것이다.* 이 삶의 모습들은 시대와 서정적 주체 사이의 상호작용에 의하여 특징적으로 형성되며, 이를 바탕으로 문학의 시대성과 역사성도 결정될 것이다. 김소월의 많은 시에서 볼 수 있는 무덤의 심상은 가사假死의 현실에서 죽음 아닌 죽음을 인식하는 출발점이 되기도 하며, 또 그 현실을 초극하는 전율적인 세계에 틈입하여 부서진 세계의 모습을 확인하는 결정적 매체가 되기도 한다. 이런 상관성을 파악하기 위해서 김소월 시에 반영된 죽음에 대한 의식을 편의상 운동과 정지, 순환과 정체의 관점에서 조명하도록 하겠다. 한 걸음 나아가 그의 죽음 의식이 그 극단에서 혼魂의 문제로 비약하게 되는데, 이 글에서는 소월시의 논리적 구조를 추적하여 감상적 슬픔의 시로 받아들여져 왔던 종래의 관점을 비판적으로 수용하면서 그의 시가 방사하는 서정적 의식의 방향성을 규명해 보겠다. 이런 작업을 위해 물론 소월시의 한정된 일부만을 대상으로 할 것이 아니라 전체 작품과의 상관성을 고려하면서 이 글에서 설정한 범위의 작품들을 분석해야 할 것이다.**

2. 삶의 순환과 죽음의 현실

1920년대 초 대체로 약관의 나이에 발표된 김소월의 작품은 그의 시가 유년적 체험에서 크게 벗어나지 못한다. 이 시기에 그가 인식한 상실이나 죽음에 대한 인식은 삶이나 현실에 대응하는 깊이 있는 통찰이 아니라 애매하고 불분명한 것이었다. 그의 가슴 한 구석에 메울 수 없는 공허

---

* 심명호, 〈소월재고素月再考〉,《한국학보》 24집, 1981.9. 32, 51쪽에서 감상적感傷的인 시들을 '연체시軟體詩', 이지적이며 명상적인 형이상의 시들을 '경체시硬體詩'라 구분하고, 후자에 새로운 조명을 가하였다. 그는 소월시에서 '경체시硬體詩'들이 제대로 평가받지 못했다는 점을 지적한 바 있다. 필자는 이 글에서 이와 같은 측면에서의 접근은 다루지 않았으며, 이는 후고後稿로 미룬다.
** 기본 자료는 본 전집에 실린 작품들이나, 자료의 확정이란 점에서 아직도 논란의 여지가 있다고 보이는 유고 시편들은 가급적 제외하였다. 표기는 가능한 한 현행 맞춤법과 어문 규정에 맞게 고쳤으며, 한자는 괄호 없이 한글 뒤에 병기하였다.

감, 또는 어린 시절 친구의 이른 죽음에 대한 모호한, 그러나 결코 지울 수 없는 상실감을 이 시기의 작품에서 포착할 수 있다. 이 상실감은 그의 시 전체를 이해하는 실마리로 해석될 수 있는 중요한 근거가 된다. 우선 1922년 1월 〈개벽〉에 발표된 〈달맞이〉를 살펴보기로 하겠다. 이 시가 그의 시집 《진달래꽃》(1925. 11)에 수록될 때 김소월 자신이 첫 발표작에 상당한 첨삭을 가한 바 있음을 주목할 수 있으나, 이 글에서는 원칙적으로 시집에 실린 대로 작품을 인용하기로 한다.

정월正月 대보름날 달맞이,
달맞이 달마중을, 가자고!
새라 새 옷은 갈아입고도
가슴엔 묵은 설움 그대로,
달맞이 달마중을, 가자고!
달마중 가자고 이웃집들!
산山 위에 수면水面에 달 솟을 때,
돌아들 가자고, 이웃집들!
모작별 삼성이 떨어질 때.
달맞이 달마중을 가자고!
다니던 옛 동무 무덤가에
정월正月 대보름날 달맞이!

—〈달맞이〉 전문.

이 시에서 화자는 '옛동무 무덤가에' 서 정월 대보름 달맞이를 하겠다고 한다. 새 옷을 갈아 입어도 가슴에는 묵은 설움 그대로 가지고 달맞이를 가겠다는 것이다. 그러나 옛동무의 무덤과 가슴 속의 설움이 야기하는 갈등의 상관성이 이 시의 핵심으로 제시된 것은 아니다. 분명한 것은 새해가 되고, 정월 대보름 달맞이를 하지만 묵은 설움은 그대로 있고, 옛날에 같이 다니던 동무는 다시 살아날 수 없다는 점이다. 여기서 시인이 의식하고 있는 죽음이나 설움이 중심적인 주제가 되는 것은 아니지만, 달맞이를 하면서 그가 의식한 마음속의 공동空洞은 분명히 제시되어 있다. 이 유년적 발상에서 일차적이지만 끝없이 순환하는 계절과 이 순환적 반복에 부응하지 못하는 상실된 것들에 대한 슬픔의 감정으로서의 화자의 설움을 우리는 접한다. 새 옷을 갈아입어도 가슴 속에서 삭혀지지 않는 묵은 설움은 정체되고 응축된 것이며, 시인이 세상을 바라보는 근원적인 시선에 설움이 함축된 것이라 하지 않을 수 없다.

이 시에서 우리는 설움과 무덤, 그리고 달맞이 등을 김소월의 시의식을 상징적으로 표징하는 시어들로 요약할 수 있다. 풀리지 않는 설움은 주체자의 내면적 감정, 죽어 있는 무덤은 외부의 현실, 그리고 새로 솟는 대보름 달맞이는 주체와 현실의 대립이나 갈등과 무관하게 되풀이되는 자연계의 순환을 각각 의미한다. 이 세 가지 측면을 종합적으로 이해할 때, 일차적으로 우리는 정지와 순환이라는 패턴으로 김소월의 시적 특질을 압축할 수 있다. 물론 김소월의 시가 풀리지 않는 설움에 편향적으로 이끌려가게 되었음을 우리는 후에 발표된 많은 시들을 통하여 분명히 알 수 있다. 위의 〈달맞이〉와 같이 《개벽》에 게재되었던 〈금잔디〉는 이런 주제의 심층적 대립을 분명하게 나타낸다.

잔디,
잔디,
금잔디,
심심산천深深山川에 붙는 불은
가신 님 무덤가에 금잔디.
봄이 왔네, 봄빛이 왔네.

버드나무 끝에도 실가지에.
봄빛이 왔네, 봄날이 왔네,
심심산천深深山川에도 금잔디에.

　　　　　　　　　　　　　　　　　　　　—〈금金잔디〉 전문.

　이 시는 음률의 반복적인 전개를 매개로 시인의 섬세한 시적 감각을 단순하지만 극적으로 결합시키고 있다. 처음 세 행의 반복은 이 세상에 두루 존재하면서도 쉽게 접근할 수 없는 깊고 깊은 산 속의 '금잔디'를 독자에게 제시한다. 시인의 시선이 심심산천으로 좁혀지고 여기서 다시 그 좁힘의 전면에는 금잔디가 부각된다. 시선의 좁힘은 독자의 관심을 압축하여 하나의 분명한 초점을 제시하기 위함이다. 금잔디는 가신 님 무덤가에 타고 있는 자연의 불로서 상징화되며, 이 자연의 불은 순환하는 봄날의 도래를 시사한다.* 버드나무 끝 실가지에서 봄을 느끼는 시인의 감수성은 자연의 불이 가신 님 무덤가를 덮고 있을 뿐이라는 사실을 예민하게 환기시켜 준다. 봄빛이 세계를 비추고 금잔디를 불태워 회생의 힘을 느끼게 하지만, 순환하는 계절의 힘도 가신 님을 되살아나게 할 수는 없다고 인식하였던 것이다.

　이 시의 마지막 행 '심심산천에도 금잔디에'처럼 회생의 봄이 왔지만 그것은 어디까지나 가신 님의 무덤가로서 살아 있는 자의 시선이 미칠 수 있는 삶의 주변에 불과하다. 여기서 '무덤'은 되살아날 수 없는 죽음의 세계를 대변한다. 우리는 〈달맞이〉에서 확인한 정지와 순환의 패턴이 이 시에 반복될 뿐 아니라, 그 의미가 심화되어 있음을 볼 수 있다. 물론 두 편의 시가 지닌 특징적 공통점은 모든 것을 새롭게 회생시키는 자연의 힘도 시인의 마음에 품고 있는 죽음이나 상실 그 자체를 되찾게 할 수

---

* 성기옥, 〈소월시의 율격적 위상〉(관악어문연구 제2집, 1977.12), 383~392쪽에서 〈산유화山有花〉의 순환적 구조가 율격론과 의미론의 상호복합적인 관점에 의해 분석된 바 있다.

는 없다는 사실이다.

　이런 관점을 확대하여 보면 김소월은 자신을 둘러싼 외계나 현실을 회생 불가능한 죽음의 세계로 인식하였던 것이라 해석할 수 있겠다. 이를 〈금잔디〉와 관련하여 보면 동심원적 구조를 상정할 수 있다.*

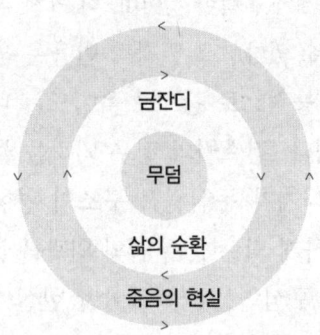

금잔디
무덤
삶의 순환
죽음의 현실

　동심원적 구조는 폐쇄적이기는 하지만 자족적일 때 평형을 유지한다. 이 자족적 안정은 삶을 정태적인 것으로 파악할 때 가능하다. 그러나 삶의 행위와 의식의 지향성은 결코 정태적인 것이 아니다. 주체자의 행위가 현실과의 얽힘에 의해 전개될 때 필연적으로 역동성이 부여된다. 역동성은 현실에서 삶의 에너지가 전개되는 갈등과 화해의 과정을 통해 때로는 강화되기도 하고 약화되기도 한다. 그러므로 이 역동성은 탄력적이다. 그것이 강화될 경우 삶의 난관과 고난을 극복할 수 있는 방향으로 나아갈 것이며, 약화될 경우 삶의 의의와 정당성을 상실해버린 채 좌절과 슬픔의 방향으로 기울어질 것이다. 여기서 유의할 것은 강화의 방향이나 약화의 방향 그 어느 것을 택하였는가도 중요한 쟁점이 되겠지만, 이런 방향성의 근저에 자리잡은 심리적인 상황이 매우 불균형하다는 점에 심

---

* 이 도식은 물론 편의상의 것이다. 위의 동심원들에 가해진 화살표는 삶의 순환과 죽음의 현실이 각각 원심력과 구심력으로 작용하고 있음을 표시한 것이다. 이렇게 엇갈리는 방향성은 불안정하고, 찢기어진 삶의 모습을 시사한다.

각한 의미가 잠복되어 있다는 것이다. 그러므로 자족적인 삶의 정태성은 일시적인 안정과 평형이 가능하지만 삶의 복합적인 얽힘이라는 역동성에서 볼 때 그것은 지극히 일시적인 것에 불과하다. 삶의 자족성을 지탱하는 안정과 균형이 외적인 힘의 충격에 의해 무너질 때(그것은 김소월의 경우 일차적으로 자신의 가계가 몰락한 것이며, 더 크게 본다면 일제의 폭력적인 힘에 의한 것이라고 볼 수 있다), 그 일차적 반응은 외향적 방향으로 퍼져나가는 것이 아니라 본능적으로 안으로 옭아드는 내향적 방향으로 응축되는 성향을 지니기 쉽다. 김소월의 경우 외곽을 둘러싼 현실의 압력이 가속화될 때 삶의 에너지가 동심원적 구조의 평형을 잃고 극단적인 구심력의 방향으로 작용하게 되는데, 무덤의 외곽을 둘러싼 삶의 순환이 역동적으로 뻗어나가 이 구심력을 극복해야만 현실에서의 활력적인 삶의 확보가 가능하다. 생존을 위한 필사적인 노력은 구심력을 뚫고 나가려는 원심력의 성패에 달려 있다.* 이 상반된 작용은 결코 통합될 수 없는 분열된 삶의 방식을 표현하는 것이지만 삶의 지향성과 현실적 상황의 상극을 이 대립적인 힘의 작용에서 파악할 수 있는 하나의 모형을 제시해줄 뿐만 아니라 작용과 역작용의 상호관계에서 우리는 서정적인 것의 본질적 속성을 감지할 수도 있을 것이다.

이 관점에서 바라볼 때 현실의 장에서가 아니라 깊은 심심산천 님의 무덤가의 금잔디에서 봄날의 순환과 새로운 생명의 빛에 대한 의식을 일깨운다는 점이 위의 시에서 두드러진다. 여기서 무덤과 현실은 시인의 상상에 의해서 동일시될 수 있을 것이다. 그러나 현실과 죽음을 동일시하는 이러한 의식의 취약점은 전진적이라기보다는 퇴행적인 삶의 태도

---

* 이 서정적 자아의 의식의 방향성이 원심력과 구심력의 방향으로 움직인다는 점은 벤(G. Benn)에 의해서도 통찰된 바 있다. 그는 서정적 자아가 타원에 따라 양극을 움직이는데 처음에는 원심력의 방향으로 움직이다가 나중에는 구심력의 방향으로 움직여 언어 속에 가라앉는다고 보았다. 필자는 서정적 의식의 지향성을 언어의 관점에서가 아니라 삶의 확보와 현실적 상황과의 갈등과 대립의 전개라는 점에서 이를 파악할 수 있다고 본다. 고트프리드 벤, 〈서정시의 제문제〉〈현대독일시론〉(전광진 역, 탐구당, 1979), 44~45쪽 참조.

를 반영하는 것이다. 이것은 김소월을 삶의 풍요로움으로 나아가게 한 것이 아니라 죽음의 충동에 사로잡히게 하였으며, 삶의 좁힘이라는 막다른 길로 후퇴하게 만들었다. 따라서 현실의 모순이나 파괴된 질서를 개혁하지 못하고 그대로 방치하고 마는 결과를 초래하였다. 그의 시가 시대의 외면적 주제를 강렬한 언어로 시화하면서도 일견 무력해 보이는 것은, 이처럼 생존의 의의를 찾을 수 없는 가사假死의 현실을 방치하고 마는 좁혀진 삶의 가장자리에 그의 시세계가 자리잡고 있기 때문이다.

바꾸어 말하면 그는 삶의 변두리에 있으며, 또 죽음에서도 그 가장자리에 있게 되는 이중적 모순을 노출한다. 이러한 상황은 분명히 긍정적인 삶이 아니며, 그렇다고 완전한 죽음의 상태도 아니다. 현실의 힘에 밀려 죽음으로 향하게 될수록 그는 살아 있기는 하지만 그의 내면은 죽음 의식으로 가득 차게 된다. 우리는 여기서 이와 반대되는 삶의 방향을 생각할 수도 있다. 김소월의 자아를 현실에 개방하고 이를 압도하는 진취적인 자세를 취함으로써 충만된 삶을 성취할 수 있는 가능성을 생각할 수 있다. 그러나 김소월의 경우 진취적인 삶의 방식을 선택할 수 없었다. 그 이유는 복합적이다.

우선 그에게 주어진 의식의 근원적인 방향성이 여러 가지 내적·외적 제약으로 인하여 삶의 좁힘으로 결정되었으며, 이 방향성은 서정시인으로서 그의 운명을 정하는 결정적 계기가 되었던 것이다. 좀더 천착해야 할 것은 좁힘의 방향성이 소극적인 의미이기는 하지만 삶의 긴장을 강화하고, 삶에 일관성을 부여한다는 점이다. 물론 좁힘의 방향성을 취하게 되는 의식의 핵심에는 슬픔의 감정과 허무주의가 짙게 배어들지만, 분명히 이 좁힘의 방향성은 현실을 제거함으로써 이루어지며, 그가 취하는 강화의 방향이 오히려 이로 인하여 현실을 통어하지 못하는 약화의 방식인 감정적 슬픔으로 나타난다는 것이다. 그 결과 김소월은 삶의 방법이나 태도에 있어서 자기부정의 위험성을 필연적으로 내포하게 된다. 이러한 자기부정의 방법은 많은 한국의 시인들에게 익숙한 것이었으며, 부정의 시대를 사는 대표적인 삶의 방법 가운데 하나이기도 하였다.* 이러한 방법이 긍정적이든 부정적이든 김소월이 문학사의 표면에 떠오르는 것은 이런 문맥에서이다. 그러나 이런 자기부정의 방향성은 삶의 의지를 약화시키며, 결과적으로 현실에 존재하는 인간을 그 현실에서 물러서게 만들어 현실은 물론 삶까지도 부정하게 된다. 좁힘의 방향성이 극단으로 치달릴 때 김소월은 삶과 죽음을 다음과 같이 동일시하게 된다.

> 살았대나 죽었대나 같은 말을 가지고
> 사람은 살아서 늙어서야 죽나니,
> 그러하면 그 역시亦是 그럴 듯도 한 일을,
> 하필何必코 내 몸이라 그 무엇이 어째서
> 오늘도 산山마루에 올라서서 우느냐.

—〈생生과 사死〉 전문.

삶과 죽음은 하나로 일체화되고, 죽음을 의식하며 살아 있는 자가 느끼는 삶의 지루함과 고통스러움이 '사람은 살아서 늙어서야 죽나니'와 같은 시행에 역력히 나타나 있음을 볼 수 있다. 그러나 우리가 빠뜨릴 수 없는 것은 삶이 죽음과 같은 것임에도 불구하고 산마루에 올라서서 탄식에 가까운 목소리로 시인이 울고 있다는 사실이다. 뒤바꿔보면 이는 삶이 죽음과 동일시될 수 없다고 말하는 것이기도 하다. 김소월은 자신의 삶을 부정하게 만드는 현실조건을 개혁하려 하였다기보다는, 여기서 물러나 스스로에게 모든 잘못을 돌리고 있었음을 우리는 이 질책적 탄식에

---

* 여기서 우리는 시인이 현실을 거부하고 삶과 죽음을 동일시할 경우 황매천이 쓴 〈절명시絶命詩〉를 연상할 수 있으며, 절사節士의 정신이 드러내는 행동주의의 일면도 고려할 수 있다. 이 양자는 행동의 양식에 있어서 양극점에 놓이지만, 외적 상황에 대응하는 그 심리적 근거가 삶의 불안정성에 토대를 두고 있다는 점에서 비교해볼 만하다.

서 알 수 있다. 이 자책감은 그가 분열된 현실을 통합하기 위해 능동적으로 현실에 대처하지 못하였을 때, 그로 인하여 끝없이 야기되는 심리적 질책인 동시에 이를 무화시키는 감정적인 자기해소의 방법이었다. 물론 그것은 속악한 현실을 거부하며 자신을 지키는 최소한의 방법이 될 수 있다.

'나는 세상 모르고 살았노라' 와 같은 시에서 소월은 스스로 세상을 모르고 살았을 뿐만 아니라, 세상을 알려고 하지도 않았음을 보여준다.

나는 세상모르고 살았노라,
고락苦樂에 겨운 입술로는
같은 말도 조금 더 영리怜悧하게
말하게도 지금은 되었건만.
오히려 세상모르고 살았으면!

'돌아서면 무심타' 는 말이
그 무슨 뜻인 줄을 알았으랴.
제석산帝釋山 붙는 불은 옛날에 갈라선 그 내 님의
무덤에 풀이라도 태웠으면!

— 〈나는 세상모르고 살았노라〉 제2·3연.

삶의 고락은 그를 영리하게 처세하도록 만들었지만, 그가 생각하는 참다운 삶은 결코 그러한 현실의 삶을 그대로 받아들이는 것이 아니다. 그가 현실을 거부하는 것은 현실이 주는 삶의 고통스러움 때문이 아니라 그 고통스러움으로 인하여 빠져드는 삶의 자기기만성 때문이었던 것이다. 세상을 알면 알수록 세상은 허위와 위선에 가득 차 있으며 진실한 삶이 가식적인 것들의 유혹에 기만당하고 있음을 체험하였던 것이다. 그가 세상을 모를 때 그는 최소한 그 거짓의 세계에 유혹당하지 않았지만, 삶의 고락을 통해 현실을 알면 알수록 그가 이 위선적인 세계의 부당함을 깊이 통찰하는 모순에 봉착하게 되었다. 이런 모순은 현실에서 삶을 영위하는 인간이 부딪치게 되는 존재 자체의 일반적 불합리성으로부터 출발하는 것이기도 하다. 그러나 이런 모순을 받아들이는 방식은 다양하다. 김소월의 경우, 이 모순을 부정하는 것이 현실을 거부하는 것으로 나타나며, 현실의 거부는 그를 세상으로부터 물러서게 만들었다. 이 시의 3연에서 볼 수 있는 것처럼 그의 관심은 현실에서 벗어나 옛날에 떠나간 님의 무덤을 향하는 것이었다. '제석산 붙는 불'(이 불은 봄이 되면 진달래나 철쭉이 피어 온 산을 불태우는 듯한 모습을 사실적으로 나타낸 것이라 보인다)이 그 무덤가의 풀이라도 태워줄 것을 그는 간절히 바란다. 그것은 허위에 가득 찬 세상에서 그가 현실을 거부하며 현실로부터 벗어날 수 있었던 유일한 방법이었던 것이다. 무덤의 풀을 태움으로써 회생의 가능성을 기원해 보는 것은 현실의 개혁이 불가능한 것임을 인식한 김소월의 마지막 소망이었다고 하겠다.

   그러나 이러한 재생의 방법은 현실의 문제를 현실에서 해결할 수 있는 방식이 아니다. 이것은 그가 알려고 하지 않음으로써 방치해 버린 현실에 진정으로 대응하는 어떤 구체적인 대응방법이라 할 수 없다. 그것은 삶의 포기인 동시에 현실에서 이루어지는 삶의 전체성을 부정하는 것이다. 김소월이 삶의 현장을 거부할 때, 그가 택할 수 있는 삶의 방식은 크게 보아 두 가지로 극단화된다. 우선 고통스러움을 벗어나 초월적인 정신의 세계에서 자기긍정의 방법을 찾거나, 아니면 끝없이 고통스러움을 확인하며 진실과 허위의 이율배반적인 두 세계의 경계선에 서서 자기긍정의 방법을 모색하는 것이다. 여기서 김소월은 초월적 방식, 곧 세속적인 삶을 초탈하는 방식을 택하지 않았다. 그는 슬픔을 통해 슬픔을 극복할 수는 없었지만, 현실의 충격이 가하는 고통스러움을 슬픔의 정서로써 부드럽게 용해시키려 했던 것이다. 그의 시를 지배하는 충만된 슬픔은 허위와 진실, 삶과 죽음이라는 양극적인 세계를 포용하는 보다 더 포괄적인 삶의 감정이었다. 그러나 이원적 대립을 근원적으로 극복할 수 없는 슬픔의 시는 현실에 어떤 형태의 반격도 가할 수 없었으며, 더 적극적이고 구체적인 대응방식을 택할 수도 없었다. 따라서 광포한 현실이 그에게 가하는 힘의 위력은 현실에서의 삶의 기반은 물론 어떤 질책으로 지킬 수 있는 자신의 세계(어떤 의미에서 최소한의 양심의 자리)마저도 남김 없이 분쇄하고 마는 가속적인 것이었다. 이 한계상황에서 그의 고뇌는 어쩔 수 없이 난파될 수밖에 없었다. 다음 〈비난수하는 맘〉과 같은 시는 이 난파된 삶의 단면을 첨예하게 보여준다.

　　함께 하려노라, 비난수하는 나의 맘,
　　모든 것을 한 짐에 묶어 가지고 가기까지,
　　아침이면 이슬 맞은 바위의 붉은 줄로,
　　기어오르는 해를 바라다보며, 입을 벌리고.

　　떠돌아라, 비난수하는 맘이어, 갈매기같이,
　　다만 무덤뿐이 그늘을 어른이는 하늘 위를,
　　바닷가의. 잃어버린 세상의 있던 모든 것들은
　　차라리 내 몸이 죽어 가서 없어진 것만도 못하건만.
　　　　　　　　　　　　　—〈비난수하는 맘〉 제 1·2연.[*]

　정향 없이 떠도는 갈매기와 비난수하는 마음의 대비에서 우리는 화자가 스스로에게 가하는 심정적 자기 질책은 물론 난파된 삶의 모습을 구

---

[*] 이기문, 앞의 글, 24쪽에서 '비난수'는 정주방언에서 무당이나 소경이 귀신에게 비는 말이라 한다. 소월 시가 마력적인 주문과 같이 반복될 때 이 비난수가 된다는 것은 그의 시를 해명하는 흥미 있는 단서이다.

체적으로 볼 수 있다. 차라리 죽어 없어진 것만 못한 삶은 구체적 삶의 목표를 세울 수 없었던 그에게 어쩌면 당연한 일이었는지도 모른다. 갈매기같이 하늘이나 바닷가를 떠도는 그의 마음은 식민지적 상황이나 조건 아래서 전락한 주변인의 상징적 모습 바로 그것이다. 어떤 의미에서 식민지 상황 아래서 모든 삶의 행위는 식민지 체제와의 야합이나 결탁이라고 전제할 때 삶이 진실로 현실에 뿌리를 내린다는 것은 불가능하였을 것이다.

그러므로 현실을 지배하는 절대적 힘이 가해오는 강압적인 횡포는 김소월이 영위하는 생존의 구체적 근거는 물론 정신적인 뿌리까지 철저히 파괴하여 다시는 그가 발 디딜 틈을 주지 않았던 것이다. 그가 적도인 동경은 물론 서울에서도 정착하지 못하고 고향으로 다시 돌아가고, 다시 처가가 있던 구성에서 벌인 신문사 지국 경영 등의 일에서 실패하였다는 사실은 이런 점을 입증한다. 우리가 여기서 충분히 생각해 보아야 할 것은, 그가 왜 이와 같이 동시대적 삶에 발 디딜 수 없을 만큼 전락하게 되었는가이다. 그것을 우리는 일단 그가 어떤 형태로든 현실과 타협할 수 없었기 때문이라고 생각할 수 있다. 현실을 거부하는 것이 현실과 타협할 것을 전적으로 거부하는 것으로만 나타날 때 소극적인 것이기는 하지만 타협의 거부로 야기되는 현실과의 단절감으로 인하여 그것은 매우 고통스러운 것이었을 것이다.

심지어 그는 식민지적 질서는 물론 사랑하는 님이나 친구를 포함한 현실에서의 모든 인간적 관계까지 부정하고, 끝없는 자기질책의 괴로움을 감수할 것을 택한다. 〈진달래꽃〉이나 〈먼 후일後日〉에서처럼 그는 님을 말할 때 현재의 사랑이나 미래의 약속을 신뢰하지 않았으며, 〈깊이 믿던 심성心誠〉과 〈무신無信〉에서처럼 친구에 대한 믿음도 부질없음을 말하였다. 이 모든 부정의 방식은 거의 유례가 없는 일이다.

아울러 김소월의 시에 나타나는 대부분의 님은 떠나가 있거나, 아니면 죽어 있는 님으로서 돌아올 수 없는 대상으로 제시된다는 점도 우리는 눈여겨보아야 할 것이다. 그의 시가 눈물로 충만되어 있었던 것은 이런 삶의 감정을 끝없이 해소하기 위해 요구되는 필연적인 것이었다. 현실에 속한 모든 것을 거부할 때 그 거부의 유일한 근거가 되며 해소책이 되는 것은 눈물 흘리는 스스로의 마음뿐인 것이다. 그것은 깨어 있으면서 죽어 있는 것과 같은 양면성을 가지며 어떤 의미에서 감미로운 자기도취와 같이 그의 삶을 유지시킬 수 있는 방법이라고도 하겠다.

> 함께 하려 하노라, 오오 비난수하는 나의 맘이여,
> 있다가 없어지는 세상에는
> 오직 날과 날이 닭소리와 함께 달아나 버리며,
> 가까웁는, 오오 가까웁는 그대뿐이 내게 있거라!
>
> ─〈비난수하는 맘〉 제4연.

우리는 위의 인용에서 세월은 쉽게 지나가 버리고, 자기 자신을 꾸짖는 마음만이 그에게 친근한 것이었음을 볼 수 있다. 여기서 속악한 현실과 타협하지 않고 자신을 지킴으로써 김소월이 오히려 자신을 속박하게 되는 역설적 상황에 처하게 되었던 까닭을 이해할 수 있다. 그러나 이 세상이 모두 타락한 상황일 때 이와 같이 타협을 전적으로 거부하는 방법만으로는 진정한 가치에 도달할 수 없는 일이다. 인간의 삶은 현실과 복합적으로 얽혀 있고, 그 현실을 극복하거나 개혁하는 것은 일차적으로 그 현실을 받아들여야만 가능하다. 실제로 삶을 영위한다는 점에서 현실의 완전한 거부라는 것은 불가능하지만, 김소월이 삶의 현실을 거부하는 좁힘의 방향성을 택할 때 그것은 현실을 전적으로 거부하는 방법으로 극단화될 가능성을 갖는 것이었다. 뿐만 아니라 그것이 어느 한 개인만의 문제가 아니고, 민족이나 사회 전체라는 집단 공동의 문제였을 때 이러한 삶의 방식은 부당한 외세의 힘이 작용할수록 가속적으로 극단을 향하게 된다. 김소월의 시적 선택은 슬픔이라는 감정적 모습을 드러내지만, 그가 진정한 방법으로 진정한 가치에 도달하려 하였다는 점에서 일관성을 뜻하는 것이었다고도 말할 수 있다. 그의 좌절은 자기반성과 질책을 통하여 현실과 타협하지 않는 개인으로서 자신을 지키고자 하는 데 근거하고 있었던 것이다. 물론 그는 현실을 알면 알수록 삶은 괴로운 것이라고 인식하고, 차라리 현실을 외면하거나 포기하고자 하였다. 그는 현실로부터 물러서고 자신의 고통스러움으로부터도 벗어나고자 하였지만, 그것은 자기폐쇄와 응축으로 향하게 만들었으며 초월적 삶의 방식을 택할 수 없었던 그로서는 완전히 현실에서 해방될 수도 없었다. 그가 점점 식민지 치하의 주변인으로 몰락하게 되어 끝내는 현실에 대해 어떠한 반격도 가할 수 없었다는 것은 그만큼 그가 현실과 타협하지 않았다는, 그리고 결코 타협할 수도 없었다는 구체적 증거가 될 수는 있다. 그러나, 타협의 거부만이 진실한 삶의 방식은 아니었으며, 이런 선택이 진정한 삶의 풍요로움이나 추악한 현실의 개혁에 이르지 못하는 아쉬움도 부정할 길이 없다.

그럼에도 불구하고 분열된 삶의 의식에 근거한 김소월의 서정시는 파열된 시대의 총체성에서 파생되는 위화감과 간극을 인식하여 시대를 증언하는 서정시의 본질적 일면을 드러낸다. 이 글에서 자세히 다루지 않는 그의 빼어난 서정시들은 어용적이거나 당위론적 이념시들이 가지는 결함을 근본적으로 넘어선다. 이렇게 볼 때 김소월의 시를 통하여 조망할 수 있는 문학사적 그물의 범위는 결코 언어적 표현이란 심미적 측면만이 아니다. 어떤 시대이건 인간이 그들의 삶과 의식의 균열된 틈을 극복하지 못하는 한 김소월의 시가 지니는 문학사적 의미의 그물은 넓고 깊게 확산되어 그 생명력을 이어갈 것이다. 여기에서 우리는 김소월의 시적 정서의 보편성이 시대를 넘어서 보다 넓은 시야를 펼쳐 보이는 것이면서, 예술과 영혼이라는 운명적인 문제에 부딪친다고 말하지 않을 수 없다. 그것은 형식과 영혼이라는 문학예술의 근본적인 명제이다.

3. 혼魂을 부르는 소리와 운명運命의 형식

현실에서의 삶이 무의미하다고 판단되지만 어쩔 수 없이 그러한 삶을 받아들여야만 할 때 슬픔의 시가 씌어진다. 김소월의 경우 그가 지상의 모든 억압은 물론 그가 처한 슬픔의 감정에서 진정으로 벗어나고자 할 때, 그의 시에는 현세적 삶을 뛰어넘고자 하는 혼을 부르는 소리로 치달리게 된다. 이 혼을 부르는 소리를 통해 김소월은 현실의 삶 저 너머에 있는 죽음의 영역에 도달하였으며 삶과 죽음이 일체화되는 이 지점에서 삶의 비애감은 전율적으로 해소된다. 물론 이것은 초월적 세계에서 자기 구원에 도달하는 종교적 형이상의 방법과 다르다. 정신주의의 어떤 방법으로도 통합할 수 없이 극단적으로 파괴된 현실에서의 삶을 가장 극적으로 통찰하는 순간에 이르러서야 혼의 인식이 가능하다. 일반적으로 삶이 곧 죽음이라는 인식에는 쉽게 도달할 수 있지만, 이 인식을 뒤바꿔 죽음이 곧 삶이라는 명제로 되돌아오기는 어렵다. 죽음이 삶이라는 인식에는 현실을 개조하려는 적극적이며 실천적인 의미가 내포되어 있다. 그러나 김소월은 삶과 죽음이 교차되는 현실에서 이념적 목표를 달성하기 위한 실천적 목표로 삶을 받아들였던 것은 아니었으나 그의 시 전체를 통하여 삶에 어떤 시적 형식을 부여하려는 시도를 지속한 것으로 보인다. 고통스러운 삶에 시적 형태를 부여하려는 그의 시도는 그 시대에 장기瘴氣처럼 서려 있는 파멸적인 자의식을 대변하는 것으로서 이런 시대인식은 민족의식의 집단적 저류를 이루고 있었지만 외적 압력으로 인하여 밖으로 드러낼 수 없었으므로 감추어진 혼의 탐색이라는 내면적 주제로 형상화된다. 김소월 개인으로 보면 그는 이 지점에서야 비로소 그 자신의 슬픔이나 자책을 넘어설 수 있었을 것이다. 생사를 뛰어넘는 강렬한 충동의 전율적 긴장만이 스스로를 보호하는 방벽처럼 자신을 감쌀 수 있었기 때문이다. 바로 이 삶과 죽음의 일체화를 전율적 소리로 보여주는 시가 〈무덤〉이다.

> 그 누가 나를 헤내는 부르는 소리
> 불그스름한 언덕, 여기저기
> 돌무더기도 움직이며, 달빛에,
> 소리만 남은 노래 서리워 엉겨라,
> 옛 조상祖上들의 기록記錄을 묻어둔 그곳!
> 나는 두루 찾노라, 그곳에서,
> 형적 없는 노래 흘러 퍼져,
> 그림자 가득한 언덕으로 여기저기,
> 그 누구가 나를 헤내는 부르는 소리
> 부르는 소리, 부르는 소리,
> 내 넋을 잡아끌어 헤내는 부르는 소리.
>
> ―〈무덤〉 전문.

이 시의 중심축은 제 6행에 있다. 의식의 주체자가 자신을 부르는 소리를 확인하려는 전환의 계기가 마련되기 때문이다. 물론 제 5행 '옛 조상들의 기록을 묻어둔 그곳!'은 이 시를 역사적 현재 속에서 해석할 수 있는 한 단서를 제공한다. 시인은 선인들의 무덤 속에서 자신의 넋을 부르는 소리를 듣는 것이다. 그가 이 부름의 소리를 듣는 지점은 돌무더기 같은 무생물도 살아 움직이는 삶과 죽음의 경계선으로서, 현실적 삶의 가장자리이면서 동시에 죽음의 쪽에서 보면 또한 죽음의 가장자리이기도 하다. 이 두 세계가 접합되는 경계선은 현실에서 정당한 삶의 의의를 상실한 김소월에게는 삶과 죽음이 교차하는 순간 이루어지는 초월적 의식의 전율적인 간극을 드러내는 지점이었던 것이다.

특히 이 시의 9행에서 시작하여 11행까지 반복되어 부르는 소리는 추상적 충동에 의해 가속적으로 강화된 울림을 전달한다. 소리는 부르면서 사라지고, 사라지면서 흔적도 없는 죽음의 울림을 남긴다. 아울러 이 울림은 현실의 삶이 참다운 것이 되지 못한 시인에게 부정적이기는 하지만 자신의 삶을 정당한 것으로 성취하도록 하는 의식을 일깨운다. 그러나 이런 일깨움이 있었다고 할지라도 삶과 죽음의 경계선에서 그가 실제로 부딪친 것은 감각과 의식의 마비였으며, 그 결과 어떤 방향성조차도 지니기 어려운 순간이 있었을 것이다. 이러한 순간은 현실에 존재하는 인간이 자신도 모르게 자신의 패배를 인정하는 순간 극적으로 이루어지는 의식의 현기증으로 인하여 야기된다. 그러므로 이 일깨움만으로는 전체적인 상황을 역전시킬 수는 없는 것이지만, 현실을 박차고 무덤 저 너머의 세계에 도달하고자 했던 것은 그것대로 하나의 시적 해결방식이 될 수 있었을 것이다.

그러나 그러한 해결방식은 속악한 현실을 그대로 방치하고, 초월적 혼의 세계로 향하게 만든다는 약점을 갖는다. 여기서 우리는 김소월이 현실을 바로 꿰뚫어보려는 노력 없이 현실 저 너머의 세계에 침잠해 버렸던 것이 아닌가 하는 의문을 제기할 수 있다. 돌이킬 수 없는 몰락과 좌절의 눈물이 그의 시세계를 가득 채우고 있다는 느낌을 우리는 그의 시 전체에서 강하게 받는다. 그의 눈물은 한편으로는 감미로운 자기해소이면서 다른 한편으로는 끝없이 고통스러운 자기확인이기도 하다. 그는 왜 그러한 고통의 감수자로 스스로를 체념하고 세계를 개혁하거나 투쟁하려는 적극적인 힘을 발휘할 수 없었던 것일까. 삶의 역동성을 통한 자기강화의 방법이 그의 시에서는 오히려 약화를 초래했다는 자기부정의 역설적 근거를 여기서 생각해 볼 수 있다. 그리고 이런 편향성이 단순히 문학적 관습이나 시인의 기질에서 유래한 것인가를 세심히 검토할 필요가 있다. 어떤 논법에 의해서건 인간의 삶이 현실과 단절될 수 없다는 점은 근본적으로 부정할 수 없을 것이다. 시대적 삶은 개체적 삶을 포괄적으로 규정하며, 한 개인이 이를 뛰어넘고자 할 때 그것은 그를 어떤 형태로든 한계상황에 처하게 만들 것이다. 이 한계상황은 선택과 결단의 명제를 제기할 것이며, 여기서 지속적 일관성은 이 선택에 의한 삶을 보장하는 최후의 관건이 될 것이다. 왜냐하면 김소월의 경우 무엇보다 그의 시는 처음부터 끝까지 지속적으로 상실을 노래하고 있으며, 이것이 하나의 총체적 세계를 이루고 있기 때문이다. 이러한 일관성은 우리 문학사에서 그 유례를 찾기가 힘들 정도로 고통스럽게 계속되었으며, 이 일관성이 시적 정서의 통일성을 유지시켜 슬픔이라는 전통적인 시적 감정의 보편화*에 이르게 되었다는 점도 우리는 지나칠 수 없다. 위에서 김소월이 현실과의 타협을 거부함으로써 자신을 지키려 했다고 말한 바 있다. 그러나 반성과 자기질책의 일관성만으로 타락한 현실을 개혁할 수는 없다. 오히려 이런 방법은 그를 억압하는 현실의 사악한 힘의 위력에 의해 점점 스스로를 몰락시켜 주변인으로 밀려나게 만드는 삶의 좁힘이라는 결과를 초래한다. 보다 넓은 관점에서 고려해 볼 때, 그것은 김소월 개인만의 문제가 아니라, 1920년대의 모든 한국인이 처한 공동운명이기도 했던 것이다. 일견 그들의 몰락은 돌이킬 수 없었던 것처럼 보일 수도 있다. 현실의 문제에 대처하는 책임을 자기 자신에 한정하여 가중되는 고통스러운 삶의 핵심에 접근해 갈 때 그는 그 심연에서 소용돌이치는 엄청난 힘에 의해 현실의 가장자리로 떨어져 나가게 되고, 그가 떨어져 나간 자리에 생긴 마음의 공동은 허무의식으로 가득 찬다. 그럼에도 그 현실에 위치할 수밖에 없는 그의 삶은 고통스러움으로 마비되어 거의 가사

---

* 고석규, 〈시인의 역설〉, 《문학예술》1957. 1·2합병호(신동욱 편, 김소월, 문학과지성사, 1980. 10에 재수록), 81쪽에서 김소월의 시를 논하면서 그가 '서정의 보편화'에는 성공하였지만, '서정의 이념화'에는 실패하였다고 지적한 바 있다.

상태에 이른다. 상실과 눈물의 시는 이러한 그의 세계를 스스로에게 끝없이 환기시키며 적셔주는 마력적인 주문과 같은 '비난수'이다. 왜냐하면 이 상태에서 벗어나려는 어떤 시도도 오히려 그를 더 무력하게 하고 고통스럽게 하였을 것이기 때문이다. 김소월의 시를 자족적이라고 할 수 있다면, 그것은 이 고통스러움과 가사상태를 동시에 포괄하는 표현으로 이해해야 할 것이다. 감정의 자족성이 강화될수록 현실을 정확하게 바라보는 시각을 상실할 위험이 증가할 뿐만 아니라 현실에서 영위되는 모든 것을 포기할 가능성까지도 내포한다는 점을 지나칠 수 없는 것이다. 그러나 고통스러움의 감수자로서 그가 대처한 반응양식이 많은 것을 유보하였다 할지라도 그가 취한 삶의 진실은 그 방법에 있어서 현실의 허위성을 부정하는 근원적인 삶의 자세 가운데 하나였다.

한 걸음 나아가 위의 시 제5행과 제6행에서 볼 수 있는 것처럼 의식의 주체자를 확인하려는 화자의 시도는 자신의 넋을 부르는 강한 추상적 충동에도 불구하고 시대적 현실 위에 놓여 있는 서정적 자아의 고통스러움을 드러내어 그가 살았던 시대의 한 정신사적 기록을 보여주는 것이다. 가사假死의 현실에서 죽음의 세계로 향한 충동을 강렬히 느낀다는 것은 고통스러움의 최면상태에서 벗어나려는 거의 무의식적 반작용이며 직관적 반응이라고 할 수 있다. 그것은 그가 세계의 질서를 정면으로 바라보려 하지 않았거나, 이미 그러한 시선을 갖는다는 것이 불가능하였을 때 유발되는 심적 반응을 나타내는 것이다.

위의 시에서 화자가 자신의 넋을 부르는 소리에 이끌려 '조상들의 기록'의 세계로 되돌아가고자 할 때, 우리는 과거로 되돌아가고자 하는 퇴행적인 시 의식을 부분적으로 확인할 수 있다. 이 과거지향 의식은 황금시대의 도래가 불가능하다는, 그리고 그것이 과연 실재했었는지도 의심스럽다는 판단을 함축한 것으로서 분열된 시대를 사는 삶의 비극적 감정이 극대화되고 있음을 드러낸다. 김소월은 일단 현실의 어둠으로부터 물러난 과거와 결합하여 현재의 난관을 벗어나려 했을 것이다. 물론 이러한 도정에서 진실로 세계를 바라보려 할 때 고통스러운 자기해체를 전제하게 된다. 자신의 처절한 한계를 인식한 지점에서 삶의 본연의 모습 속에 비친 무력한 자아의 영상이 드러나고, 자아와 현실의 분열은 삶과 죽음을 뛰어넘는 혼의 차원에서야 극복될 수 있었을 것이다.

> 퍼르스렷한 달은, 성황당의
> 데군데군 헐어진 담 모도리에
> 우둑히 걸리었고, 바위 위의
> 까마귀 한 쌍, 바람에 나래를 펴라.
>
> 엉긔한 무덤들은 들먹거리며,
> 눈 녹아 황토黃土 드러난 멧기슭의,
> 여기라, 거리 불빛도 떨어져 나와,
> 집 짓고 들었노라, 오오 가슴이여
>
> 세상은 무덤보다도 다시 멀고
> 눈물은 물보다 더 더움이 없어라.
> 오오 가슴이여, 모닥불 피어오르는
> 내 한세상, 마당가의 가을도 갔어라.
>
> 그러나 나는, 오히려 나는
> 소리를 들어라, 눈석이물이 씩어리는,
> 땅 위에 누워서, 밤마다 누워,
> 담 모도리에 걸린 달을 내가 또 봄으로.
>
> ─〈찬 저녁〉 전문.

이 시에서 우리는 삶의 세계가 무너져간 황폐한 현장을 볼 수 있다. 그것은 이 시인의 내면풍경 그대로이다. 현실로부터 멀리 벗어난 곳에서 시인은 밤마다 누워서 눈물을 흘린다. 세상은 무덤보다도 멀고 눈 녹아 드러난 산기슭의 황토흙과 거기서 살아 움직이는 듯한 무덤을 시인은 응시한다. 그는 삶의 세상보다는 죽음에 더 근접해 있다. 제3연에서 볼 수 있는 바 달을 바라보며 '내 한세상'도 지나가 버린 절망적 상황에서 야기되는 화자의 내면적 갈등의 하강적 의미는 심장하다. 물론 이 시의 문면에서 그 갈등의 구체적 이유가 무엇인가는 표현되어 있지 않다. 밤마다 땅 위에 누워 눈석이물(눈 녹아 흐르는 물—필자 주)이 떨어지는 소리를 들으며, 이 심리적 번민으로 인하여 시인은 죽음을 향한 강렬한 충동에 마비된다. 바꾸어 말하면, 스스로 흘리는 싸늘한 눈물에 젖어 가사상태에 휩싸여 있는 것이다.

이 시는 앞에서 거론한 〈무덤〉의 연장선에서 검토될 수 있다. 그러나 무덤에 비하여 그 내면풍경은 더 철저히 파괴되어 황량하다. 바위 위에서 날개를 펴는 한 쌍의 까마귀는 저승사자와도 같이 죽음의 울음소리를 묵시적으로 울리고 있다. 침울하고 음침한 시의 전체적 분위기는 파괴적인 충동에 이끌려 이미 죽음 속에 한 걸음 발을 들여놓고 있는 시인의 자의식을 시사한다. 우리는 이 시에서 삶과 죽음의 문제가 다분히 죽음 쪽으로 기울어가며, '퍼르스럿한 달'이 비추는 어두운 세계는 귀기서린 빛을 발하는 것이었음을 느낄 수 있다. 처절한 자기파괴와 더불어 달을 바라보는 시인의 시선은 이미 세계에 퍼져 나가고 있는 죽음을 끌어당겨 머금고 있는 것이다.

이 시에서 우리는 죽음으로부터 되돌아오는 삶에의 의지를 확인할 수 없다. 죽음을 향해 날개를 펴는 까마귀의 음산한 울음소리만 들릴 뿐이다. 죽음과 같은 현실에서 그가 부분적으로나마 향유하였던 삶의 세계, 곧 봄이 돌아오면 되살아나는 순환적인 삶의 세계도 동심원적 평형이 구심력의 방향으로 일방적으로 일그러짐으로써 무한한 좁힘의 충동에 의하여 결국 파열하고 만다. 삶에 대한 인간의 부정적 의식의 가속화로 행위의 반경이 좁혀질 때, 그 극한에 이르러 의식은 파열하고, 거기서 삶은 산산이 부서지는 파편적인 것으로 인식될 수밖에 없었을 것이다.

〈초혼召魂〉의 비극성은 바로 이 지점에 자리 잡고 있다. 그것은 삶이 죽음에 충격되어 죽음을 넘어서려는 것이었던 듯하다. 물론 그것은 다분히 샤먼적 의식儀式의 일부로 나타나는데, 이는 우리 민족의 전통적인 심리 기제의 일부이기도 하지만 근원적으로 인간이 죽음을 초월한다는 것은 불가능한 일이기 때문에 이런 형태로 변형된 것이다. 이 지점에서 삶과 죽음의 양극을 왕복한다는 것이 의식의 차원에서는 가능하지만 현실에서는 불가능한 것이며, 삶과 죽음의 순환적 패턴이 더 이상 반복되지 않고 응축되는 결정적 순간을 볼 수 있다.

김소월의 다른 시들에서 느낄 수 있는 질펀한 시적 감정과 달리 이 시에 표출된 시적 감정은 굳고 단단한 것의 부스러짐처럼 고체화되어 있다. 외침의 열도가 강렬할 때, 모든 슬픔의 정서가 휘발되어 버리지만 죽음 그 자체는 회복할 도리가 없으므로 산산이 부서진 파편으로 그의 외침이 뿌려지는 것이다.

> 산산히 부서진 이름이여!
> 허공虛空 중中에 헤여진 이름이여!
> 불러도 주인主人 없는 이름이여!
> 부르다가 내가 죽을 이름이여!
>
> ―〈초혼召魂〉 제1연.

허공 중에 산산이 분해되어 버린 님의 죽음을 인식함으로써 김소월은 그 스스로도 비로소 죽음의 문턱에 서게 된다. 이 초혼의 절대절명의 명제는 죽음의 세계에 모든 것을 내던져 부딪치는 추상적 충동의 극점이자 막다른 길이다. 그가 사랑하던 사람의 이름을 부름으로써 도달한 죽음의 관문에서 우리는 한 운명의 형식을 볼 수 있다. 시에 있어서 운명과 현실의 문제는 혼의 충격에 부딪치는 삶의 행위에 의하여 하나의 통일체를 형성하는 것이다. 이 통일체는 너무나 강렬한 힘으로 일체화된 것이어서 그것의 분리는 거의 불가능하다.[*] 그의 혼이 현재로부터 자유로운 이 절대적 자리에 위치함으로써 그는 현실을 향한 모든 부정적 거부를 한 순간이라도 중지할 수 있었던 것 같다. 이 혼의 위치에 도달함으로써 자신을 위협하는 폭력적인 힘에 밀려 그가 어쩔 도리 없이 버려둔 현실에서 인식하였던 중압감으로부터 자유로울 수 있으며, 또한 그 현실을 전체적으로 조망할 수 있는 지점에 설 수 있기 때문이다. 현실에서 패배하고 몰락한 자가 그 모든 것을 굽어보는 자리에 서는 것은 그 모두를 초월할 수 있는 혼의 차원에 이르지 못하고는 불가능한 일이다. 그러나 그가 혼의 시현示顯을 결정적으로 포착하고자 할 때, 그것은 선 채로 돌이 되어 추상적 높이에 응축되어 버린 것이므로, 삶의 현장인 현실세계로 되돌아 올 수 있는 가능성이 차단된 것이다. 김소월은 타협과 굴종을 강요하는 식민지적 현실과 정면으로 대결하려 하였던 시인이 아니다. 자아와 현실 사이의 극복할 수 없는 단절로 인하여 좁혀진 삶의 가장자리에 선 실존적 인간으로서 자기 자신의 영혼을 탐색하려 하였으며, 철저한 자기 한계 속에서 피할 수 없이 부딪친 삶의 양식을 그는 독자적인 서정시 형태로 표출한 것이다. 우리는 이를 운명의 형식이라 명명할 수 있을 것이다.

예술로 표현된 영혼은 그 자신의 예술에서, 사업과 행적으로 표현된 영혼은

---

[*] 운명과 형식의 공존이 하나의 통일체를 이루어, 이 양자를 분리한다는 것은 단지 추상적인 방법 이외에 거의 불가능하다는 점은 루카치에 의해 강조된 바 있다. G. Lukacs, *Soul and Form*(A. Bostock의 영역본, MIT Press, 1978) 7쪽 참조. 김소월에 있어서 운명과 형식의 통일성이 혼을 부름으로써 도달하여 자기분열의 극적인 순간에 성취된 것이라 볼 수 있다.

그 자신의 사업과 행적에서 그의 첫 형체대로 끝까지 남아 있을 것입니다.[*]

위의 인용에서 '표현'이란 용어에 이미 예술적 형식에 대한 개념이 전제되어 있다. 예술과 영혼은 불가분의 영원한 것이며, 형식과 영혼이 근원적인 상관성을 지닌 것이라고 김소월은 생각하였던 것이라 하겠다. 그는 이 글의 다른 부분에서 '시혼詩魂 역시 본체는 영혼'이라 하였다. 이런 관점에서 바라보면 그 자신의 영혼에 감정의 형식을 부여한 것이 그의 서정시였다고 할 수 있다.^{**} 여기서 한 걸음 나아가 그가 파멸적 삶의 충동에 의하여 감정의 형식에 영혼의 숨길을 불어넣을 때 이미 운명적이라는 필연성이 성립된다고 하겠다.

김소월은 괴로운 현실을 슬프다고 보았으나 슬픔을 통해 슬픔을 극복할 수 있는 대책을 마련할 수는 없었다. 그러나 이 슬픔은 그에게 있어서 삶의 감정이며 형식이었다. 삶과 형식이 결합될 때 서정적 혼의 원형적 모습이 드러나며, 그것을 시대성에 연결지을 때 김소월 시의 결정적 윤곽이 드러난다.

김소월에게 문제되었던 것은 실존적 삶의 구체적 난관을 이념적으로 극복하고자 하는 것이 아니라, 그가 처한 시대의 숨겨진 영혼을 탐색하는 것이었다. 이것이 혼의 좁힘이라는 추상적 충동으로 드러나며, 이 충동이 삶의 좁힘이라는 방향성을 지닐 때, 스스로 파멸의 막다른 길을 향하게 하는 것이었다. 〈초혼招魂〉은 앞에서 거론한 〈금잔디〉의 동심원적 구조에서 가속적으로 작용하던 의식의 지향성이 극단화되어 부서진 세계를 드러낸다. 〈초혼〉에서의 죽음은 과거적인 것이 아니라 현재적인 것이며, 이 죽음은 현실적 삶이 갖는 구체성과 역동성으로 인하여 〈금잔

---

* 김소월, 〈시혼詩魂〉, 《개벽》 59호(1925. 5), 13쪽.
** 김윤식, 〈혼魂과 형식形式—소월시와 관련하여〉, 《한국근대문학사상비판》(일지사, 1978. 3), 148쪽에서 '형식 즉 운명'이란 관점을 시사한 바 있다.

디〉에서 일시적이며 잠정적인 형태로 자족적 평형을 이루던 동심원적 구조가 깨어져 부서진 파편으로 나타난다.

죽음을 초극하려는 시인의 부르짖음과, 죽음을 강요하는 현실적 조건에서 야기되는 이율배반적인 지향성은 각각 원심력과 구심력이라는 상호 역방향으로 작용하여 동심원적 구조를 깨뜨리고 산산이 부서지고 찢기어진 삶의 모습을 드러낸다. 삶을 떠받치고 있는 현실이 일방적인 힘에 의해 지배될 때, 거기에 근거한 삶의 의식은 불안정한 것일 수밖에 없다. 이 불안정을 극복할 수 있는 현실적인 개혁이 이루어지지 않을 경우 삶은 자기분열의 위험성을 내포한다. 혼의 줍힘은 바로 이 현실적 압력에 의해 이루어진 삶의 불안정한 방향성이라 할 수 있다. 삶과 현실의 복합적인 얽힘은 현실이 서정적 주체로 대응할 수 없을 만큼 일방적인 힘을 가해올 때 그 폭력에 의해 삶의 주체자를 부서지고 흐트러지게 만드는 것이다. 삶의 현장에서 김소월이 현실에 가할 수 있는 유일한 반격은 그 고통스러움을 유연하게 받아들이는 슬픔의 시, 즉 노래의 형식을 빌어 삶을 기록하는 방법뿐이었다고 하겠다. '슬픔의 시에는 자족적인 위험이 내재해 있다 하더라도, 그것은 줍힘의 일방적인 가속화를 서정 속에 융해시킨다. 이 줍힘의 가속화로 야기되는 내면적 고통스러움을 밖으로 드러내는 감정적 방법이 김소월 특유의 슬픔의 시이다.' 김소월 시가 슬픔만으로 이루어졌다면 그 슬픔은 퇴색했거나 낡아버린 것으로 받아들일 수 있다. 그러나 〈진달래꽃〉이나 〈산유화〉 등의 시에서 우리가 인식할 수 있는 것은 놀라운 절제력과 명징한 통찰력으로 만남과 헤어짐, 생성과 소멸의 과정을 제시하였다는 점이다. 슬픔의 시는 슬픔의 과잉이나 허장성세로 씌어지는 것은 아니다. 슬픔이 시적인 감정일 수는 있지만 그것만으로 시가 성립되지는 않는다.

다음과 같은 절창에서 우리는 부서진 산천의 모습은 물론 부서진 소월의 심혼을 극명하게 볼 수 있다.

이 나라 나라는 부서졌는데
이 산천山川 여태 산천山川은 남아있더냐
봄은 왔다하건만
풀과 나무에뿐이어

오! 서럽다 이를 두고 봄이냐
치워라 꽃잎에도 눈물뿐 흘으며
새 무리는 지저귀며 울지만
쉬어라 이 두근거리는 가슴아

—〈봄〉 제1·2연.

이 시는 《조선문단》(1926. 3)에 발표된 것으로서 두보杜甫의 시 〈춘망春
望〉의 번역이다. 그럼에도 고조된 시적 감정의 영탄적 토로는 번역의 흔
적을 느낄 수 없을 만큼 독창적이다. '이 나라', '남아 있더냐' 등의 표현
에서 핍진하게 드러나는 시대상은 물론 부서진 나라, 부서진 마음의 절
박함을 여실하게 알 수 있다. 소월은 두보의 시를 빌려 자신의 격정적인
외침을 표현했던 것이다. 뿐만 아니라 이상화의 〈빼앗긴 들에도 봄은 오
는가〉(《개벽》, 1962. 6)가 거의 같은 시기에 발표되었음을 볼 때 이 당시의
시인들이 지닌 현실인식의 공통점을 찾아볼 수 있다는 점도 우연한 일은
아니며, 그들의 절대적인 명제가 무엇인가도 명백해진다.
　현실이 가하는 속박이 얼마나 처절한 것이었는가 하는 것은 김소월이
자신의 몰년沒年에 발표한 다음 시에서도 명백히 나타난다.

　삼수갑산三水甲山 내 왜 왔노 삼수갑산三水甲山이 어디뇨
　오고 나니 기험奇險타 아아 물도 많고 산山 첩첩이라 아하하

내 고故향을 도로 가자 내 고향을 내 못가네

삼수갑산三水甲山 멀더라 아아 촉도지난蜀道之難이 예로구나 아하하

삼수갑산三水甲山이 어디뇨 내가 오고 내 못가네

불귀不歸로다 내 고故향아 새가 되면 떠가리라 아하하

님 계신 곳 내 고향을 내 못가네 내 못가네

오다가다 야속타 아아 삼수갑산三水甲山이 날 가두었네 아하하

내 고향을 가고지고 오호 삼수갑산三水甲山 날 가두었네

불귀不歸로다 내 몸이야 아아 삼수갑산三水甲山 못 벗어난다 아하하

—〈삼수갑산三水甲山–차안서삼수갑산운次岸曙三水甲山韻〉 전문.

이 작품이 처음 활자화된 것은 1934년 11월 《신인문학》을 통해서였으며, 1935년 2월 《신동아》에는 소월의 유고로 발표되었다. 우리는 소월의 생존시 최후에 발표된 이 작품에서 그가 결코 벗어버릴 수 없었던 속박을 직접적으로 표출하고 있음을 볼 수 있다. 각 연의 마지막 행에 반복되는 영탄적 의성어들은 그대로 시인 자신의 절망적 탄식으로 느껴진다. 살아서는 돌아올 수 없는 곳 삼수갑산을 그는 자신의 유배지처럼 인식하였을 것이며, 아마도 그 자신에게 다가오는 죽음의 숨결을 그만큼 핍진하게 느끼고 있었을 것이다.

이제 이 작품에 이르러 우리는 이 글의 서두에 인용한 '달맞이'로부터 전개되어오던 삶의 인식이 〈초혼招魂〉을 거쳐 어떤 결론에 도달하게 되는가를 하나의 동선으로 이해할 수 있다. 그것은 가히 운명적이라고 말할 수밖에 없다. 누가 그를 처형의 땅에 가두었는가. 이런 반문은 단순히 심정적 동의를 강요하기 위해 던져질 필요는 없다.

우리는 이제까지 시대상을 표징하는 〈무덤〉과 관련된 김소월 시에 드러나는 죽음의식을 추적하여 보았다. 이와 더불어 우리가 마땅히 고려해야 할 것은 참다운 삶에 대한 소월의 시적 소망일 것이다. 김소월의 시에서 우리는 어둡고 침울한 세계에 비하여 밝고 빛나는 세계에 대해서는 소홀하게 취급해 왔다. 음울한 세계를 표현한 작품들이 소월시의 특징을 대변하는 것이라 이해되고 있기는 하지만 무엇보다 소월시를 수용하는 독자들의 취향도 작용하고 있다고 보아야 할 것이다. 그의 시를 전체적인 관점에서 바라보기 위해서는 이 양면을 두루 포용해야 할 것이다. 이를 위해 다시 이 논의의 출발점으로 되돌아갈 필요가 있다. 앞에서 논한 〈달맞이〉나 〈금잔디〉와 더불어 같은 지면에 동시에 발표된 시 〈엄마야 누나야〉에 표현된 삶의 소망은 밝고 건강하다.

　　엄마야 누나야 강변江邊 살자,
　　뜰에는 반짝이는 금金모래빛,
　　뒷문門 밖에는 갈잎의 노래
　　엄마야 누나야 강변江邊 살자.

　　　　　　　　　　　　　　　　　　—〈엄마야 누나야〉 전문.

이 4행의 소곡은 소박하면서도 적절하게 시인의 소망을 담고 있다. 전경前景에 드러난 밝고 빛나는 것들의 인식은 후경後景의 갈잎의 노래와 적절히 교감하면서 긍정적인 삶의 소망을 노래하고 있다. 삶의 긍정적 인식이 빛남과 흔들림에 의하여 조화되어 어울리며, 밝게 표현된다. 이와 더불어 '바라건대 우리에게 우리의 보습대일 땅이 있었더라면', '상쾌爽快한 아침', '밭고랑 위에서' 등과 같은 시들은 땀흘리고 일하며 사는 건실한 삶의 기쁨과 열망을 싱싱하고 건강하게 담고 있다. 이러한 김소월의 시의식이 밝고 긍정적인 토양에 뿌리내리지 못하고 그의 시가 어둡고 침울한 무덤의 그늘을 짙게 드리우며 혼의 좁힘이라는 막다른 길로 향하게 되었다는 것은 개인적으로 매우 불행한 일이 아닐 수 없다.

그러나 진정한 가치의 실현이 근본적으로 불가능한 훼손된 현실에 살며 그 현실의 사악함을 끝까지 거부하면서 그가 이룩한 서정시들은 위에서 거론한 여러 문제점들에도 불구하고 우리 문학사의 한 정점에 놓이는 문학적 성과라고 하겠다. 김소월의 시대를 전후하여 오늘에 이르기까지 다른 어떤 시인에게도 그처럼 방만한 슬픔의 시는 물론 그와 같이 정제된 시를 쓴다는 것은 결코 용이한 일이 아닐 것이다. 한걸음 나아가 그 시에서 운명과 형식의 문제는 그가 부딪친 갈등과 좌절을 가장 극적인 형태로 드러낸 시적 성취라고 볼 수 있을 것이다.

4. 맺는말

주로 '무덤'을 소재로 한 김소월의 작품들에서 삶이 순환되지 않고 정체되어 죽음으로 인식되는 의식의 심층을 위에서 규명하였다. 계절이 바뀌고 봄이 돌아오는 자연계의 순환적 질서와 달리 그의 마음은 회복할 수 없는 상실감에 빠져 있었던 것이다. 이런 시적 의식은 간접적이지만 1920년대의 시대적 상황이나 분위기를 '무덤'과 같은 것으로 인식하였던 다른 문인들과 유사한 상황의식을 반영하는 것이다.

김소월은 외면적 주제로 당대의 모순을 개혁해야 한다는 적극적 의지를 시화하지는 않았지만, 무덤 속과 같이 질식된 시대적 상황에서 상실이나 좌절을 일관된 주제로 삼아 당대의 서정적 혼의 실체를 극한까지 추적하는 내면적 주제를 택하였다고 하겠다. 그가 속악한 현실과 어떤 형태로든지 타협하거나 결탁하지 않았을 때 도달하게 되었던 삶의 방식은 주변인으로서의 혼의 좁힘으로 치달리고, 결국은 부서지고 마는 운명에 필연적으로 직면하게 되었던 것이다.

율격적 언어로 씌어진 그의 시가 사자死者가 부르는 전율적인 소리에 이끌려 사령死靈의 세계와 교감하고, 죽음에 부딪쳐 파편적으로 현실로 되돌아오게 되는 것은 주변인으로 점점 몰락하여 돌이킬 수 없는 지점에 이른 그가 현실에 가할 수 있는 유일한 반격이라면 반격이 되었다. 그가 삶의 영역에서 떨어져 나가 죽음의 영역에 가까이 갈수록 그의 시는 삶과 죽음을 통합하는 혼의 강렬한 추상적 충동에 이끌리게 되는데, 이는 돌이킬 수 없는 몰락의 운명에 처한 민족적 위기의식을 표출한 시대의 심층적 주제라고 볼 수 있다. 그러나 그는 현실과의 타협을 거부함으로써(바꾸어 말하면 어떤 형태로라도 현실과 결탁하는 해결방식을 택할 수 없음으로 인하여), 현실을 개혁할 수 있는 어떤 대책을 마련할 수 없었으며, 이로 인해 모든 잘못을 자신에게 돌려 그 자책감에 괴로워했던 것이다. 그의 시에 충만된 눈물은 이 쓰라린 자책감을 일깨우면서 해소시키는 감미로운 주문과 같은 이중적인 것으로 해석할 수 있다.

　밝고 건강한 삶에 대한 절실한 소망도 다른 한편에 가지고 있었음에도 불구하고, 결과적으로 그의 시의식이 어둡고 침울한 죽음의 수렁에 빠져들게 되었던 것은 시인 김소월만의 불행이 아니라 식민지 치하에서 감수하지 않을 수 없었던 민족 전체의 비극과 같은 흐름의 것이기도 하다. 그의 시에서 삶이 정체되어 극단에 이를 때 그 삶 자체가 파열하여 운명의 형식으로 드러난다는 것은 바로 이런 측면을 지적한 것이다. 이미 결정된 현실조건 아래에서 그가 택할 수 있는 삶의 방식은 혼의 좁힘으로 치달리고, 그 극단에서 파편적으로 자신의 삶을 인식하는 비극적인 것이었다. 아직도 소월시가 생명력을 향유하고 있다고 볼 때 이와 같은 소월의 시적 호흡 속에서 한 시인의 기질이나 당대의 시대적 상황인식만이 아니라, 그 표층에서는 단절된 것처럼 보일지도 모르지만 우리의 문화적 전통에 심층적 기저를 둔 문학사적 흐름이 접맥될 것이다.

　그러므로 우리는 80년대의 문학적 양상을 일별하면서 소월시가 지니는 현재성의 문제를 생각해 볼 필요가 있다. 우선 시단의 활성화라는 점에서 20년대와 80년대는 많은 유사성을 갖는다. 왕성한 동인지 활동이 전개되고 있다는 사실을 외면적으로 관찰할 때, 80년대는 풍요로운 시의 시대라고 여겨진다. 그러나 우리는 소설적 행위의 공간의 소거가 전제되어 있음을 직감해야 할 것이다. 80년에 들어서면서 소설의 의식화 내지는 내성화 경향하에서 시의 역사화 또는 서사시화는 분명히 이상기류임을 간과해서는 안된다는 것이다. 판소리나 민요가락의 재현, 그리고 마당굿과 같은 가장 전통적인 민속극이 가장 전위적인 현실비판이라는 문학적 응전방식으로 변모될 때, 이 보수적 성향은 우리들의 삶의 감정이 분쇄된 결과 새로운 창조적 전진이라기보다는 역행적 후퇴가 아닌가도 생각해 보아야 한다. 70년대 후반에 제기된 첨예한 쟁점이 80년대에 이르러 앞으로 전진하지 못하고 답보하거나 다각적으로 굴절되어 버렸음을 생각해 보라. 시가 서사시의 길로 나아간다고 할 때, 3·1운동 이후 1920년대 중반경에 있었던 서사시의 출현과 이데올로기 문학의 대두 그리고 민족의식의 고취로 퍼져간 의미망이 1940년대 초에 이르러서는 주조적으로 변절의 문학인 친일문학으로 기울어져 갔던 경로를 상기할 필요도 있다는 것이다.

우리 시대 문학의 근원적인 명제가 민족통일이라면, 현실로 주어진 민족분단·국토분단의 비극은 끊임없이 우리의 삶을 속박하는 명제가 될 것이다. 소월시에서 야기되는 삶의 무가치함이 일제에 의한 강압적인 식민지 지배로 인한 행위공간의 소거에 근본이유가 있었음을 상기하자. 요컨대, 민족분단은 민족절멸이라는 위험으로 우리에게 다가오는 숙명적인 전제가 되고 있으며, 여기에 근거하는 삶의 불안정성이 우리에게 심리적인 압박을 가한다는 것이다. 되풀이되는 논리의 양극화의 출발점이 여기에 있는 것이 아닌가 한다.

소월시가 우리에게 보여준 방향성은 우리 현대시사에서 매우 귀중한 경험이었다. 서정적인 것의 핵심에서 작용하는 구심력과 원심력의 원리는 우리가 앞에서 규명한 것처럼 우리 서정시의 근원적인 에너지를 이해하는 단서가 될 것이다. 그리고 김소월의 시적 시도가 실패한 것이라 하더라도 또 다른 좌절과 실패의 시를 반복하지 않을 수 있는 근거가 된다는 점에서 그렇다.

흰소喧騷한 시의 목소리가 고조될수록 그리고 그것이 거죽만 울리는 공소한 것일수록 우리는 삶의 파편화 현상을 예의 주시하여야 할 것이다. 비판적인 시각으로 고조된 목소리의 균열을 통합하는 크고 넓은 역사적 전망으로 우리의 문학적 지표를 설정하자. 역설적으로 말하자면 현실적인 삶의 난관을 타개해 나가는 행동에 있어서 김소월은 실패한 시인이었지만, 그 인간적 실패에도 불구하고 감정에 형식을 부여하는 서정시에 있어서는 우리 문학의 한 정점에 도달할 수 있었다. 이제 김소월이 체험하였던 좌절과 슬픔의 시대는 지나갔다. 그러나, 앞으로 우리에게 다가오는 시대적 난관이 그의 시대보다 결코 약화되지는 않을 것이다. 강대국들의 이해관계와 더불어 분단에 의한 시대적 억압이 가중될수록 행위의 공간은 좁혀질 것이고 그에 따라 문학적 지표가 흔들릴수록 소월시에 대한 현재성의 요구가 강화될 것이며, 그의 문학을 새롭게 해석하는 비평적 총량도 증가되어갈 것이다. 삶과 유리되어 시대의 공동을 떠돌아다니며 산산이 부서져 잠들 곳을 찾지 못하던 김소월의 영혼을 위무하면서 마땅히 우리는 우리가 처한 고통스러운 삶의 현재성을 돌이켜보아야 할 것이다.*

---

* 80년대 중반 쓰여진 글에 약간의 첨삭을 가했다. 김소월 시에 대한 필자의 시각은 변함없지만, 격변한 시대 상황과 비평적 분위기를 고려하여 읽어주시기 바란다.

1902년 (1세) 9월 7일(음력 8월 6일), 부친 김성도金性燾와 모친 장경숙張景淑의 장
남으로 태어났다. 고향은 평안북도 정주군 곽산면 남단리(일명 남산동)
569번지이나, 실제 태어난 곳은 외가인 평안북도 구성군 구성면 왕인동
이다. 본명은 김정식金廷湜, 소월素月은 필명이다. 처음에는 이름을 정식
珽湜이라고 지었으나, 후에 정식廷湜으로 고쳤다. 아명兒名으로는 '갓놈'
(큰 아이, 상속자)이라 불렀다.

1909년 (8세) 평안북도 정주군 곽산면 남단동에 소재한 남산南山보통학교에 입
학하였다.

1915년 (14세) 남산보통학교를 졸업하고, 5월 오산五山학교에 입학하였다. 당시
조만식曹晩植이 오산학교의 교장이었으며, 은사 가운데 김억金億이 있었
다. 이때 한시·민요·서구시 등을 본격적으로 접하며 시작詩作 수업을 받
았던 것으로 추정된다.

1916년 (15세) 홍실단洪實丹(일명 단실丹實) 여사와 결혼하였고, 이후 2남 4녀를
낳았다.

1920년 (19세) 3월《창조》에 〈낭인浪人의 봄〉을 비롯한 5편의 시를 발표하여 작
품 활동을 시작하였다. 7월에는《학생계》에 시작품 〈먼 후일後日〉〈거
친 풀 흐트러진 모래동으로〉〈죽으면?〉을, 이어 10월에는 산문 〈춘조春
朝〉를 발표하였다.

1921년 (20세) 오산학교 중학부를 졸업하였다.

1922년 (21세) 4월 배재培材고등보통학교 5학년에 편입하였다. 김억의 주선으
로《개벽》에 〈금金잔디〉〈황촉黃燭불〉〈꿈〉 등 많은 시작품과 함께 소설
〈함박눈〉을 발표하였다.

1923년 (22세) 3월 배재고보를 제7회 졸업생으로 졸업하고, 4월 일본으로 건너
가 동경상대 예과에 입학했다. 그러나 9월에 일어난 관동대지진으로
인해 10월경 귀국하였고, 이후 학업을 계속하지 못하였다. 이 무렵부터
나도향 등과 어울리며 서울 생활을 시작했던 것으로 보인다.

1924년 (23세) 김동인, 주요한, 김억, 전영택 등과 함께《영대》의 동인으로 참가
하여, 〈밭고랑 위에서〉〈생生과 사死〉〈나무리벌 노래〉 등의 작품을 발표
하였다.

1925년 (24세) 5월 유일한 시론인 〈시혼詩魂〉을 《개벽》에 발표하였고, 12월에는 그가 생전에 발간한 유일한 시집인 《진달래꽃》을 매문사에서 상재하였다.

1926년 (25세) 처가가 있는 평안북도 구성군 남시로 낙향하여, 8월부터 동아일보 구성지국을 경영하기 시작하였다. 이 지국 경영은 이듬해 3월까지 계속한 것으로 알려져 있다.

1928년 (27세) 작품 창작과 발표가 현저하게 줄어들기 시작하였다. 이 무렵부터 실의에 빠진 듯 불면증에 시달리고 과음하는 생활을 하였다고 한다.

1934년 (33세) 몇 년간 작품 발표가 뜸하다가, 이 해에 〈생生과 돈과 사死〉〈제이, 엠, 에스〉 등 여러 편의 작품을 《삼천리》에 발표하였다. 그러나 12월 24일 오전 8시, 평안북도 구성군 남시 자택에서 돌연 작고하였다. 묘소는 구성군 서산면 평지동 터진 고개에 있다. 사망일시를 23일로 보는 견해도 있으며 사인은 음독자살로 추정하기도 하나, 확실치는 않다.

1935년 1월 서울 종로에 있는 백합원에서 김기림·김동인·김동환·김억·박종화·박팔양·이광수·정지용 등 문인 백여 명이 소월을 추모하는 모임을 가졌다. 김억은 《조선중앙일보》(1. 22~26)에 〈요절한 박행의 시인 김소월의 추억〉을 쓰고, 《신동아》(2월)에 추모시를 발표하였다.

1939년 《여성》《조광》《박문》에 〈박넝쿨타령打令〉〈늦은 가을비〉〈기억記憶〉 등의 유고시들이 발굴 발표되었고, 12월에 김억이 편한 《소월시초素月詩抄》가 박문서관에서 간행되었다.

1948년 김억이 산호장에서 《소월민요선素月民謠選》을 간행하였고, 이후 여러 출판사에서 많은 종류의 김소월 시집을 펴내기 시작하였다.

1956년 《소월시집》이 정음사에서 간행되었다.

1966년 백순재·하동호에 의해 양서각에서 《못잊을 그사람》이 간행되었다. 200여 편의 시를 원본과 대조하여 펴낸 이 시집은 이후 소월시 텍스트 연구와 전집 발간에 초석이 된 것으로 평가된다.

1977년 《문학사상》(11월호)이 소월의 육필유고를 다량 발굴하여 《미발표 소월자필 유고시집》을 게재하였다. 여기에는 20여 편의 창작시와 10편의 일문시, 영문시, 번역시가 포함되어 있다.

1982년 김종욱에 의해 홍성사에서 《원본 소월전집(상·하)》이 간행되었다. 이 책에는 원본 대조 작업을 거쳐 그때까지 알려진 소월의 전 작품이 수록되었고, 소월의 육필원고가 영인되어 실렸다.

1986년 문학사상사에서 소월을 기려 소월문학상을 제정하였다. 윤주은이 교문사에서 소월 시전집 《밧고랑우헤서》를 간행하였다.

1993년 전정구가 《소월 김정식 전집1·2·3》을 한국문화사에서 간행하였다.

1995년 오하근이 《원본 김소월전집》을 집문당에서 펴냈다.

1996년 김용직이 서울대출판부에서 《김소월전집》을 간행하였다.

2002년 탄생 100주년을 맞이하여 각종 기념행사와 학술대회가 열렸고, 《현대
　　　문학》(8월호), 《시와 시학》(가을호) 등의 문예지에서 기획 특집을 마련하
　　　여 소월의 시세계를 재조명하였다.

2004년 《문학사상》(5월호)이 소월의 초기시 3편(〈서울의 거리〉〈마주석磨柱石〉〈궁
　　　인창宮人唱〉)을 새로이 발굴 게재하였다.

시

〈낭인浪人의 봄〉〈야夜의 우적雨滴〉〈오과午過의 읍泣〉〈그리워〉〈춘강春崗〉,《창조》, 1920. 3.

〈거친 풀 흐트러진 모래동으로〉〈죽으면?〉,《학생계》, 1920. 7.

〈엄마야 오늘도*〉,《학생계》, 1920. 10.

〈서울의 거리〉,《학생계》, 1920. 12.

〈이 한밤〉,《학생계》, 1921. 1.

〈마주석磨住石〉,《학생계》, 1921. 4.

〈사계월莎鷄月〉〈은대촉銀臺燭〉〈문견폐門犬吠〉〈춘채사春菜詞〉〈함구緘口〉〈일야우一夜雨〉,《동아일보》, 1921. 4. 27.

〈궁인창宮人唱〉,《학생계》, 1921. 5.

〈하늘〉,《동아일보》, 1921. 6. 8.

〈등燈불과 마주 앉았으려면〉,《개벽》, 1922. 4.

〈공원公園의 밤〉〈맘에 속의 사람〉,《개벽》, 1922. 6.

〈제비〉〈장별리將別里〉〈고적孤寂한 날〉,《개벽》, 1922. 7.

〈가을〉〈가는 봄 삼월三月〉,《개벽》, 1922. 8.

〈꿈자리〉〈깊은 구멍〉,《개벽》, 1922. 11.

〈길손〉〈달밤〉,《배재》, 1923. 3.

〈눈물이 쉬루르 흘러납니다〉,《개벽》, 1923. 5.

〈어려 듣고 자라 배워 내가 안 것은〉,《신천지》, 1923. 8.

〈차車와 선船〉〈이요俚謠〉,《동아일보》, 1924. 11. 24.

〈항전애창巷傳哀唱 명주딸기〉〈불칭추평不稱錘枰〉,《영대》, 1924. 12.

〈신앙信仰〉,《개벽》, 1925. 1.

〈옛 님을 따라가다가 꿈 깨어 탄식함이라〉,《영대》, 1925. 1.

〈옷〉,《동아일보》, 1925. 1. 1.

〈가막덤불〉,《동아일보》, 1925. 1. 4.

〈벗 마을〉,《동아일보》, 1925. 2. 2.

〈자전거自轉車〉,《동아일보》, 1925. 4. 13.

〈불탄 자리〉〈오일五日 밤 산보散步〉〈빗소리〉,《조선문단》, 1925. 10.

《진달래꽃》, 매문사, 1925. 12.
〈돈과 밥과 맘과 들〉, 《동아일보》, 1926. 1. 1.
〈잠〉 〈첫눈〉 〈봄못〉 〈둥근 해〉 〈바닷가의 밤〉 〈저녁〉 〈흘러가는 물이라 맘이 물이면〉, 《조선문단》, 1926. 6.
〈칠석七夕〉 〈고만두풀 노래를 가져 월탄月灘에게 드립니다〉 〈대수풀 노래(죽지사竹枝詞)〉 〈생生의 감격〉 〈해 넘어 가지 전前 한참은〉, 《가면》, 1926. 7.
〈팔베개 노래조調〉, 《가면》, 1926. 8.
〈옷과 밥과 자유自由〉 〈배〉 〈나무리벌 노래〉, 《백치》, 1928. 7.
〈길차부(산문시散文詩)〉, 《문예공론》, 1929. 5.
〈단장斷章 (1)〉, 《문예공론》, 1929. 6.
〈단장斷章 (2)〉, 《문예공론》, 1929. 7.
〈드리는 노래〉 〈고독孤獨〉, 《신여성》, 1931. 2.
〈생生과 돈과 사死〉 〈돈타령〉 〈제이, 엠, 에쓰〉, 《삼천리》, 1934. 8.
〈삼수갑산三水甲山〉, 《신인문학》, 1934. 11.
〈건강健康한 잠〉 〈기원祈願〉 〈상쾌爽快한 아침〉 〈기분전환氣分轉換〉 〈기회機會〉 〈고향故鄉〉 〈고락苦樂〉 〈의義와 정의심正義心〉, 《삼천리》, 1934. 11.
〈박넝쿨 타령打令〉 〈늦은 가을비〉 〈설으면 우는 것을*〉, 《여성》, 1939. 6.
〈기억記憶〉 〈절제節制〉 〈술〉 〈빗〉, 《여성》, 1939. 7.
〈성색聲色〉, 《여성》, 1939. 10.
〈술과 밥〉, 《여성》, 1939. 11.
〈세모감歲暮感〉, 《여성》, 1939. 12.

유고시
〈봄과 봄밤과 봄비〉 〈비 오는 날〉 〈가련可憐한 인생人生〉 〈마음의 눈물〉 〈인종忍從〉 〈봄바람〉 〈밤도 그만*〉 〈옛날에 낙양자樂羊子*〉 〈무슨 탓에 이다지*〉 〈그만 두자 자네*〉 〈오늘은 종일*〉, 유고 《동아일보》 구성지국 구독자대장 용지.
〈벗과 벗의 옛님〉 〈이불〉 〈날 저물는 눈은*〉 〈찬 안개 덮어 나리는*〉 〈피어 떠오르나니*〉, 유고/ 수첩용지.
〈푸른 밤 창살마다*〉, 유고/400자 원고용지.
〈인간미人間味〉, 유고/《문학사상》, 1978, 10.

번역시

〈한식寒食(백거이白居易 원작)〉,《동아일보》, 1925. 2. 2.

〈춘효春曉(맹호연孟浩然 원작)〉,《동아일보》, 1925. 4. 13.

〈밤 까마귀(이백李白원작)〉〈진회秦淮에 배를 대고(두목杜牧 원작)〉〈봄(두보杜甫 원작)〉〈소소소蘇小小 무덤(장길長吉 원작)〉,《조선문단》, 1926. 3.

〈나홍곡囉嗊曲(유채춘劉采春 원작)〉〈이주가伊州歌(무명씨無名氏 원작)〉〈이주가伊州歌-또(무명씨無名氏 원작)〉〈장간행長干行(최호崔顥 원작)〉〈장간행長干行-또(최호崔顥 원작)〉〈송원이사안서送元二使安西(왕유王維 원작)〉,《삼천리》, 1934. 8.

〈해 다 지고 날 저무니(유장경劉長卿 원작)〉,《조광》, 1939. 10.

〈죽리관竹里館(왕유王維 원작)〉〈보냄(왕유王維 원작)〉〈관작루鸛雀樓에 올라서(왕지환王之煥 원작), 유고/동아일보구성지국 구독자대장 용지.

〈기쁨이나 아픔의·F THIS GREAT WORLD OF JOY AND PAIN)〉, 유고/수첩용지.

일문·영문시

〈このねむらざるひ·SUN OF THE SLEEPLESS)〉〈やさしき悲しき*〉〈暗き苦しみ*〉〈若も君が*〉〈死の契約が*〉〈夢とは何*〉〈黃昏時*〉, 유고/ 수첩용지.

산문

〈춘조春朝〉,《학생계》, 1920. 10.

〈함박눈〉,《개벽》, 1922. 10.

〈떠돌아가는 계집〉,《배재》, 1923. 3.

〈시혼詩魂〉,《개벽》, 1925. 5.

〈팔베개 노래조調〉,《가면》, 1926. 8.

〈몇 해 만에*〉,《조선중앙일보》, 1935. 1. 23~24.

〈파인巴人 김동환金東煥 님에게〉,《삼천리》, 1938. 10.

〈창窓을 열어 놓아두면*〉,《조광》, 1939. 10.

〈돌아오시는 길로*〉, 유고/《원본소월전집(하), 홍성사, 1982》.

〈경기競技에 대對한 도의적道義的 관념觀念〉, 유고/《원본소월전집(하), 홍성사, 1982》.

〈재작년再昨年 놀던 씨름놀이 개회사開會辭〉, 유고/《원본소월전집(하), 홍성사, 1982》.

〈농촌상農村相 시가상市街相〉, 유고/《원본소월전집(하), 홍성사, 1982》.

강남주, 〈한국근대시의 형성과정연구〉, 부산대 박사학위논문. 1983.

강우림, 〈'김소월의 시선집'에 대하여〉,《조선문학》, 1956년 7월호.

강준성, 〈소월·미당·지훈 삼가시고―한국시의 전통적 맥락을 중심으로〉,《내륙
　　　　문학》, 제15호, 1980. 6.

강홍기, 〈한국현대시운율연구―내재율론〉, 성균관대 박사학위논문, 1988.

계용묵, 〈한국문단측면사(2)〉,《현대문학》, 1955년 12월호.

계희영,《내가 기른 소월》, 장문각, 1968.

_____, 〈약산 진달래는 우런 붉어라〉,《문학세계사》, 1982.

고명수, 〈소월시의 언어시학적 고찰〉,《목멱어문》제2호, 동국대, 1987.

고석규, 〈시인의 역설〉,《문학예술》, 1960년 2월호.

고　원, 〈산만한 전개―소월의 시를 말한다〉,《신문예》, 1959년 8월호.

고현철, 〈소월시의 병치구조 연구〉,《국어국문학》제21호, 부산대, 1983.

곽종원, 〈한국의 얼과 정―시집 '산유화' 평〉,《조선일보》, 1956년 2월 2일자.

곽학송, 〈소월의 자살설 이견―그의 기일에 즈음하여〉,《국제신보》, 1960년 12
　　　　월 24일자.

구중서, 〈그의 뿌리를 찾아보면―나는 이렇게 본다〉,《문예중앙》1978년 봄호.

_____, 〈김소월, 그의 민족의식〉.《민족문학의 길》, 새밭, 1970.

_____, 〈소월의 의식세계, 시정신에 대한 확인〉,《미발표소월시집》, 중앙일보
　　　　사, 1970.

국정효, 〈한국현대시의 형태론―영시와의 비교연구(素月과 七五調)〉,《사상계》,
　　　　1967년 4월호.

권기호, 〈작품 '산유화'의 '있음'의 문제〉,《한국문학》, 1975년 6월호.

김광균, 〈김소월―가을에 생각나는 사람〉,《민성》, 1947년 11월호.

_____, 〈시인 김소월의 만년―시정의 절망에서 그는 가다〉,《연합신문》, 1955
　　　　년 2월 9일자.

김광식, 〈고독의 시인 소월―그의 자살설을 듣고〉,《조선일보》, 1959년 7월 8일자.

김교선, 〈소월의 '산유화' 소고〉,《숭전어문학》제3집, 숭전대, 1974. 12.

김규동,〈향토적 엘레지〉,《신문예》, 1959년 8월호.

김근수, 〈김소월의 생애를 둘러싼 허구들〉,《문학사상》, 1975년 10월호.

김남석, 〈김소월─소박한 사모의 향토정서〉, 《한국시인론》, 서음출판사, 1977.

김남조, 〈'예전엔 미처 몰랐어요'와 슬픔의 의미〉, 《김소월 연구》, 새문사, 1982.

_____, 〈소월시 전집의 간행남발은 유감〉, 《신문예》, 1959년 8월호.

김대규, 〈Anima의 시학, 소월시의 여성화 문제 연구〉, 《연세어문학》 제4집, 연세대, 1973.

김대행, 〈'민요조' 재고〉, 《교육회 연구논총》 제4집, 서울대, 1974.

_____, 〈'진달래?'의 운율분석〉, 《문학과 비평》, 1987년 봄호.

_____, 〈김소월과 전통의 문제〉, 《한국현대시사연구》, 일지사, 1983.

_____, 〈김소월의 '접동새'─민요시의 정체〉, 《한국현대시작품론》, 문장, 1981.

_____, 《우리시의 틀》, 문학과 비평사, 1989.

_____, 〈한국시의 기본구조연구〉, 서울대 박사학위논문, 1980.

_____, 《한국시의 전통연구》, 개문사, 1980.

김동리, 〈청산과의 거리〉, 《문학과 인간》, 백민출판사, 1947.

김동인, 〈내가 본 시인 김소월군을 논함〉, 《조선일보》, 1929년 12월 11~12일자.

_____, 〈적막한 예원─소월편〉, 《매일신보》, 1932년 9월 21일자.

김동훈, 〈'긴─숙시熟視'와 북한의 소월연구〉, 《문예중앙》, 1990년 여름호.

김만성, 〈소월시의 제어공학적 연구〉, 《문리대학보》 제14, 15합집, 서울대, 1969.

김병선, 〈'산유화'의 시형식연구〉, 《국어문학》 26, 전북대, 1986, 8.

김병선·전정구, 《소월의 시어와 그 쓰임새 1·2·3》, 한국문화사, 1994.

김병익, 〈문단 반세기 소월 김정식〉, 《동아일보》, 1973년 5월 30일자.

_____, 〈소월 김정식〉, 《한국문단사》, 일지사, 1973.

김봉군, 〈김소월론〉, 《한국현대작가연구》, 민지사, 1984.

김봉균, 〈소월시의 한 원형성 불〉, 《선청어문》 11·12, 서울대, 1981.

김사목, 〈영어로 번역된 소월시의 진단─김재현 역 '소월시집'을 보고〉, 《문학사상》, 1973년 12월호.

김삼주, 〈김소월시의 연구〉, 인하대 박사학위논문, 1989, 8.

_____, 〈소월시 해석상의 문제점 비판─시 '물마름'을 중심으로〉, 《목원어문학》 10집, 목원대 국어교육과, 1991, 12.

_____, 〈소월시의 상징연구〉, 《문학한글》, 1989, 12.

_____, 〈유토피아지향의 철학적 명상시─김소월의 '산유화'〉, 《시와 시학》, 1991년 봄호.

김상일, 〈김소월─근대시인론·2〉, 《현대문학》, 1959년 11월호.

김석연, 〈소월시의 운율 분석─Sonagraph 실험기에 의한 분석〉, 《교양학부논문집》제1집, 서울대, 1969, 4.

김성우, 〈김소월의 '진달래 꽃'〉, 《한국일보》, 1963년 4월 16일자.

김성태, 〈소월시에 나타난 언어시학적 연구〉, 《문학사상》, 1985년 7월호.

김소운, 〈신간평−소월시초〉, 《문장》, 1940년 3월호.

김수복, 〈김소월 시의 정신사적 의미〉, 《현대문학》, 1987년 10월호.

_____, 〈한국현대시의 상징유형 연구−김소월과 윤동주의 시를 중심으로〉, 단
        국대 박사학위논문, 1990, 2.

김수업, 〈소월시 율격 파악〉, 《상산 이재수 박사 환갑기념논문집》, 형설출판사,
        1972.

김승희, 〈언어의 주술이 깨뜨린 죽음의 벽〉, 《문학사상》, 1985년 7월호.

_____, 〈해체주의적으로 〈진달래꽃〉 읽기〉, 《현대문학》, 2002년 8월호.

김시종, 〈청산과의 거리〉, 《야담》, 1948년 4월호.

김시태, 〈자연과 덧없음의 인식−김소월론〉, 《현대시와 전통》, 성문각, 1978.

_____, 〈자연과 인사人事의 무상無常−김소월론〉, 《월간문학》, 1977년 3월호.

김안서, 〈소월의 생애〉, 《여성》, 1939년 6월호.

김양수, 〈'김소월론' 각서〉, 《현대문학》, 1960년 12월호.

김 억, 〈고우사−소월의 예감〉, 《국제신문》, 1949년 11월 15일자.

_____, 〈김소월의 추억 1〉, 《소월시초》, 박문서관, 1939, 6.

_____, 〈김소월의 추억〉, 《박문》, 1936년 6월호.

_____, 〈김소월의 추억〉, 《조선중앙일보》, 1935년 1월 14일자.

_____, 〈박행시인 소월〉, 《삼천리》, 1938, 11.

_____, 〈소월에 대한 추억〉, 《연합신문》, 1955년 2월 9일자.

_____, 〈소월의 생애와 시가〉, 《삼천리》, 1935년 2월호.

_____, 〈소월의 행장〉, 《신동아》, 1931년 1월호.

_____, 〈시단의 일년〉, 《개벽》, 1923년 12월호.

_____, 〈요절한 박행시인 김소월에 대한 추억〉, 《조선중앙일보》, 1935년 1월
        22~26일자.

김열규, 〈소월시의 아이러니〉, 《김소월연구》, 새문사, 1982.

김영기, 〈김소월론〉, 《현대문학》, 1971년 1월호.

김영삼, 〈소월의 생애〉, 《소월시집》, 서문당, 1972.

_____, 〈소월정전〉, 《여원》, 1960년 1~3월호.

_____, 〈인간 김소월−'시인 소월의 재발견'의 허위와 오류〉, 《대한일보》, 196
        5년 11월 2일자.

_____, 〈현대한국시독자론고—소월의 평이성을 중심으로〉,《아카데미논총》I,
　　　중앙대, 1973, 12.
김영인, 〈소월의 시 '산' 고찰〉,《향란문학》, 성신여대, 1982, 2.
김영철,《김소월》, 건국대 출판부, 1994.
김영황, 〈글의 맛, 글의 멋〉,《문학신문》, 1966년 1월 18일자.
김영희, 〈소월의 고향을 찾아서〉,《문학신문》, 1966년 5월 10~7월 1일자.
김옥순, 〈소월시 연구사 개관〉,《문학사상》 1985년 7월호.
김용성, 〈김정식〉,《한국현대문학사탐방》, 국민서관, 1973.
_____, 〈문학사탐방—비애로운 한국의 서정〉,《한국일보》, 1973년 7월 8일자.
김용제, 〈김소월과 나의 수난〉,《현대문학》, 1963년 3월호.
_____,《소설 김소월》, 상록사, 1985.
_____,《소월방랑기》, 정음사, 1959.
김용직, 〈'먼 후일', 그 구조의 특성과 사적 의의〉,《김소월연구》, 새문사, 1982.
_____, 〈'진달래꽃'과 '탁瑑'〉,《문학사상》, 1978년 8월호.
_____, 〈관습적 언어와 그 주류화〉,《심상》, 1974년 10월호.
_____, 〈김소월—저만치 혼자서 피어있네〉,《문학사상》, 1981년 4월호.
_____, 〈김정식—한국인물백선〉,《신동아》, 1970년 1월호.
_____, 〈민요조 서정시의 태동과 변모〉,《한국문학》, 1981년 10월호.
_____, 〈민요조 서정시의 형성과 전개〉,《한국문학》, 1981년 9월호.
_____, 〈소월은 형이상학적 시인〉,《중앙일보》, 1971년 9월 21일자.
_____, 〈소월의 삶과 예술〉,《전형기의 한국문예비평》, 열화당, 1979.
_____, 〈소월의 시와 엠비규이티〉,《현대문학》, 1970년 11월호.
_____, 〈오히려 안서유고일 수도—나는 이렇게 본다〉,《문예중앙》, 1978년 봄호.
_____, 〈현대한국의 낭만주의시에 관한 연구〉,《서울대논문집》 제14집, 1968.
　　　10.
_____, 〈예술적 차원과 저항성—김소월론〉,《서정시학》, 2002년 겨울호.
김용태, 〈한국 근대시의 경험유형 연구—소월·이상·만해의 대비〉, 부산대 박사
　　　학위논문, 1989, 2.
김용팔, 〈심오한 생명의 소리—소월의 시를 말한다〉,《신문예》, 1959년 8월호.
김용희, 〈리듬과 생략이 주는 파동〉,《현대문학》, 2002년 8월호.
김우정, 〈김소월론—한국 시인론·3〉,《현대시학》, 1969년 6월호.
_____, 〈일상적 정서와 밀착—김소월연구〉,《심상》, 1974년 10월호.
김우종, 〈숙명적인 기도〉,《현대문학》, 1960년 12월호.

김우창, 〈시와 정치〉,《세계의 문학》, 1979년 겨울호.

김우창, 〈한국시와 형이상―최남선에서 서정주까지〉,《세대》, 1968년 7월호.

김우철, 〈시인 김소월〉,《조선문학》 1955년 12월호.

김원섭,《소월시 감상》, 현암사, 1973.

김원중, 〈한국 현대시의 낭만성에 대한 고찰〉,《국어국문학》, 청구대, 1960, 12.

김유선, 〈내밀공간과 고독한 공간―김소월의 '산유화'〉,《시와 시학》, 1991년
　　　봄호.

김윤식, 〈'혼과 형식' ―소월시와 관련하여〉,《심상》 1977년 12월호.

_____, 〈소월·만해·육사론〉,《사상계》, 1966년 6월호.

_____, 〈소월론의 행방〉,《심상》, 1974년 10월호.

_____, 〈식민지의 허무주의와 시의 선택〉,《문학사상》, 1973년 5월호.

_____, 〈정신주의에 대한 비판―소월시와 김동리 문학〉,《서정시학》, 1992.

김은자, 〈'진달래꽃'의 상상적 구조〉,《문학과비평》, 1987년 봄호.

_____, 〈한국현대시의 공간의식에 관한 연구- 김소월·이상·서정주를 중심으로〉,
　　　서울대 박사학위논문, 1986, 8.

_____,《현대시의 공간과 구조》, 문학과 비평사, 1988.

_____, 〈집을 향한 근원적 그리움〉,《현대문학》, 2002년 8월호.

김은전, 〈소월시 연구〉,《선청어문》 제11, 12합집, 서울대, 1981.

_____, 〈소월시에 나타난 전통적 요소〉,《김소월 연구》, 새문사, 1982.

김인환, 〈연극과 시―김소월론〉,《세계의 문학》, 1987년 여름호.

김장동, 〈'진달래꽃' 신고〉,《새국어교육》, 제37, 38합호, 1983.

김장호, 〈'초혼'과 Chant d'amour의 제재 대비―김소월과 Emmanuel Signoret〉,
　　　《동국대논문집》 제17집, 동국대, 1978, 2.

김재홍, 〈소월 김정식〉,《한국현대시인연구》, 일지사, 1986.

_____, 〈존재론과 저항의식〉,《문학사상》, 1987년 2월호.

_____, 〈한국현대시와 민중의식의 전개〉.《현대시와 역사의식》, 인하대출판부,
　　　1988.

김정순, 〈탁목啄木과 소월 시에 나타난 한일 자연관의 비교〉,《동일어문연구》,
　　　동덕여대, 1992년 2월.

김정호, 〈아버지 소월―극화로 평전에 오해 있다〉,《동아일보》, 1967년 11월 4일자.

김제현, 〈김소월 과조론詩調論〉,《현대문학》, 1983년 2월호.

김종구, 〈독자중심 비평과 올바른 시의 해석〉,《충남대 논문집》 제13집, 1983, 3.

김종문, 〈값싼 낭만의 세계―소월의 시를 말한다〉,《신문예》, 1959년 8월호.

_____, 〈소월의 작품비평─시는 감상을 은폐하며 시작한다〉.《자유문학》, 1959년 10월호.

김종욱, 〈미발표 소월 자필유고 발굴경위와 평가〉,《문학사상》, 1977년 11월호.

_____, 이명자, 〈서로 다른 소월의 시들〉,《문학사상》, 1976년 12월호.

_____, 이명자, 〈소월유고발견기〉,《문예중앙》, 1978년 봄호.

김종은, 〈김소월은 자살했다〉,《신아일보》, 1973년 12월 4일자.

_____, 〈소월의 병적─한의 정신분석〉,《문학사상》, 1974년 5월호.

_____, 〈소월의 자살〉,《성의학보》, 1973, 11, 27.

김준오, 〈소월 시정과 원초적 인간─소월의 감정양식론〉,《김소월연구》, 새문사, 1982.

_____, 〈자아와 시간의식에 관한 시고─김소월과 이상의 대비〉,《어문학》제 33호, 한국어문학회, 1975, 10.

김창근, 〈한국현대시의 원형적 상상력에 관한 연구─김소월·정지용·서정주·김 춘수를 중심으로〉, 부산대 박사학위논문, 1992, 2.

김창석, 〈김소월과 그의 시적 스찔〉,《문학신문》, 1959년 12월 25일자.

김춘수, 〈김소월론〉,《현대시학》, 1969년 6월호.

_____, 〈김소월론을 위한 각서〉,《현대문학》, 1956년 4월호.

_____, 〈소월과 소월시의 세계〉,《김소월작품집》, 형설출판사, 1978.

_____, 〈소월시의 행과 연〉,《현대문학》, 1960년 12월호.

_____, 〈형태상으로 본 한국현대시─김소월의 시와 형태에 대한 약간의 비평〉, 《문학예술》, 1955년 10월호.

김학동, 〈'부재의 님'과 정한의 세계─김소월의 초기시를 중심으로〉,《문학한글》, 1988.

_____, 〈원전비평과 소월시연구의 새 계기〉,《세계의 문학》, 1983년 여름호.

김한호, 〈김소월 시 연구─정감을 중심으로〉, 경상대 박사학위논문, 1997, 8.

김해성, 〈김소월론〉,《한국현대시인론》, 진명문화사, 1973.

_____, 〈소월의 시세계〉,《한국현대시문학개설》, 을유문화사, 1976.

_____, 〈실험을 통해서 본 시의 독자〉,《현대문학》, 1966년 4월호.

김현승, 〈기교를 초월한 평범한 경지〉,《신문예》, 1959년 8월호.

김현자, 〈'강촌'의 시적 순간과 '산'의 불귀의식不歸意識〉,《문학사상》, 1985년 7월호,

_____, 〈김소월 한용운 시에 나타난 상상력의 변형구조〉, 이화여대 박사학위 논문, 1982, 2.

김혜선, 〈승화된 한의 미학〉, 《향란문학》 제5호, 성신여사대, 1975, 12.

김희보, 〈김소월시의 자연신비주의—형이상학 시인 Henry Vaugham과의 비교〉, 《기독교사상》, 1978, 4.

김희철, 〈소월과 탁목시인의 향토사상 비교연구〉, 《인문사회과학논총》 4, 서울여대부설 인문사회과학연구소, 1989.

노문천, 〈진달래와 눈물의 시대는 가라〉, 《신문예》, 1959년 8월호.

노재찬, 〈소월의 시와 전통의식〉, 《사대논문집》 제2집, 부산대, 1975, 12.

데이비드 메켄, 〈그 꽃을 다시 밟으면서〉, 《심상》, 1974년 10월호.

_____, 〈소월시의 우울한 율조〉, 《세대》, 1974년 3월호.

류근조, 〈소월과 만해시의 대비연구〉, 단국대 박사학위논문, 1984, 2.

_____, 〈소월시의 상상작용고〉, 《현대문학》, 1980년 12월호.

리동수, 〈향토애를 구가한 민요풍의 시가와 김소월의 시〉, 《북한의 사실주의 문학연구》, 살림터, 1992.

마광수, 〈김소월의 '시혼'에 관하여〉, 《김소월연구》, 새문사, 1982.

문덕수, 〈김소월문학론〉, 《사상계》, 1968년 5월호.

_____, 〈김소월의 '산유화'〉, 《시문학》, 1981년 9월호.

_____, 〈김소월의 '진달래꽃'〉, 《시문학》, 1981년 8월호.

_____, 〈리리시즘의 발견—김소월론〉, 《문학춘추》, 1964년 11월호.

_____, 〈소월시에 있어서의 '임·자연·향수'〉, 《국문학논문선9·한국현대시연구》, 민중서관, 1977.

_____, 〈소월의 서정시에 나타난 자연관〉, 《김소월연구》, 새문사, 1982.

_____, 〈신 소월 문학론〉, 《사상계》, 1968년 5월호.

_____, 〈현대시인의 연구—김소월론〉, 《예술원논문집》 제7집, 예술원, 1968, 8.

문병란, 〈김소월의 시어 분석〉, 《사대논문집》 2, 조선대, 1971.

문학사상사 편, 〈김소월의 시 '생의 감격' 외 8편〉, 《문학사상》, 1978년 10월호.

_____, 〈소월 미발표 유고 발굴〉, 《문학사상》, 1977년 11월호.

_____, 〈소월의 단편소설 '춘조'와 시〉, 《문학사상》, 1976년 12월호.

문혜원, 〈지지고 볶는 생활 속의 사랑〉, 《현대문학》, 2002년 8월호.

민현기, 〈김소월의 소설〉, 《정병욱환갑기념논집》, 신구문화사, 1984.

박갑수, 〈감각적 시어고—소월, 영랑, 석정, 광균을 중심으로 하여〉, 《논문집》 1, 서울대 교육대학원, 1969, 12.

박경수, 〈김소월 시와 천기론〉, 《시와 시학》, 2002년 가을호.

박금미, 〈소월시론—한을 중심으로〉, 《국어국문학》 11, 공주사대, 1984.

박두진, 〈김소월의 시─겨레에 바친 시들〉, 《기독교사상》, 1969년 11월호.

_____, 〈김소월의 시〉, 《한국현대시론》, 일조각, 1970.

박목월, 〈철이른 진달래꽃〉, 《한국의 인간상》, 신구문화사, 1965.

박민수, 〈소월시의 존재양식 고찰〉, 《국어국문학》, 90, 1983, 12.

박봉우, 〈김소월과 진달래꽃〉, 《한양》 제22호., 1963, 12.

_____, 〈소월의 시와 생애〉, 《여원》, 1958년 11월호.

_____, 《흘러간 사랑의 시인상》, 백문사, 1962.

박상천, 〈김소월의 시론연구〉, 《한국 근대시의 비평적 성찰》, 국학자료원, 1990.

_____, 〈김소월의 시혼에 관하여〉, 《국어국문학논문요지집》 4, 동국대, 1987.

박용식, 〈소월의 시세계─형태적 고찰을 중심으로〉, 《휘문》 제41호, 휘문고, 1973, 1.

박이문 〈에로스의 절규〉, 《사상계》, 1966년 8월호.

박종화, 〈문단의 일년을 추억하야〉, 《개벽》, 1923년 1월호.

박종회 〈소월론〉, 《원광문화》 제6호, 원광대, 1967, 7.

박지윤, 〈천명과 소월의 문체〉, 《연구논문집》 제2집, 부산시교육발전위원회, 1963.

박진환, 〈김소월시의 공간구조와 '길' '산' 의 의미구조〉, 《한국어문교육》, 교원대, 1990, 12.

_____, 〈소월시와 이상시의 비교연구·상〉, 《현대시학》, 1983년 12월호.

_____, 〈소월시와 이상시의 비교연구·하〉, 《현대시학》, 1984년 1월호.

_____, 〈소월시의 병적학적 고찰〉, 《월간문학》, 1981년 9월호.

_____, 〈소월시의 자연변증법〉, 《시문학》, 1983년 12월호.

_____, 〈정신분석학적으로 본 김소월〉, 《현대시학》, 1982년 9~12월호, 1983년 1월호.

박철석, 〈김소월론─1920년대 시인론〉, 《현대시학》, 1981년 8월호.

_____, 〈한국시와 이별의 의미─만해·소월·상화·영랑의 경우〉, 《시문학》, 1980년 4월호.

박철희, 〈근대시의 구조와 그 배경〉, 《한국시사연구》, 일조각, 1980.

_____, 〈김소월 시 작품의 정체〉, 《김소월연구》, 새문사, 1982.

_____, 〈한국 근대시와 자기인식─김소월과 한용운의 경우〉, 《현대문학》, 1977년 7월호.

박항식, 〈산유화〉, 《원광문화》 제4호, 원광대, 1965, 4.

박혜숙, 〈김소월과 정지용의 전통시 실험에 대한 연구〉, 《논문집》 11, 대유공업전문대, 1989, 12.

_____, 〈소월시와 목월시의 비교연구〉,《대학원논문집》제20집, 동국대, 1985, 2.

_____, 〈현대한국민요시의 전개양상 연구〉, 건국대 박사학위논문, 1987.

박호영, 〈소월시의 위상〉,《김소월연구》, 새문사, 1982.

박화목·김원봉,《소월시 감상》, 제일출판문화사, 1961.

방인태, 〈김소월 시의 연〉,《국제어문》4, 국제대, 1983.

_____, 〈소월시 율격론 시고〉,《한국어교육》제2호, 1981, 6.

_____, 〈완결의 미학—김소월의 산유화〉,《한글새소식》, 1983년 6월호.

백 석, 〈소월에 대해〉,《조선일보》1939년 5월 1일자.

백순재, 〈소월시의 문학적 특성과 서지 해설〉,《완본소월시집》, 정음사, 1973.

백승철, 〈한의 미학—김소월 연구〉,《심상》, 1974년 10월호.

백 철, 〈소월의 신문학사적 위치〉,《문학예술》, 1955년 12월호.

_____, 〈소월의 신시사적 위치〉,《김소월 연구》, 새문사, 1982.

백한룡, 〈소월시의 언어표현미〉,《청구문학》, 청구대, 1958, 11.

서승옥, 〈새 자료를 통해 본 두 시인의 생애〉,《문학사상》, 1973년 5월호.

서우석, 〈김소월—전통운율의 효과〉,《시와 리듬》, 문학과 지성사, 1981.

서정범, 〈저승세계와 이승세계의 넘나듦—김소월의 '산유화'〉,《시와 시학》, 1991
        년 봄호.

서정주, 〈김소월 시론試論—근대시인론 2〉,《해동공론》1947년 4월호.

_____, 〈김소월과 그의 시〉,《한국의 현대시》, 일지사, 1969.

_____, 〈김소월 부자父子〉,《월간중앙》, 1971년 11월호.

_____, 〈김소월의 시에 나타난 사랑의 의미〉,《예술원논문집》제2집, 예술원,
        1963.

_____, 〈소월시에 있어서 정한의 처리〉,《현대문학》, 1959년 6월호.

_____, 〈소월에 있어서의 육친·붕우·스승의 의미〉,《현대문학》, 1960년 12월호.

_____, 〈소월의 시와 생애〉,《여원》, 1968년 10월호.

_____, 〈소월의 자연과 유계와 종교〉,《신태양》, 1959년 5월호.

_____, 〈조선에 있어서의 상징—소월시의 '초혼'을 중심으로〉,《신천지》, 194
        7년 1월호.

서정희, 〈소월과 그 문학〉,《국어국문학연구논문집》제1호, 1955, 10.

성기옥, 〈김소월의 '초혼'—고복의식의 문화적 재현과 임의 확산적 지평〉,《한
        국현대시 작품론》, 문장, 1981.

_____, 〈소월시의 율격적 위상〉,《관악어문연구》제2집, 서울대 국어국문학회,
        1977, 12.

성기조,〈소월의 산유화에 관하여〉,《교수논총》2, 한국교원대, 1986.

성락희,〈김소월론〉,《청파문학》제7호, 숙명여대, 1967, 4.

성영심,〈소월시의 색채어에 대한 고찰〉,《국어교육》제3호, 부산교대, 1973, 2.

송명희,〈소월시에의 반성〉,《세계의 문학》, 1979년 겨울호.

_____,〈소월시의 운율과 의미〉,《김소월연구》, 새문사, 1982.

송문원,〈소월시의 항일의식에 대한 고찰〉,《문리대학보》40, 중앙대, 1981.

송 욱,〈기분의 시학과 뉘앙스의 시학〉,《문화비평》제1호, 아한학회, 1969.

_____,〈소월의 시론에 대한 비평〉,《시학평전》, 일조각, 1969.

_____,〈현대시의 반성—정형시, 자유시, 산문시〉,《문학예술》, 1957, 3.

송효섭,〈'진달래꽃'의 기호학과 한의 소재론〉,《문학과 비평》, 1987년 봄호.

송희복,〈김소월 시의 주제론적 연구〉,《동악어문론집》, 1988, 12.

_____,〈시적 부사어의 탈선〉,《청파 서남출 교수 정년퇴임 기념논총》, 경운출
     판사, 1990.

_____,〈텍스트 비판의 세 가지 의미—소월시를 중심으로〉,《현대시학》, 1993년
     10월호.

신규호,〈김소월론—그의 회한의식을 중심으로〉,《현대문학》, 1985년 11월호.

신달자,〈소월과 만해시의 여성지향 연구〉, 숙명여대 박사학위논문, 1992, 2.

신동욱,〈김소월 시에 관한 연구〉,《연세대인문과학》63, 1990, 6.

_____,〈'초혼'의 상징적 의미〉,《김소월연구》, 새문사, 1982.

_____,《김소월—작가론총서7》, 문학과지성사, 1980.

_____,〈김소월론〉,《한국문학작가론—나손선생추모논총》, 현대문학사, 1991.

_____,〈김소월의 시에 있어서의 자아와 현실의 관계연구〉,《예술논문집》, 대
     한민국예술원, 1979, 11.

_____,〈서정시에 있어서 시간의 문제〉,《고대신문》, 1975년 3월 19일자.

_____,《우리 시의 역사적 연구》, 새문사, 1981.

_____,〈한국문학사에 있어서의 김소월의 위치〉, 제12회 전국어문학연구 발표
     대회, 한국어문학회, 1977.

신범순,〈한국현대시의 재조명—김소월편〉,《시작》, 2002년 여름호.

신상철,〈'진달래꽃'의 님〉,《현대시와 님의 연구》, 시문학사, 1983.

신석초,〈순박한 서민정서〉,《신문예》, 1959년 8월호.

신선규,〈유수와 관조—소월과 이산〉,《자유문학》, 1958년 10월호.

신용협,〈현대 한국시의 시정신 연구—소월·만해·석정·청마시를 중심으로〉, 고
     려대 박사학위논문, 1989, 2.

신일철, 〈소월시의 사상수감〉, 《한국사상》 제6집, 일신사, 1963.

신지연, 〈김소월과 모더니티〉, 《현대문학》, 2002년 8월호.

신태기, 〈소월시의 저항의식고〉, 《무등학총》 16, 전남대 학도호국단, 1984.

심명호, 〈소월재고〉, 《한국학보》 제24호, 1981년 가을.

심종언, 〈소월시의 정과 한— '진달래꽃'을 중심으로〉, 《새전남》 제61호, 1973, 7.

_____, 〈정한의 미학— '진달래꽃'을 중심으로〉, 《월간호남》 제31호, 1973, 1.

안난연, 〈소월의 님의 문제〉, 《국어국문학연구》 제3집, 이화여대, 1961, 2.

양염규, 〈소월시의 고찰〉, 《어학어문학》 31, 국문학회, 1966.

엄호석, 《김소월론》, 조선작가동맹출판사, 1958.

오규원, 〈주요 소월시집의 誤記 異記 비교분석〉, 《못잊어 생각 나겠지요》, 문장,
    1981.

오세영, 〈 '저만치'의 역설적 거리—소월에 있어서의 자연〉, 《시문학》, 1979년 9
    월호.

_____, 〈거울에 비친 초기 시의 미의식〉, 《문학사상》, 2004년 5월호.

_____, 〈국권상실과 신화적 상상력〉, 《문학과 비평》, 1991년 봄호.

_____, 《김소월 평전, 꿈으로 오는 한 사람》, 문학세계사, 1981.

_____, 〈꿈과 현실〉, 《문학사상》 1985년 7월호.

_____, 〈모 상실의식으로서의 한—접동새를 중심으로〉, 새문사, 《김소월연
    구》, 1982.

_____, 〈식민지 상황과 불연속적 삶〉, 《현상과 인식》, 1979년 6월호.

_____, 〈역설의 시어〉, 《인문과학논문집》 제1호, 충남대, 1974.

_____, 《한국낭만주의시 연구》, 일지사, 1980.

_____, 〈한국현대시의 두 세계〉, 《한국언어문학》, 제13호, 한국언어문학회,
    1975.

_____, 〈한의 논리와 그 역설적 의미—진달래꽃과 초혼을 중심으로〉, 《문학사
    상》, 1976년 12월호.

오장환, 〈소월시의 특성—시집 '진달래꽃'의 연구〉, 《조선춘추》, 1947년 12월호.

_____, 〈소월연구—자아의 형벌〉, 《신천지》, 1948년 1월호.

_____, 〈조선시에 있어서의 상징—소월시의 〈초혼〉을 중심으로〉, 《신천지》,
    1947년 1월호.

오탁번, 〈한국현대시사의 대위적 구조—소월시와 지용시의 시사적 의의〉, 고려
    대 박사학위논문, 1982.

오하근, 〈김소월 시의 성상징 연구〉, 전남대 박사학위논문, 1989, 8.

_____, 〈김소월 시어의 다의성〉, 《국문학의 사적 조명》, 자산 이상비 박사 화갑
　　　기념논총 간행위원회, 1992.

오하근, 〈소월시의 언어와 어법〉, 《하남 천이두 선생 화갑기념논총》, 하남 천이
　　　두 선생 화갑기념논총 간행위원회, 1989.

운　향, 〈요절시인 소월 연구〉, 《벗》 제13호, 수도공고, 1968.

원형갑, 〈소월의 시와 서정성〉, 《현대문학》, 1960년 12월호.

유근조, 〈소월과 만해 시의 대비연구—전통적 맥락을 중심으로〉, 단국대 박사
　　　학위논문, 1984, 2.

_____, 〈소월시의 상상작용고〉, 《현대문학》, 1980년 12월호.

유재천, 〈님·고향·민족의 변증법 ; 김소월론〉, 《현대문학》, 1989년 9월호.

_____, 〈소월시의 님의 실체에 대한 재론〉, 《현대시 세계》, 1988년 겨울호.

유종호, 〈임과 집과 길—소월의 시세계〉, 《세계의 문학》, 1977년 3월호.

_____, 〈한국의 퍼세틱스—소월을 위한 노오트〉, 《현대문학》, 1960년 12월호.

_____, 〈옷과 밥과 자유〉, 《현대문학》, 2002년 8월호.

유창근, 〈소월 시의 페미니즘 연구〉, 명지대 박사학위논문, 1989.

유치환, 〈소월과 春城〉, 《신문예》, 1959년 8월호.

윤병노, 〈혈관에서 솟구친 순수시—소월론〉, 《현대문학》, 1960년 12월.

윤석산, 〈소월시연구—화자를 중심으로〉, 한양대 박사학위논문, 1990, 2.

_____, 〈소월의 리듬의식〉, 《한국학논집》 9, 한양대한국학연구소, 1986.

_____, 〈소월의 현실의식〉, 《한국학논집》 7, 한양대한국학연구소, 1985.

윤영천, 〈소월시의 현실인식〉, 《한국근대문학사론》, 한길사, 1982.

윤재관, 〈소월의 의식과 그 오류〉, 《심상》, 1974년 10월호.

윤재웅, 〈김소월의 ‘산유화’를 보는 한 시각〉, 《국어국문학논문요지집》 4, 동국
　　　대, 1987.

윤정섭, 〈김소월론〉, 《이화》 제11호, 이화여대, 1956, 5.

윤주은, 〈김소월 시 ‘물마름’ 소고〉, 《연구논문집》 제9집, 울산공전, 1981.

_____, 〈김소월 시에 형상화된 율격변형 재고찰〉, 《연구논문집》 제11집, 울산
　　　공전, 1983.

_____, 《김소월 시의 어휘와 그 활용구조》, 학문사, 1991.

_____, 〈김소월 율격의식의 변모과정 고찰〉, 《김소월시전서》, 문화출판사,
　　　1979.

_____, 〈김소월시 여성운작품 성격 고찰〉, 《효성여대여성문제연구》 16, 효성
　　　여대부설 한국여성문제연구소, 1988.

_____, 《김소월시 원본연구》, 학문사, 1983.

_____, 〈김소월시 원본확정에 관한 연구〉, 《어문학》, 어문학회, 1981, 11.

윤주은, 〈김소월시의 고향인식연구〉, 《국문학연구》, 효성여대, 1986.

_____, 〈김소월시의 원문비평적 연구〉, 효성여대 박사학위논문, 1990, 8.

_____, 〈소월의 현실인식에 관한 연구〉, 《연구논문집》, 울산공전, 1984, 2.

윤호병, 〈시인의 영혼의 밀실과 방법적 갈등―김소월시에 나타난 미결정의 변
증법〉, 《국어국문학》, 국어국문학회, 1991, 12.

은금련, 〈김소월의 리리시즘이 한국현대시에 미친 영향〉, 《논문집》, 전주교대,
1986.

이가원, 〈산유화 소고〉, 《아세아연구》, 고려대아세아문제연구소, 1965, 6.

이경교, 〈맺힘과 풀림의 미학―김소월의 '초혼'을 무속적 입장에서〉, 《목멱어
문》 4집, 동국대 국어교육과, 1991 3.

이경수, 〈시에 있어서의 정보의 효용과 한계〉, 《세계의 문학》, 1977년 봄호.

이규호, 〈소월의 한시번역고〉, 《한국현대시사연구》, 일지사, 1983.

_____, 〈소월의 한시번역과정〉, 《한국시가의 재조명》, 형설출판사, 1984.

이기문, 〈소월시의 언어에 대하여〉, 《심상》, 1982년 12월호.

이기준, 〈체념과 저항의 시학―김소월재론〉, 《신동아》, 1977년 2월호.

이동주, 〈실명소설 김소월〉, 《현대문학》, 1967년 5월호.

이동희, 〈한국근대시와 무속적 구조연구〉, 동아대 박사학위논문, 1988, 8.

이명재, 〈'진달래꽃'의 짜임〉, 《김소월연구》, 새문사, 1982.

_____, 〈김소월 재론―체념과 저항의 시학〉, 《우리문학연구》 2, 1978.

_____, 〈소월 김정식신고〉, 《어문논집》 제11집, 중앙대, 1976.

_____, 〈소월시의 분석연구―진달래꽃의 짜임과 의미〉, 《김춘수교수 화갑기념
현대시 논총》, 논문간행위원회, 1982.

_____, 〈소월시의 심층과 시대인식―김소월의 재조명〉, 《식민지 시대의 시인
연구》, 시인사, 1985.

이몽희, 〈한국근대시와 무속적 구조연구―김소월·이상화·이육사·서정주를 중
심으로〉, 동아대 박사학위논문, 1988, 8.

이병주, 〈프랑스 대학생이 읽은 '진달래꽃'〉, 《문학사상》, 1974년 6월호.

이병헌, 〈김소월의 시세계〉, 《어문논집》 27, 고려대, 1987.

이봉신, 〈김소월과 이상의 수용미학적 연구〉, 건국대 박사학위논문, 1989.

이선영, 〈김소월과 이상화〉, 《뿌리깊은 나무》, 1978년 8월호.

이성교, 〈김소월론〉, 《현대시의 모색》, 맥밀란, 1982.

_____, 〈김소월시에 나타난 향토색연구〉, 《김소월연구》, 새문사, 1982.

이 순, 〈김소월의 연구시론〉, 《연세어문학》, 14~15집, 연세대, 1982.

이숭원, 〈소월시에서의 자연과 인간〉, 《관악어문》 9, 서울대, 1984.

이승훈, 〈'진달래꽃'의 구조분석〉, 《문학사상》, 1985년 7월호.

_____, 〈김소월의 대표시 20편은 무엇인가?〉, 《문학사상》, 1985년 7월호.

_____, 〈소월시의 시간분석〉, 《문학과 시간》, 이우출판사, 1983.

_____, 〈산유화에 나타난 "저만치"의 의미〉, 《현대문학》, 2002년 8월호.

이양하, 〈소월의 진달래와 예이츠의 꿈〉, 《이양하 교수 추념특집》, 1964.

이어령, 〈고독한 오솔길―소월의 시를 말한다〉, 《신문예》, 1959년 8월호.

이영걸, 〈소월과 예이츠〉, 《시문학》, 시문학사, 1992, 12.

이영섭, 〈김소월시 연구〉, 연세대 박사학위논문, 1988, 8.

이영자, 〈소월의 시〉, 《청란》 제17호, 성신여중고, 1956, 6.

이영희, 〈한국 현대시에 나타난 삶의 인식방법 연구― 한용운·김소월·서정주의 시를 중심으로〉, 경희대 박사학위논문, 1987.

이옥련, 〈소월시에 나타난 민속신앙〉, 《숙대학보》, 1988, 2.

_____, 〈소월시의 시어고〉, 《논문집》 26, 숙명여대, 1985.

이원섭, 《이밤의 밀어―소월시의 향기》, 현암사, 1966.

이유식, 〈김소월시연구―공간구조를 중심으로〉, 성균관대 박사학위논문, 1991, 2.

이인복, 〈한국문학에 나타난 죽음의식 연구―소월과 만해의 대비적 연구〉, 숙명여대 박사학위논문, 1978, 8.

이인섭, 〈김소월과 김광균 시의 문체 연구〉, 《월간문학》, 1976년 8월호.

이재욱, 〈소위 산유화가와 산유, 미나리의 교섭〉, 《신흥》 6호, 1931, 12.

이정강, 〈소월과 만해시에 나타난 내면적 공간세계 비교고찰〉, 《덕성여대 논문집》 제2집, 1973, 12.

이정기, 〈소월시는 형이상학적이 아니다―김용직씨의 '형이상학론'에 대한 반론〉, 《중앙일보》, 1971년 10월 20일자.

이종출, 〈산유화가 소고〉, 《무애 양주동 박사 화탄기념논문집》, 논문간행위원회, 1963, 12.

이진화, 〈소월시의 이미지와 현상학적 의미〉, 《계명어문학》, 1987, 4.

이 탄, 〈소월 만해의 그릇〉, 《현대시학》, 1992년 1월호.

이해령, 〈영원한 정한―김소월의 '꽃'〉, 《현대시학》, 1974년 5월호.

이형기, 〈20년대 서정의 결정―만해·소월·상화〉, 《심상》, 1974년 4월호.

_____, 〈하나가 된 수주와 소월〉,《문학춘추》, 1964년 7월호.

이혜원, 〈한용운, 김소월 시의 비유구조와 욕망의 존재방식〉, 고려대 박사학위
　　　　논문, 1996, 8.

이희중, 〈김소월 시의 창작방법 연구─어법·구성·배경을 중심으로〉, 고려대 박
　　　　사학위논문, 1994, 8.

_____, 〈죽음, 경계 또는 관문〉,《현대문학》, 2002년 8월호.

임동순, 〈김소월시와 석천탁본시가와의 비교연구〉,《논문집 2─인문사회》, 인
　　　　천전문대, 1986.

임영출, 〈향수에의 길─미완의 소월을 논함〉,《국어문학》 제5권 1호, 전북대,
　　　　1956.

임영환, 〈김소월시 연구〉,《연구종합지─학술·학위연구보고》, 육군사관학교,
　　　　1986.

임종찬, 〈소월시의 구조적 접근〉,《세계의 문학》, 1984년 겨울호.

임헌영, 〈보수와 전통─소월의 진달래꽃을 중심으로〉,《현대문학》, 1967년 5월호.

장만영, 〈소월시를 빛낸 안서 김억 선생〉,《신동아》, 1971년 5월호.

장만영·박목월,《소월시감상》, 박영사, 1958.

장성중, 〈소월의 숨소리가 들린다─나는 이렇게 본다〉,《문예중앙》, 1978년 봄호.

장윤익, 〈소월의 시에 나타난 한의 심리〉,《시문학》, 1976년 3월호.

장　의, 〈소월시의 전통적 정서〉,《국어국문학》 12, 공주사대, 1985.

장일우, 〈소월의 시와 자유정신〉,《한양》 제9호, 한양대, 1962, 11.

장　호, 〈김소월과 엠마누엘 시뇨레─'초혼'과 '사랑의 노래'를 중심으로〉,
　　　　《현대문학》, 1979년 3월호.

전광용, 〈소월과 그의 소설─단편 '함박눈'〉,《지성》, 을유문화사, 1958, 12.

_____, 〈소월과 소설〉,《김소월연구》, 새문사, 1982.

전도현, 〈김소월의 시작방법과 시의식 연구〉, 고려대 박사학위논문, 2002, 6.

_____, 〈소월의 전통성과 창조성에 대한 일고찰〉,《시와 시학》, 2002년 가을호.

전정구, 〈'진달내?' 교열 원칙과 그 실제〉,《현대문학이론연구》, 한국현대문학
　　　　이론연구회, 1993.

_____, 〈김소월시의 언어시학적 특성 연구─개작과정을 중심으로〉, 전남대 박
　　　　사학위논문, 1990, 2.

_____, 〈소월시의 문헌학적 전제─결정본 확정을 위한 관견〉,《한국언어문
　　　　학》, 한착언어문학회, 1989, 5.

_____, 〈소월시의 언어예술적 특성〉,《어문논총》, 전남대, 1989, 2.

_____, 〈소월시의 의미구조〉, 《하남 천이두 선생 화갑기념논총》, 논총간행위 원회, 1989, 10.

전정구, 〈소월의 〈진달래꽃〉에 관하여〉, 《한국언어문학》, 한국언어문학회, 1983, 12.

_____, 〈한국의 낭만주의와 소월시〉, 《전북문학》, 1990년 10월호.

정끝별, 〈겨운 봄날의 사랑과 사랑의 그늘〉, 《현대문학》 2002년 8월호.

정비석, 〈천의무봉한 소박성—소월의 시를 말한다〉, 《신문예》, 1959년 8월호.

정순진, 〈꿈으로 오는 한 사람—소월 시에 나타난 꿈모티프의 분석〉, 《국어국문 학》, 1991, 12.

정연길, 〈안서·소월의 민요시와 7·5조〉, 《시문학》, 1977년 11월호.

정 우, 〈시인 소월의 재발견—관숙모의 수기를 통해본 그의 생애〉, 《조선일보》, 1965년 9월 26일, 10월 3일, 10월 10일자.

정익섭, 〈김소월론—그의 시혼을 중심으로〉, 《국문학보》 제1호, 전남대, 1959, 10.

_____, 〈소월시의 음영과 전통성〉, 《국어국문학》 제22집, 국어국문학회, 1959, 11.

정창범, 〈배제의 서정—김소월연구〉, 《심상》, 1974년 10월호.

정태용, 〈김소월의 체념적 애수의 세계〉, 《현대문학》, 1960년 12월호.

_____, 〈민요시인 김소월〉, 《현대문학》, 1957년 6월호.

정한모, 〈근대민요와 두 시인—소월과 안서의 작품론〉, 《문학사상》, 1973년 5월호.

_____, 〈금잔듸론〉, 《김소월연구》, 새문사, 1982.

_____, 〈소월시의 이해〉, 《신문예》 1959년 8월호.

_____, 〈소월시의 정착과정연구—소월시 일람, 그 퇴고과정〉, 《성심어문논집》 제4집, 성심여대, 1977, 8.

_____, 〈소월시의 정착과정연구〉, 《현대시학》, 1978년 4~7월호.

정한숙, 〈소월 별견—정본 소월시집을 중심으로〉, 《동아일보》, 1956년 9월 28일자.

정현기, 〈'존재함'과 '존재됨'의 시적 변증법—김소월와 '산유화'〉, 《시와 시 학》, 1971년 봄호.

정현종, 〈님과 벗과 꽃과 술〉, 《현대문학》, 2002년 8월호.

정효구, 〈'초혼'의 구조주의적 분석〉, 《현대문학》 1987년 3월호.

_____, 〈김소월시의 기호체계 연구〉, 서울대 박사학위논문, 1989, 8.

_____, 〈산유화의 구조론적 구조분석〉, 《한국문학과 기호학》, 문학과 비평사, 1988.

_____, 〈소월과 이상시의 구조연구〉, 《동악어문논집》 제17집, 동국대, 1983, 1.

_____, 〈'진달래꽃'의 문학사적 의미〉,《문학과 비평》, 1987년 봄호,

_____, 〈빼앗긴 땅, 꿈꾸는 노동〉,《현대문학》, 2002년 8월호.

조경환, 〈김소월시의 운율론적 연구〉, 서울대, 1986, 2.

조남현, 〈개작과정으로 본 소월시의 이막〉,《문학사상》, 1976년 12월호.

_____, 〈소월시에 나타난 사계절의 의미〉,《김소월연구》, 새문사, 1982.

_____, 〈소월시와 시어의 결〉,《문학사상》, 1987년 2월호.

조동민, 〈소월의 7·5조 재고─형태면을 중심으로〉,《문호》제3집, 건국대,
1964, 5.

조동일, 〈김소월·한용운·이상화의 님〉,《문학과 지성》, 1976년 여름호.

_____, 〈김소월시에 나타난 있음과 없음의 역설〉, 제12회 전국어문학연구발표
회, 한국어문학회, 1977.

_____, 〈김소월시에서 님이 존재하는 시간〉,《김소월연구》, 새문사, 1982.

_____, 〈현대시에 나타난 전통적 율격의 계승〉,《아세아연구》, 제12호, 1976.

조동일·윤주은, 〈김소월시선연구〉, 학문사, 1980.

조무주, 〈소월시의 압운에 대하여〉,《어문논총》1, 청주대, 1975, 2.

조병무, 〈소월의 금관과 농촌소재─문예조류〉,《문예진흥》, 1981년 11월호.

_____, 〈소월의 시세계, 한국적 정감〉,《현대시학》, 1972년 2월호.

_____, 〈소월의 시세계〉,《현대문학》, 1977년 2월호.

조병춘, 〈김소월시 연구─민요시를 중심으로〉,《현대시학》1979년 10월호.

_____, 〈김소월의 민중성〉,《한국현대시사》, 1980.

_____, 〈소월시의 부사어기능고찰〉,《국어국문학》70, 국어국문학회, 1976.

조선길, 〈소월과 목월시의 자연관 비교고찰〉,《한성어문학》2, 한성대, 1983.

조성길, 〈소월과 목월의 비교고찰〉,《한성어문학》제2집, 1983, 3.

조영암,《소월의 밀어》, 신태양사, 1959.

조용훈, 〈한국 근대시의 고향 상실 모티브 연구─김소월·박세영·정호승·이용악
을 중심으로〉, 서강대 박사학위논문, 1994, 2.

조재훈, 〈산유화가﨩 연구〉,《백제문화》제8호, 공주사대, 1975, 12.

_____, 〈소월시의 불교적 고찰─산유화를 중심으로〉,《충남문학》8, 예총충남
지부, 1972, 7.

_____, 〈소월시의 형태고〉,《금강문학》제7집, 공주사대, 1972, 12.

_____, 〈자연의 세 모습, 소월시에 나타난 자연에 관하여〉,《금강문학》제6집,
공주사대, 1972, 1.

조창환, 〈김소월시의 운율론적 연구〉, 서울대 박사학위논문, 1986, 2.

_____, 〈소월시의 구조─한국근대시의 전통리듬 계승에 관한 연구(1)〉,《국어국문이》 제91집, 국어국문학회, 1984, 5.

조창환, 〈한국시의 여성편향적 성격〉,《국어문학》 27, 전북대, 1980.

진영환, 〈소월시의 연구〉,《인문사회과학논문집》 제4집, 대전공전, 1969, 6.

천이두, 〈소월의 멋〉,《현대문학》, 1960년 12월호.

_____, 〈임의 미학·김소월〉,《종합에의 의지》, 일지사, 1974.

締雌淡二, 〈김소월의 일본어 작품〉,《시문학》, 1984년 3월호.

최동호, 〈김소월시의 무덤과 부서진 혼〉,《김소월연구》, 새문사, 1982,.

_____, 〈김소월시의 현재성〉,《현대시의 정신사》, 열음사, 1985.

_____, 〈서정시의 시적 형상에 관한 의식비평적 이해〉,《어문논집》 제18집, 고려대, 1977, 9.

_____, 〈소월시의 내면적 변형과 조율의 의미〉,《어문논집》 제17집, 고려대, 1976, 2.

_____, 〈혼의 좁힘과 상승의 시학─소월시의 정신사적 접근〉,《현대문학》, 1979년 1월호.

최 류, 〈민족문학으로 본 소월의 위치와 그의 시〉,《성균》 제7권 제1호, 1956, .

최미정, 〈소월시 연구─부정과 모색〉,《한국학논집》 13, 계명대한국학연구소, 1986.

최성심, 〈소월시의 이미지 연구─물과 불의 융합양상을 중심으로〉, 동국대 박사학위논문, 1995, 2.

최 윤, 〈민족문학으로 본 소월의 위치와 그의 시〉,《논문집》 7, 성균관대, 1956, 9.

최일수, 〈김소월의 시정신〉,《서울신문》 1955년 7월 7일자.

최정석, 〈소월과 만해─그 동질성과 이질성〉,《효성여대 연구논문집》 제6,7합집 1970, 7.

최창록, 〈한국전통시의 계보(1)─민요시를 중심으로〉,《어문학》 21, 어문학연구회, 1969.

최하림, 〈식민지시대시인의 초상〉,《한국현대시문학대계6 김소월》, 지식산업사, 1980.

케빈 오록,《한국근대시의 영시영향연구》, 새문사, 1984.

탁인석, 〈소월시에 있어서 예이츠와 시몬즈의 영향연구〉,《논문집》 2, 광주개방대, 1985,

하동호, 〈김소월 유시문습지〉,《월간중앙》, 1975년 11월호.

_____, 〈처녀작 주변─김소월편〉,《신아일보》, 1967년 3월 18일자.

하희수, 〈전통의식과 한의 정서〉,《현대문학》, 1960년 12월호.

한진희, 〈소월시와 민족의식연구〉, 《어문학연구》 5, 어문학연구회, 1985.

한하운, 〈영원한 민족의 서정시〉, 《신문예》, 1959년 8월호.

허기추, 〈소월시의 형식주의적 특성〉, 《청람어문학》, 교원대, 1988, 2.

허소라, 〈김소월론〉, 《한국현대작가연구》, 유림사, 1983.

허형만, 〈김소월 시에 나타난 물의 심상과 의식연구〉, 《한남어문학》, 1987, 6.

허형석, 〈소월시에 나타난 자연과 전통성〉, 《논문집》 제9집 1호, 군산수산전문
    학교, 1975, 6.

홍경표, 〈김소월의 산유화의 구조〉, 《국문학연구》, 10, 효성여대, 1987.

_____, 〈소월시의 모성적 '이미지' 고―원형비평적 접근〉, 《효성여대여성문제
    연구》 제11집, 효성여대 여성문제연구소, 1982, 12.

_____, 〈소월시의 원초적 '이미지' 분석〉, 《어문학》 39, 어문학연구회, 1979, 6.

鴻農映二, 〈소월·일본어 작품의 유형 연구〉, 《논문집》 10, 국제대, 1982.

홍사중, 〈진달래의 문학적 고찰〉, 《세대》 1964년 4월호.

황금찬, 〈소월의 인간과 소월의 세계〉, 《동성논총》 제4집, 동성중고등학교,
    1973, 5.

황희영, 〈김소월의 시세계〉, 《문장개론》, 새문사, 1950.

홍효민, 〈소월의 예술적 한계〉, 《신문예》, 1959년 8월호.

∗ 책임편집
최동호
고려대 및 동 대학원 졸업(문학박사).
《중앙일보》 신춘문예 당선, 《한국문학》 추천(시인, 문학평론가).
와세다 대학, UCLA 방문 · 초빙교수,
사단법인 시사랑회 회장. 고려대학교 문과대 교수.

김소월 작품집

발행일 | 2022년 6월 10일 초판 1쇄 발행

지은이 | 김소월   **책임편집** | 최동호
펴낸이 | 윤형두 · 윤재민   **펴낸곳** | 종합출판 범우(주)
편집기획 | 임현영 · 오창은   **인쇄처** | 태원인쇄

등록번호 | 제406-2004-000012호 (2004년 1월 6일)
         (10881) 경기도 파주시 광인사길 9-13 (문발동)
대표전화 | 031-955-6900   **팩 스** | 031-955-6905
홈페이지 | www.bumwoosa.co.kr   **이메일** | bumwoosa1966@naver.com

ISBN   978-89-6365-426-3   03810

∗ 책값은 뒤표지에 있습니다.
∗ 잘못된 책은 바꾸어드립니다.